KB059274

번역가
모모씨의
일일

번역가 모모 씨의 일일

노승영 · 박산호 지음

과 학 책 번 역 하 는 남 자
스 릴 러 번 역 하 는 여 자 의
언 어 로 세 우 는 세 상 이 야 기

세종

"번역은 복원이다." 번역 강의를 할 때마다 빼놓지 않는 말이다. 지금 내 눈앞에 있는 영어 문장이 실은 한국어 문장이라고 상상해 보라는 것이다. 그러면 번역은 영어 원문을 바꾸는 작업이 아니라 원래의 한국어 원문을 복원하는 작업이 된다. 그저 원문을 대하는 태도만 바뀌었을 뿐이지만 번역 결과가 완전히 달라질 수 있다.

이를테면 "Love brings happiness"라는 문장을 번역한다고 생각해보자. 전형적인 '주어-동사-목적어' 문형이니, 대다수 사람은 고민할 필요도 없이 "사랑은 행복을 가져다준다"로 번역할 것이다. '이렇게 쉬운 문장을 만나다니 운이 좋군!'이라고 생각하면서. 그런데 영어 문장을 한국어 문장의 번역문이라고 생각하면, 무작정 번역하기 전에 이런 고민을 하게 된다. '저 문장은 어떤 논리적 구조를 표현하려는 걸까? 동사를 명사로 나타내는 명사화 구문은 동작이나 상태의 관계를 나타낼 때 주로 쓰이는데, 저 문장에서 나타내려는 관계는 무엇일까?' 골머리를 썩이다 보면 저 문장이 직역이 아니라 의역일 수도 있겠다는 생각이 들 것이다. 영어는 불완전한 언어이기 때문에 아름답고 간결한 한국어를 그대로 옮길 수 없으므로 불가피하게 명사화라는 장치를 이용한 거라고. 혹시 직역문은 "If you love someone, you will be happy" 아니었을까? 여기까지 논리를 전개하면, 한국어 원문은 "사랑하면 행복하다"였으리라는 결론에 이르게 된다.

그런데 영어를 한국어로 번역하다 보면 정반대로 생각하기 쉽다. 한국어는 불완전한 언어이므로 아름답고 간결한 영어를 그대로 옮길 수 없다고. 그래서 한국 독자가 보기에는 어색하더라도 원어의 의미와 구조를 살려서 번역해야 한다고. 물론 번역은 '낯선 것과의 만남'일 수밖에 없으므로 마냥 자연스러울 수는 없다. 독자도 어느 정도의 어색함은 받아들일 준비가 되어 있다. 하지만 자연스러운 한국어 번역문이 반드시 원문의 미묘한 뉘앙스와 독특한 표현을 뭉개버린 '프로크루스테스의 침대'인 것은 아니다.

생경한 번역투를 옹호하는 논리 중 하나는 번역이 자국어를 확장한다는 것이다. 그런데 많은 번역투는 한국어에 녹아들어 우리의 언어생활을 풍요롭게 하기는커녕 독자의 의미 해독을 방해해 언어의 연옥에 처박힌다. 한국어에 한계와 결함이 있듯 영어에도 한계와 결함이 있다. 이것을 보지 못하면 "Love brings happiness"를 "사랑은 행복을 가져다준다"로 번역하고서 '한국어에도 영어처럼 명사화 구문이 있으면 좋을 텐데'라며 애석해하게 된다.

번역 과정에서 '한국어 원문'을 아무리 찾으려 해도 찾지 못하면, 그때는 '한국어의 잠재력 중에서 우리가 아직 발견하지 못한 것이 있지 않을까' 하고 고민이 시작된다. 한국어의 확장은 직역주의자의 전유물이 아니다.

진지한 이야기로 머리말을 시작한 것은 단순히 이 언어를 저 언어로 바꾸는 것만이 번역가의 일은 아님을 밝혀두고 싶어서다. 번역을 하다 보면 언어에 대해, 문화에 대해, 균형에 대해, 아름다움에 대해 깊이 고민할 수밖에 없다. 독자들이 접하는 것은 고민의 결과, 즉 종이 위의 텍스트뿐이지만 그 뒤에 고민하고 실천하고 무엇보다 '살아가는' 번역가가 있음을 알려주고 싶었다.

이 책의 발단은 2016년 5월 22일에 받은 이메일 한 통이었다. 그것은 〈북클럽 오리진〉이라는 온라인 매체에 칼럼을 써보지 않겠느냐는 제안이었다. 애초에 제안을 받은 사람은 김명남 씨였지만 자신은 번역 이외의 글을 쓸 의향이 없다며 〈북클럽 오리진〉의 전병근 대표에게 나를 소개해준 것이었다. 그리하여 2016년 6월 28일에 '번역의 세계: 번역가 승영 씨의 일일'이라는 제목으로 칼럼 연재가 시작되었다. 2016년 7월 22일에는 박산호 씨가 '번역의 세계: 장르 소설 전문 번역가 박산호의 "책바다에서 헤엄치기"'라는 제목으로 합류하여 두 사람이 번갈아 가며 글을 올렸다. 그렇게 2017년 11월 9일까지 1년 반 가까이 쓴 칼럼을 단행본으로 엮었다(다른 매체에 기고한 글과 외부에 공개한 적 없는 글도 일부 실었지만).

칼럼 제목이 '번역의 세계'인 것에서 보듯 우리는 번역가의 일상에서부터 번역과 관련한 에피소드, 번역의 테크닉, 번역가가 되는 법에 이르기까지 온갖 주제를 다뤘다. 그래서 이 책은 번역에 대한 것이기도 하고 번역가에 대한 것이기도 하다. 번역과 번역가에 대해 궁금한 것이 있는 독자라면 이 책을 읽으며 궁금증을 속 시원히 해소할 수 있을 것이다.

1부 '번역이라는 작업'은 번역이라는 일의 성격과 번역가가 겪는 고충을 폭넓게 다룬다. '대체 번역가가 뭐하는 사람이지?'라는 의문이 들었다면 1부를 읽어보시길. 2부 '생계형 번역가의 하루'는 번역의 길을 선택한 사람들이 겪는 애환을 그린다. 번역은 힘들고 보람 있는 일이어서 번역료가 밀리거나 몸이 아플 때는 '내가 왜 번역가가 되었을까?'라며 후회하다가도 번역서를 받아보거나 편집자에게 칭찬을 들으면 '번역하길 잘했어!'라며 뿌듯해한다. 3부 '살펴보고, 톺아보고, 따져보기'는 번역 과정에서 일어난 에피소드와 번역의 뒷이야기를 다룬다. 하루하루가 똑같은 지루한 일상에 변화를 주는 뜻밖의 사건들. 몸은 책상 앞에 매여 있어도 머릿속에서는 다채로운 모험이 펼쳐진다. 4부 '번역가의 친구들'은 번역가를 덜 외롭게 해주는 사람과 물건을 살펴본다. 이들은 진짜(?) 친구 못지않게 소중한 존재들이다. 5부 '번역가를 꿈꾸는 당신에게'는 번역가가 되고 싶은 사람들에게 현실적으로 도움이 될 만한 글을 추렸다. 번역이라는 직업이 앞으로도 여전히 살아남을 것인지에 대한 전망도

담았다.

글쓰기는 인간의 일이고 편집은 신의 일이라고 한다. 번역은, 인간이 하는 신의 일이다.

노승영 우선 나를 출판 번역의 길로 이끈 강주헌 선생님. '강주헌의 번역 길라잡이' 수업은 내 삶의 전환점이었다. 그리고 번역 길라잡이 수료생의 모임인 펍헙번역그룹과 펍헙에이전시의 동료 번역가들. 외로운 번역가에게 동료란 무엇과도 바꿀 수 없는 보물이다. 상상마당에서 번역 강좌를 함께 진행한 조영학 선생님은 공교롭게도 같은 시기에 책을 출간한다. 선의의 경쟁……이 아니라 둘다 잘됐으면 좋겠다. 번역 초창기에 내가 발굴한 책들을 선뜻 출간해준 시대의창 김성실 대표, 나를 믿고 좋은 책을 맡겨준 에이도스 박래선 대표를 비롯하여 책에 대한 애정으로 나를 감동시킨 모든 편집자, 디자이너, 마케터 분들께 감사한다. 중산동의 노는 동네 형님들을 일컫는 '중노동'도 생활의 활력소였다. 다들 나보다 10년은 연상이어서 나의 중노동은 '중산동의 노는 동생'이라고 부르고 싶지만. 트위터와 페이스북의 친구들은 내가 슬럼프에 빠졌을 때 하소연을 열심히 들어주었으며—진실은 누구도 모른다—매일매일 똑같은 일상을 버텨내게 해준 원동력이었다. 번역가가 된 나를 늘 안쓰럽게 여기시는 어머니, 늘 고맙고 미안하고 사랑하는 아내, 언젠가 이 책을 읽어줄 동찬이와 문수, 동생 영아와 조카 지원이에게 이 책을 바친다. 아버지께서 살아 계셨다면 틀림없이 대견하다고 말씀하셨겠지.

박산호 먼저 칼럼 연재를 제의해주신 전병근 대표님에게 감사하는 마음을 전한다. 정기적으로 칼럼을 쓰면서 번역에 대해 여러모로 생각해볼 수 있는 좋은 기회였다. 그리고 길고 장황한 원고를 재치 있게 다듬어주신 점도 감사드린다. 번역에 영감을 준 많은 작가들, 그리고 즐겁게 작업할 수 있게 멋진 소설을 써준 소설가들에게도 찬사를 보내고 싶다. 이들이 있었기에 내가 일할 수 있는 것 같다. 세종서적 김하얀 편집자의 노고에도 감사드린다. 이 책을 같이 쓴 노승영 번역가에게도 고맙다는 말을 전한다. 성실하고 정확하고 멋진 번역으로 항상 자극을 주는 동료가 있다는 것은 외로운 번역 작업에 든든한 힘이 된다. 마지막으로 일하느라 바쁜 딸의 건강을 항상 걱정하는 엄마와, 일하느라 잘 챙겨주지 못하지만 혼자 알아서 잘 크고 있는 딸에게 사랑하는 마음을 보낸다.

2018년 8월
노승영·박산호

생계형
번역가의
하루

살펴보고,
톺아보고,
따져보기

번역이라는 작업

번역한다는 것, 번역된다는 것

노승영

문학은 언어 예술이다. 당연한 말 같지만 여기에 여타 예술 장르와의 차이가 있다. 다시 말하자면 문학은 음악이나 미술과 달리 '언어'를 표현 수단으로 삼는다. 음악의 재료인 소리와, 미술의 재료인 이미지는 인류에게 보편적이어서 국경 밖으로 쉽게 전파되지만 문학은 언어의 장벽을 넘지 못한다. 번역의 도움 없이는.

부커상 재단이 영국에서 번역되어 출간된 외국 소설을 대상으로 맨부커 국제상을 제정하면서 작가와 번역가에게 공동 시상을 하고 상금도 절반씩 지급하는 데서 보듯 창작 못지않게 중요한 작업이 번역이다. 그래서 2016년 맨부커 국제상 수상작은 한강이 쓴 『채식주의자』가 아니라 한강이 쓰고 데버러 스미스가 번역한 『The

Vegetarian』이다. 한술 더 떠 데버러 스미스가 『The Vegetarian』의 저자라고 말하는 사람도 있다. 『The Vegetarian』을 감명 깊게 읽은 영국 독자는 스미스의 다음 번역작을 찾아 읽을까, 한강의 새로운 작품을 누구의 번역이든 상관없이 찾아 읽을까? 대부분의 사람들은 한강의 책을 읽을 것이고, 일부는 한강이 쓰고 스미스가 번역한 책을 읽을 것이다. 스미스를 '믿고 읽는 번역가' 명단에 넣은 몇몇은 스미스가 번역한 책을 읽을지도 모르지만(나도 '믿고 읽는 번역가'가 몇 명 있다. 번역 실력뿐 아니라 책을 고르는 안목까지 신뢰할 수 있는 번역가들이다).

번역은 텍스트에서 출발하지만 텍스트 이전으로 거슬러 올라갔다가 다시 내려와야 한다. 말하자면 언어로 표현되기 이전의 상태, 인물과 사건과 배경이 존재할 뿐인 무정형의 상태에 언어의 옷을 입히는 작업이다. 이런 관점에서는 작가를 일종의 번역가로 볼 수도 있고 번역가를 일종의 작가로 볼 수도 있다. 그렇다면 아직 언어로 표현되지 않은 어떤 플롯을 한강은 한국어로 번역했고 스미스는 영어로 번역했다고 말할 수 있으리라. 그렇게 어느 시점부터 작가와 번역가는 대등한 존재가 된다.

스미스의 번역을 대략적으로 평가하자면 내용을 크게 누락하지 않으면서도 원문에 종속되지 않는 점이 인상적이다. 한국어의 문장 구조를 그대로 영어에 대입하면 흐름이 끊기고 리듬이 어긋나기 마련인데 그녀의 문장은 영어로만 놓고 보아도 짜임새가 훌륭하다.

문학 번역의 성패를 좌우하는 기준은 원작의 '가치'를 얼마나 제대로 번역해내느냐다. 이 점에서 『The Vegetarian』은 『채식주의자』가 한국어로 거둔 문학적 성취를 영어로 엇비슷하게 이루었다고 볼 수 있다. 스미스는 단순히 한국어를 영어로 옮기는 작업을 한 것이 아니라 영국 문학에 한국 문학을 성공적으로 이식한 것이다.

1968년에 『설국』으로 노벨 문학상을 받은 가와바타 야스나리는 '이 상의 절반은 번역자 에드워드 사이덴스티커의 몫'이라며 상금을 반으로 나누어 가졌다. 사이덴스티커도 스미스와 마찬가지로 원문에 얽매이지 않고 자유로운 의역을 시도했다. 『설국』은 예전에 "작품으로서 너무 약하기 때문에 번역을 견뎌낼 수 없을 것"이라는 평가를 받았으나 사이덴스티커는 "번역 불가능한 것도 번역해야 합니다. 번역하는 것은 번역하지 않는 것보다 낫기 때문이죠"라며 과감하게 도전했다. 그는 의미를 그대로 옮기기보다 원서의 문학적 가치를 유지하고자 했다.[1]

번역은 '문학'을 향유하는 수단에 머물지 않는다. 동양 최초의 번역가는 인도의 불경을 한문으로 옮긴 승려들이다. 경·율·논 삼장에 통달하거나 이를 번역한 승려를 '삼장법사'라 하는데 구자국 출신으로 후진 시대에 활약한 쿠마라지바와 현장이 이에 속한다. 이들이 없었다면 동아시아 불교가 독특하고도 심오한 발전을 이룰 수 없었을지도 모른다. 그런가 하면 기독교의 전파는 자국어 성경의 전파와 함께 이루어졌다. 구한말의 선교사 제임스 게일은 성경과 『천로역정』을 한국어로 번역하고『춘향전』과『구운몽』 등 한국 문학을 영어로 번역했으며 그가 엮은 한영사전인 『한영자전』은 영어의 교육과 보급에 중요한 역할을 했다. 한국의 근대 문학도 번역을 빼놓고서는 설명할 수 없다. 식민지 시기 조선의 문인들은 외국 문학을 번역 소개하면서 이렇게 취지를 밝혔다. "무릇 新文學신문학의 창설은 外國 文學외국 문학 수입으로 그 기록을 비롯한다. 우리가 외국 문학을 연구하는 것은 決결코 외국 문학 연구 그것만이 목적이 아니요 첫재에 우리 문학의 건설, 둘재로 세계 문학의 互相호상 범위를 넓히는 데 잇다."[2] 그렇다면 번역된 외국 문학 또한 한국 문학의 역사에서 한자리를 차지해야 마땅하다.

좋은 번역은 자국어의 지평을 넓힌다. 사람들은 번역투가 우리말을 오염시킨다고 생각하지만 언어는 번역을 거쳐 다른 언어와 접촉하며 끊임없이 발전한다. 기존의 한국어 어법으로는 표현할 수 없는 문장을 만났을 때 번역가는 한국어의 틀을 뛰어넘는 새로운 표현 방식을 모색한다. 물론 한국어의 가능성을 철저히 탐색하지 않고서 안이하게 외국어의 어법을 흉내 내는 경우도 있지만, 우리가 순수하다고 여기는 한국어의 모습조차 실은 한문과 일본어의 영향을 받으며 진화한 결과다. 심지어 번역투를 새로운 문체의 실험으로 보는 관점도 있다. 무라카미 하루키는 데뷔작 『바람의 노래를 들어라』가 마음에 들지 않자 영어로 쓴 뒤에 다시 일본어로 번역했다고 한다.[3] 하루키가 일본어의 틀에서 벗어나 자유분방한 문체를 구사할 수 있었던 것은 번역투를 적극적으로 받아들였기 때문이다. 한편 한국 작가들이 집필할 때 번역투를 많이 쓰면 작품이 다른 언어로 번역될 가능성이 높아지는 부수 효과가 생긴다. 이것은 작가들이 외국어의 틀로 생각하고 외국어로 표현할 수 있는 테두리 안에서 생각을 표현한다는 뜻도 된다. 이렇게 쓴 훌륭한 소설은 번역해도 훌륭한 소설일 것이다.

그렇다면 좋은 번역이란 어떤 번역일까? 저자의 의도를 고스란히 전달하면 좋은 번역일까? 물 흐르듯 술술 읽히게 옮기면 좋은 번역일까? 자국에서는 인기를 얻지 못한 소설을 우리나라에서 베스트셀러로 만드는 것이 좋은 번역일까? 함량 미달의 소설을 근사한 미문으로 포장하면 좋은 번역일까? 물론 정답은 없다. 어떤 독자를 염두에 두느냐에 따라, 어떤 경험을 독자에게 전달하려고 하느냐에 따라 번역의 방향이 완전히 달라질 수 있기 때문이다. 베르나르 베르베르의 소설처럼 자국보다 한국에서 훨씬 인기를 끄는 작품이 있는데, 그 이유는 번역의 힘일 수도 있고 한국 독자와 궁합이 잘 맞는 작품이기 때문일 수도 있다. 아마 두 가지 요소 모두 영향을 미쳤을 것이다. 반대로 외국에서 걸작으로 인정받던 소설이 한국에서 혹평받거나 독자에게 실망을 안겨주었다면, 이 또한 번역 때문일 수도 있고 작품 자체가 한국어로 표현하기에 알맞지 않기 때문일 수도 있다. 이를테면 일본 문학에서 손꼽히는 작가인 나쓰메 소세키의 작품을 영어판으로만 읽은 미국인 독자들은 그가 '문호'로 평가받는 이유를 이해하지 못한다고 한다.[4] 걸작이 번역서로서도 걸작이기 위해서는 국경을 초월하는 호소력을 지녔든지 걸출한 번역가를 만나야 할 것이다.

세계 문학은 번역을 통해서만 성립한다. 모든 언어의 작품을 원어로 읽을 수 있는 사람은 아무도 없기 때문이다. 가브리엘 가르시아 마르케스는 윌리엄 포크너에게서 큰 영향을 받았다고 고백했다. "나는 그때 이미 그 소설가의 솜씨를 배우는 데 필요한 모든 책을 번역본으로 빌려서 읽었다. (⋯⋯) 윌리엄 포크너는 나를 가르치는 가장 충실한 수호천사였다."[5] 그 밖에도 카를로스 푸엔테스, 마리오 바르가스요사를 비롯한 많은 중남미 소설가들이 포크너의 영향을 받았으며 토니 모리슨, 살만 루슈디, 돈 드릴로, 마이클 셰이본에게서는 마르케스의 영향을 찾아볼 수 있다고 한다. 번역이 아니었다면 이 소설가들이 국경을 넘어 영향을 주고받을 수 있었을까? 소설가에게는 국적이 있을지 모르지만 소설에는 국적이 없다. 적어도 독자의 관점에서는. 한국 소설이든 외국 소설이든 똑같이 우리를 감동시키고 영향을 준다.

다시 『The Vegetarian』을 생각한다. 한국어를 배운 지 7년밖에 안 된 영국인이 영어와 전혀 다른, 한국어라는 까다로운 언어를 어떻게 독해하고 풀어냈을까? 게다가 쓸 만한 한영사전과 한국어 관용어 사전이 없는 처지에서(이를테면 어떤 사전은 '안방'을 'main room'으로 풀이하고 또 어떤 사전은 'living room'으로 풀이하는데, 전자는 문학 번역에 쓰기 부

적절하고 후자는 의미가 다르다) 원문의 뉘앙스를 살리는 것이 얼마나 힘들었을지 쉽게 짐작된다. 그렇다면 한국 소설이 세계에 두각을 나타내도록 하기 위해 필요한 일은 훌륭한 한영사전과 관용어 사전을 만드는 것, 그리고 한국 소설을 사랑하고 역량을 갖춘 번역가를 길러내는 것이다.

한국은 번역 대국이다. 2015년에 출간된 4만 5213종의 책 중에서 번역서가 9714종으로 21.5퍼센트를 차지할 만큼 번역서의 비중이 크다.[6] 하지만 번역'되'는 것은 우리에게 생소한 경험이다. 외국 저자를 이해하고 싶을 때의 번역관은 외국 독자를 이해시키고 싶을 때의 번역관과 다를 수밖에 없다. 독자가 있기에 책이 존재한다는 것, 책은 소통하기 위해 쓰인다는 것이야말로 우리가 새삼 떠올리게 되는 교훈일 것이다.

출처 『보그』, 2016년 7월 15일.
http://www.vogue.co.kr/2016/07/15/번역의-조건/

아름답지만 불가능에 가까운 일, 번역

박산호

얼마 전 취미로 4주 동안 사진을 배웠다. 사진을 가르치는 선생님, 나, 다른 학생 한 명 이렇게 셋이 하는 단출한 수업이었는데 평소 글만 만지다 카메라로 세상을 보는 법과 사진을 찍는다는 의미에 대해 여러모로 생각할 수 있는 시간이었다. 수업은 일단 선생님의 강의를 듣고 사진을 찍는 실습을 하고 그 결과물을 셋이 같이보면서 이야기를 나누는 식으로 진행됐는데 매번 흥미로운 이야기가 나왔다. 하루는 여행 사진에 대한 이야기를 하다가 왜 일본에서찍는 사진과 한국에서 찍는 사진이 다른지, 또 유럽에서 찍는 사진의 색채는 왜 다른지 의견을 나누게 됐다. 우린 머릿속에 떠오르는대로 여러 가지 답을 내놨는데 선생님은 일본과 한국의 공기나 바람이 달라서 사진에 그런 점이 나타나는 거라고 했다. 한국과 유럽은 당연히 하늘과 바다, 건물의 색조 자체가 다르겠지만 바로 옆 나라인 일본의 공기와 바람도 다르다니 신선한 충격이었다. 문득 이런 생각이 들었다. '그러니 번역이 어려울 수밖에 없지.'

사진 수업을 하다가 왜 느닷없이 번역 이야기를 하느냐고 할 수도 있겠지만 공기와 바람이 달라 사진도 다르게 나온다면 외국에서 외국 작가가 외국어로 쓴 작품을 한국어로 옮긴다는 것 역시 당연히 어려울 수밖에 없다는 생각이 직업병처럼 퍼뜩 들었다. 말하자면 이런 것이다. 영국에서 1년 반 정도 생활하고 한국에 돌아온 후로 우연인지 아니면 출판사에서 그 점을 고려한 것인지 영국 작가들의 소설을 번역해달라는 의뢰가 심심찮게 들어온다. 번역서를 읽는 독자의 입장에서는 영국이나 미국이나 영어를 쓰는데 무슨 차이가 있냐고 묻기 쉽겠지만 사실 그렇지 않다. 좀 과장하자면 마치 다른 언어라는 생각이 들 정도로 차이가 나기도 한다. 무엇보다 영국인과 미국인이 주로 쓰는 어휘가 서로 다르고 정서와 유머 감각도 다르다. 거칠게 비유하자면 미국은 할리우드 액션처럼 아귀가 딱딱 맞아 떨어지면서 비교적 명쾌하고 극적인 이야기가 많은 반면에 영국은 매일 부슬부슬 비가 내리는 날씨에 끊임없이 홀짝이게 되는 홍차처럼 좀 더 섬뜩하고 현실적인 묘사로 미처 인식하지 못하는 사이에 인간의 내면을 파고든다. 유머 감각 역시 두 나라가 매우 다른데 미국식 유머는 그나마 수많은 할리우드 영화의 물량 공세로 한국 독자들에게 익숙하지만 영국식 유머의 진가를 제대로 음미하기란 쉽지 않다.

그렇게 종종 들어오는 영국 소설 중 하나를 번역하다 이런 일이 있었다. 그날은 몸이 좋지 않아 전날 초저녁부터 잠자리에 들었다가 새벽 세 시에 퍼뜩 눈이 떠졌다. 다시 잠을 청해봤자일 것 같아서 작업 중이던 영국 소설가의 단편집을 꺼내 그날 작업할 소설을 읽어봤다. 워털루 역에서 죽은 아빠의 유령을 보는 한 여자의 이야기였다. 여자는 우연히 자신이 탄 기차와 마주보고 섰다가 반대편으로 달려가는 기차에 탄 아버지의 유령을 본다. 그러고 나서 아빠를 찾기 위해 두 열차의 종착역인 워털루 역에 내려 역사 안에 있는 W. H. 스미스 서점, 부츠 화장품 가게, 코스타 커피숍, 맛없는 샌드위치 가게 사이를 정신없이 헤매고 다닌다. 한국으로 치면 서울역과 같은 워털루 역의 생생한 묘사를 읽자니 불현듯 그곳에 서 있던 내 모습이 떠올랐다.

워털루 역은 영국에서 지내면서 짬이 날 때마다 딸과 함께 런던에 갈 때 드나들던 역이다. 그때는 시간도 돈도 넉넉하지 않아서 꼭 보고 싶은 공연이나 전시가 있을 때만 큰맘 먹고 나갔다. 워털루 역에 도착하면 역사 안의 코스타 커피숍에서 나는 커피를 마시고 아이는 머핀을 먹거나 주먹밥 프랜차이즈 식당에서 밥을 먹곤 했다. 시내에 나가면 밥 구경은 하기 힘드니까. 무엇보다 워털루 역은 무수한 여행자들로 발 디딜 틈 없이 복잡하면서도 그들이 빚어내는 특유의 활기가 넘치는 곳이다. 그런 분위기를 작가의 생생한 묘사로 읽으며 그곳에 선 나를 떠올리자 힘들었던 그때 생활이 떠오르면서 그리움과 서글픔과 안타까움이 섞인 복잡한 감정이 들었다.

그런 한편으로 이런 내 마음과 일치했던 어떤 글의 한 부분이 떠올랐다. 그것은 번역의 지난함을 설명한 글로, 가령 한국 소설을 영어로 번역하면서 소설 속 주인공이 갖은 고생 끝에 강북 산동네에서 강남 중심가의 아파트로 이사했다는 내용을 단순히 강북에서 강남으로 갔다고만 옮긴다면 외국 독자들은 그것이 한국 사회에서 얼마나 큰 의미인지 결코 이해하지 못하리라는 내용이었다. 강북과 강남이라는 정서는 한국에서 태어나 성장한 이들에게 뿌리박힌 복잡다단하면서도 폭력적인 정서인데 그것을 어떻게 외국 독자들이 이해할 수 있겠으며, 또한 번역가는 이해할 수 있겠냐는 요지의 글이었다. 그 글을 읽을 때도 크게 공감했지만 그날 새벽 그 단편소설을 읽으며 나는 다시 한 번 무력감이랄까, 번역가로서의 비애와 한계를 느꼈다.

소설 속 주인공은 아버지가 살아 있을 때 원만한 관계가 아니었고 결국 아버지가 죽을 때까지 화해하지 못했다. 그런 상황에서 유령이 된 아버지가 기차를 타고 어딘가로 도망치는 모습을 보고 쫓아가지만 그 와중에도 아버지의 눈빛에서 쫓아오지 말라는 뜻을 읽어낸다. 여행자들로 붐비는 복잡한 워털루 역 한가운데서 유령이 돼서도 자신을 거부하는 아버지를 본 그녀가 느끼는 사랑과 이별과 오해와 같은 겹겹의 감정이 다양한 형용사와 부사와 명사 사이에 진득하게 배어 있었다. 하지만 그 모든 단어와 문장을 다 옮긴다고 해도 번역가 김남주의 표현처럼 "단어와 단어 사이의 그 매력적인 모호함"[7]은 도저히 옮길 수 없을 것 같았다. 다시 말해 그것은 영국의 습한 기후를 피부로 느껴보지 못한, 2차 대전을 치러낸 런던의 황폐한 시절을 모르는, 워털루 역의 기묘한 활기를 경험하지 못한 사람은 이해할 수 없는 느낌이었다. 다시 말해 내 짧은 언어로는 작가의 마음을 그대로 옮길 수 없다는 무력감이 든 것이다.

앞에서 이야기한 사진에 대한 비유로 돌아가, 한국과는 공기와 바람과 습도가 다른 일본의 풍경을 1000분의 1초로 포착해서 사진으로 담아낼 수는 있겠지만 이것을 언어로 옮기는 것은 완전히 다른 작업이라고 할 수 있을 것이다. 외국어로 옮긴 풍경이 원어로 묘사된 풍경과 같을 수는 없지 않을까?

이렇게 옮길 수 없는 것을 옮겨야 하는 번역이란 일은 번역가의 실력 혹은 배경지식이나, 작가 못지않은 감수성을 가졌느냐 하는 것과는 또 다른 문제라는 생각이 든다. 또한 번역하는 책이 출간된 나라에서 살아보면 도움이 되겠지만 그렇다고 이것이 절대적인 해결책도 아니다. 몇몇 번역가들처럼 두 나라를 정기적으로 오가며 사는 행운을 누린다고 해도 근원적인 문제가 남는다. 이것은 어쩌면 인간의 소통이라는 문제와도 닿는 것이 아닐까? 내가 하는 말을 타인이 완벽히 이해하기란 불가능한 것처럼 한 작가의 작품을

100퍼센트 이해하는 것은 불가능하다. 그렇다면 그 작품을 100퍼센트 완벽하게 번역한다는 것 역시 불가능한 일이다. 물론 번역해야 할 텍스트가 실용서, 매뉴얼, 법전 등과 같이 상대적으로 해석의 여지가 좁다면 그나마 번뇌가 줄어들겠지만 철학, 문학, 종교 같은 텍스트가 기반이라면 최선을 다하겠다는 자세로 번역에 임할 수밖에 없다.

그러기 위해 번역가들은 자신이 다루는 텍스트를 읽고 또 읽고 다시 읽는다. 일을 하지 않을 때도 끊임없이 그 텍스트를 생각한다. 그 문장에서 작가가 한 말은 무슨 뜻일까? 작가가 살아 있고 이메일을 주고받는 것이 가능하다면 물어볼 수도 있겠지만(실제로 그런 번역가들도 있다) 그럴 수 없는 경우에는 마음속으로 작가와 대화를 나눈다고 상상하며 한 언어와 다른 언어 사이에 일어나는 간극을 메우기 위해 줄기차게 매달린다. 그래서 번역가는 그 작품의 가장 성실한 독자이자 가장 열렬한 독자이기도 하다.

그러니 번역을 꿈꾸는 이들이 이 말을 고려해준다면 좋겠다. 이 일은 끊임없이 텍스트와 대화를 나누며 읽고 또 읽는 생활에서 기쁨을 느끼는 사람들과 잘 어울린다. 또한 옮길 수 없는 텍스트를 옮기는 일에 비애와 슬픔을 느끼겠지만 그마저도 즐길 경지에 오르면 굉장히 강력한 무기가 생기는 셈이라는 말도 덧붙이고 싶다. 이 모든 괴로움과 슬픔을 음미할 준비가 됐다면, 번역의 세계로 들어오신 것을 환영합니다.

쉬운 책, 힘든 책, 어려운 책

노승영

번역하기 가장 힘든 책은 어떤 책이냐는 물음에 "지금 번역하는 책"이라고 대답하면 멋있어 보이겠지만, 고백건대 가장 힘들었던 책은 따로 있다. 지금 번역 중인 책은 쉬운 책에 가깝다. 사람들은 어려운 책이 힘들 거라고 생각하지만 읽기 어려운 책과 번역하기 어려운 책은 다르다.

이를테면 전문용어가 난무하는 의학책을 번역한다고 생각해보자. 생소한 의학 용어에 질려 번역할 엄두가 나지 않을지도 모르지만 대부분의 용어는 대한의사협회 의학 용어집[8]에 잘 정리되어 있다. 읽고 이해하는 것은 힘들지 몰라도 번역하는 것은 의외로 쉽다. 철학자 대니얼 데닛은 흰개미가 통풍의 원리를 이해하지 못하고도

가우디의 성가족 교회와 비슷한 형태로 흰개미탑을 짓는 것을 일컬어 '이해 없는 능력 competence without comprehension'이라고 불렀는데, 여기에 빗대어 '이해 없는 번역'이 가능하다고 말할 수도 있으리라. 물론 정도가 지나치면 영혼 없는 번역, 즉 기계적인 직역이 되어버리겠지만.

낯선 동식물이 잔뜩 등장하는 생물학책도 마찬가지다. 영어 일반명에 해당하는 학명이나 한국어 일반명을 찾으려면 손품을 많이 팔아야 하지만 이것은 시간의 문제다. 아무리 찾아봐도 한국어 일반명이 없으면 번역가가 직접 이름을 만들어도 무방하다. 게다가 학회에서 발간한 생물명집이나 정부 기관 홈페이지의 용어집에 실린 번역어는 고민 없이 믿고 써도 좋다.

'힘들다'에는 (당연히) 두 가지 의미가 있는데 하나는 육체적으로 힘든 것이고 다른 하나는 정신적으로 힘든 것이다. 일정이 빠듯한 책은 육체적으로 힘들다. 지속 가능한 번역을 위한 일일 작업량을 초과하면 몸에서 신호를 보낸다. 손목, 어깨, 허리 그리고 무엇보다 소중한 눈의 건강을 급행료와 맞바꾸는 셈이다(급행료를 받아본 적은 없지만). 나는 작업 막바지가 되면 하루라도 빨리 끝내버리고 싶어서 속도를 바짝 끌어올리는 나쁜 버릇이 있는데, 마감을 며칠 앞두고는 하루 종일 꼼짝 않고 책상 앞에 앉아 있기도 하고 퇴고할 때는 아예 밤을 새우다시피 하기도 한다. 마감 날짜가 지나지도 않았는데 괜히 조급해진 탓이다.

분량이 많은 책도 번역가를 지치게 한다. 이제까지 번역한 책 중에서 스터즈 터클의 『일』, 조지 마시의 『인간과 자연』, 앨프리드 러셀 월리스의 『말레이 제도』 등이 200자 원고지 3000매가 넘는 이른바 '벽돌책'이다. 해도 해도 끝이 나지 않는 책을 붙잡고 있다 보면 시간 감각이 사라지고 하루하루가 무의미하게 느껴진다. 몇 달간 책 하나에 갇혔다가 드디어 벗어나면 이 책과 함께 인생의 한 조각이 떨어져 나갔다는 생각이 든다.

하지만 진짜 골칫거리는 정신적으로 힘든 책이다. 첫 번째는 '너무' 잘 쓴 책. 영어 문법의 잠재력을 극단적으로 밀어붙이는 책은 한국어로 번역하기 힘들다. 꼬리에 꼬리를 무는 영어 문장을 한국어로 고지식하게 번역하면, 꼬인다. 노엄 촘스키의 『촘스키, 희망을 묻다 전망에 답하다』가 그런 책이었다.

두 번째는 사유가 깊은 책이다. 대니얼 데닛의 『직관펌프, 생각을 열다』가 대표적인 사례다. 2014년 4월 10일, 명동의 '동방홍'이라는 중국집에서 동아시아 출판사 한성봉 대표와 연태고량주를 마시다 취기가 얼굴까지 올라왔을 즈음 편집자가 가방에서 주섬주섬 계약서를 꺼냈다. 원하는 조건을 제시하면 그대로 받아주겠다는 말에 살짝 고민했지만 결국 평소에 받던 금액을 적고 사인했다. 내가 실수했다는 사실을 깨달은 것은 그해 7월에 번역을 시작하면서였다. 대니얼 데닛은 스스로 이렇게 말할 정도로 번역하기 힘든 저자다. "우리가 해야 하는 생각 중에는 형식에 구애받음 없이 은유를 구사하고 상상력을 자극하고 (모든 수법을 동원하여) 닫힌 마음의 벽을 공략해야만 가능한 것이 있다. 행여나 쉽게 번역되지 않는 문장이 있다면, 번역의 대가가 등장하거나 전 세계 과학자들의 영어 실력이 나아지기를 바랄 수밖에 없으리라."⁹ 한국에 번역된 데닛의 예전 책들도 어렵기로 악명 높은데 내가 보기에 이것은 번역 탓이 아니다. 저 복잡하고 다채로운 사유의 향연을 한국어로 풀어낸다는 것은 불가능에 가깝다. 다행히도 이번 책은 자신의 생각 기법을 일반 독자에게 전수하기 위해 작정하고 쉽게 쓴 책이어서(물론 데닛의 말에 따르면 그렇다는 이야기이지만) 우여곡절 끝에 번역을 마쳤다.

세 번째는 덜 다듬은 책이다. 글솜씨는 부족하지만 독특한 분야를 연구했거나 기발한 아이디어가 호평받아 책을 출간한 저자는 조심해야 한다. 글쓰기란 자신의 생각을 풀어내는 것이 절반이고 이 생각을 독자가 이해할 수 있도록 다듬는 것이 절반인데, 이런 저자는 앞의 절반만 마치고는 독자가 이해할 수 있으리라 생각한다. 그러면 나머지 절반은 고스란히 번역가의 몫이다. 유능한 저자는 독자가 의미를 쉽게 이해할 수 있도록 여러 가지 장치를 문장에 —의식적으로든 무의식적으로든—심어두는데, 이런 장치를 제대로 구사하지 못하는 저자의 글은 읽거나 번역하기 힘들다. 중역重譯이 힘든 데는 이런 까닭도 있다. 이반 일리치의 『그림자 노동』은 이런 점에서 번역하기 까다로웠다. 중역은 아니지만(원전은 영어판이다) 일리치의 모국어는 영어가 아니었기 때문에 그의 문장에서 영어 원어민의 무의식적 장치를 찾아낼 수 없었기 때문이다.

그러나 가장 지독한 부류는 의식의 흐름에 따라 글을 쓰는 자들이다. 번역을 잘하려면 저자의 머릿속에 들어가 저자의 눈으로 보고 저자의 귀로 들어야 하지만, 오감이 아니라 의식의 차원에서 글을 쓰는 사람의 머릿속에는 들어갈 방법이 없다. 이에 반해 저자가 잘 쓰고 편집자가 잘 다듬은 이른바 '웰메이드' 책은 번역하기 수월하다. 크레이그 벤터의 『게놈의 기적』이 그런 책이었는데, 인간 유전체 연구의 최전선을 다루는지라 내용을 이해하기 힘들었지만 글자체만 놓고 보자면 있는 그대로 번역하기만 해도 읽을 만한 문장이 만들어졌다.

그건 그렇고 쉬운 책을 만나는 것이 번역가에게 반드시 좋은 일일까? 힘든 책과 씨름할 때는 저자와 출판사를 원망하면서 '다시는 이런 책 하나 봐라' 하고 생각하지만, 막상 번역을 끝내고 나면 평소보다 더 뿌듯하고 자신감이 생긴다. 그러니 힘든 책은 어떤 면에서는 고마운 책이다. 물론 그런 책을 의뢰한 출판사가 새로운 일을 부탁하면 일단 경계심을 품게 되겠지만.

출처 〈북클럽 오리진〉, 2017년 12월 10일.
https://1boon.daum.net/bookclub/trans20171209

직역, 의역 논쟁

노 승 영

2011년에 월터 아이작슨의 『스티브 잡스』 한국어판을 놓고 번역 논란이 벌어졌다. 누군가 이 책의 오역을 지적하는 글을 인터넷에 게시했는데 그 글에 소개된 것 중에는 오역으로 보기 힘든 문장도 있었고 경우에 따라서는 오히려 훌륭한 번역으로 보이는 것도 있었는데도 무작정 싸잡혀 매를 맞는 듯했다(물론 명백한 오역도 있었지만). 그동안 이런 일이 한두 번이 아니었다. 번역 논쟁이 벌어지면 번역가는 으레 죄인이 되어 어떤 비난이든 달게 받아야 했다. 매번 이런 수모를 겪으면서도 아무 일도 없었던 것처럼 컴퓨터 앞에 앉아야 하는 처지에 문득 자괴감이 들었다. 성실하게 일하면 보람과 자부심을 느껴야 하는데 툭하면 공적公敵으로 소환되는 것에 신물이

났다. 계속 이런 식이라면 번역 일이 아무리 좋아도 오래 하지 못하겠다는 생각이 들어 마감을 잠시 미루고 한마디 거들었는데 그만 일이 커져버렸다.

당시의 치열했던 논쟁은 포털 사이트 다음의 아고라 게시판에 고스란히 남아 있으니 이 문제에 관심을 가진 독자라면 검색해보기 바란다. 자구字句를 둘러싼 시비는 번역론을 둘러싼 대결로 비화되었고 한쪽은 원문파(직역파), 한쪽은 자유파(의역파)가 되어 급기야 하나의 텍스트를 두 사람이 각자의 번역론대로 번역해 어느 쪽이 바람직한지 비교하기에 이르렀다.[10] 처음에는 『스티브 잡스』 영어판의 일부를 번역하기로 했지만 출판사에서 난색을 표하는 바람에 내가 예전에 번역한 『세상의 종말에서 살아남는 법』을 저본으로 정했다(누구의 번역이 더 뛰어난지 가리자는 취지는 아니었지만, 만에 하나 상대방의 번역이 내 번역보다 뛰어나다면 이 일을 그만두고 다른 직업을 찾아야 하지 않을까 심각하게 고민했다). 그 과정과 결과는 내가 만든 인터넷 카페 〈번역 소비자 연대〉[11]에 고스란히 기록되어 있다.

위 논쟁에서 나는 자유파의 입장을 대변했지만 무턱대고 의역이 바람직하다고 생각하지는 않는다. 직역이든 의역이든 어엿한 번역의 방법론이며 번역가는 둘 중에서 원하는 것을 선택할 자유가 있다. 단지 의역을 했다는 이유로 독자를 우롱한다는 비난을 들어서는 안 된다. 물론 번역가의 자유는 절대적인 것이 아니며—책의 성격이나 출판사와 독자의 의견에 영향을 받을 수밖에 없으므로—자유에는 책임이 따른다.

사실 직역·의역 논쟁은 번역이라는 것이 시작된 이후로 계속되었다. 이 논쟁은 학파 사이에서, 번역가와 독자 사이에서, 번역가의 머릿속에서 지금도 벌어지고 있다. 번역가는 책 전체를 놓고 고민하기도 하고 문장 하나를 놓고 고민하기도 한다. 직역·의역 논쟁은 끊임없는 갈등의 원천이자 영원히 풀리지 않는 매듭이다.

직역·의역 논쟁이 얼마나 복잡한지 보여주는 간단한 예로 관용 표현이 있다. '핫 포테이토 hot potato'라는 표현을 맨 처음 한국어로 번역한 사람에게는 두 가지 선택지가 있었을 것이다. '까다로운 문제'로 의역할 것인가, '뜨거운 감자'로 직역할 것인가? 뜨거운 감자는 영국인에게도 뜨겁고 한국인에게도 뜨거우니, 영국인이 'hot potato'에서 연상하는 의미(외연)는 한국인이 '뜨거운 감자'에서 연상하는 의미와 같을 것이다. 그리하여 최초의 번역가는 '뜨거운 감자'를 선택했을 것이다(그러지 않았더라도 언중이 '뜨거운 감자'를 선택했을 것이다). 이제 '뜨거운 감자'는 단순한 번역어가 아니라 한국어의 관용 표현이 되어 우리말에서도 자연스럽게 등장한다. 그런데 과연 'hot potato'와 '뜨거운 감자'는 같은 의미(내포)일까? 이런 의견을 생각해보라. "영어권에서는 감자를 뜨거울 때 먹지 않으니 뜨거운 감자는 기피 대상이고 그래서 이런 관용어가 생긴 것입니다. (……) 하지만 한국인들은 뜨거운 감자를 맛있다고 합니다."[12] 하긴 한국어 '뜨거운 감자'는 호호 불면서 먹는 맛있는 음식이다. 그렇다면 '뜨거운

감자'는 잘못된 번역일까? 하지만 여기서 간과하지 말아야 할 사실
은 우리가 '뜨거운 감자'를 순수한 한국어로 여기지 않는다는 것이
다. '뜨거운 감자'가 영어의 관용 표현임을 아는 사람은(대부분의 사
람이 학생 시절 영어 시간에 배워서 알 것이다) '뜨거운 감자'의 의미를 한
국이 아니라 영어권의 맥락에서 유추해야 함을 안다. 그러니 'hot
potato'라는 간단한 표현을 직역할지 의역할지조차 결코 간단한 문
제가 아니다.

　번역을 일컫는 영어 단어 '트랜슬레이션'의 어원은 라틴어 '트란
슬라티오'인데, 이 단어는 '건너서'를 뜻하는 '트란스'와 '나르다'를
뜻하는 '페로'가 결합된 것이다. 라틴어 '트란슬라투스'는 '트란스페
레'의 과거분사형이다.[13] 그렇다면 '트랜슬레이션'은 '건너편으로 나
르다'라는 뜻으로 해석할 수 있다. 과연 무엇을 무엇의 건너편으로
나른다는 것일까? 언어의 장벽이라는 강 저편과 이편에 각각 저자
와 독자가 있다. 나는 영어를 한국어로 옮기는 번역가이니까 강 저
편은 (저자가 있는) '영어의 땅'이고 강 이편은 (독자가 있는) '한국어의
땅'이다. 독자가 저자와 대면하는지, 텍스트와 대면하는지에 대해서
는 논란이 있으나 이 글에서는 독서를 (저자와 독자가 나누는) 일종의
대화로 보기로 한다. 번역가는 사공이다. 그의 임무는 저자와 독자
를 만나게 하는 것이다. 사공은 한국어 땅의 독자를 영어 땅에 데
려가 저자를 만나게 해야 할까, 영어 땅의 저자를 한국어 땅에 데
려와 독자를 만나게 해야 할까?

첫째, 독자를 저자에게 데려가는 경우. 독자는 낯선 땅에 발을 디딘다. 풍경도 풍습도 물건도 낯설기만 하다. 독자는 어느 것 하나 자신의 잣대로 판단하지 않고 열린 마음으로 저자를 우러러본다. 저자의 일거수일투족을 눈에 담고 싶다. 저자의 말 한마디도 놓치고 싶지 않다. 저자의 음성을, 저자의 독특한 말투를 있는 그대로 듣고 싶다. 저자가 바라보는 세상을 고스란히 보고 싶다. 이해되지 않는 것이 있다면 내 탓이다. 낯선 진실이 있고, 나는 이방인이다.

둘째, 저자를 독자에게 데려오는 경우. 저자는 혈혈단신으로 낯선 땅을 밟는다. 저자는 자신의 말이 지독한 사투리처럼 들린다는 사실을 알아차린다. 평소처럼 말하면 독자는 저자의 말을 알아듣지 못한다. 저자는 독자가 이해할 수 있도록 표현을 다듬고 독자에게 친숙한 예를 든다. 자신의 땅이기에 독자는 주눅 들지 않는다. 나를 이해시키라고, 내가 이해하지 못하면 그것은 당신 책임이라고 말한다. 입증의 책임은 저자에게 있다.

뭉뚱그려 표현하자면 '데려가는' 번역을 직역, '데려오는' 번역을 의역이라고 말할 수 있다. 문제는 나루터에서 배를 기다리는 손님이 하나가 아니라는 것이다. 어떤 손님은 자신을 건너편으로 데려가 달라고 요구하고 어떤 손님은 건너편 사람을 데려와 달라고 요구한다. 하지만 사공은 배를 한 번만 몰 수 있기에(저작권 때문에), 손님들의 제각각 요구를 하나로 모아 결단을 내려야 한다. 마치 손님이 한 명인 것처럼. 이 가상의 손님을 '대상 독자'라 한다.

그런가 하면 나루터에 배를 대고 한쪽 땅에서 둘을 대면시키는 것이 아니라 강 한가운데 나룻배 위에서 상봉시키는 방법도 있다. 사공은 그때그때 솜씨를 발휘하여 배를 이쪽으로 몰았다가 저쪽으로 몰았다가 한다. 영문을 모르는 사람들은 배가 어느 나루터에 닿는지에만 관심을 쏟는다. 하지만 초짜 사공이 영어 땅으로 향하면, 독자를 엉뚱한 나루터에 내려주기 십상이다. 물길도 모르고 저자가 어디서 기다리는지도 모르고 그냥 자기 눈에 보이는 대로 배를 젓는다. 이를 일컬어 '영혼 없는 직역'이라 한다. 저자가 어떤 의도로 문장을 썼는지 이해하지 못한 채 기계적으로 영어 단어와 한국어 단어를 짝짓는 것이다. 이에 반해 게으른 사공이 한국어 땅으로 향하면, 배를 나루터 아닌 곳에 대충 접안하기 쉽다. 이를 일컬어 '얼렁뚱땅 의역'이라 한다. 문장 구조를 제대로 분석하지 않고서 대충 감으로 끼워 맞추는 것이다. 언뜻 보면 그럴듯하지만 원문과 대조하면 터무니없는 오역도 곧잘 발견된다. 강호에서 벌어지는 번역 논쟁은 영혼 없는 직역과 얼렁뚱땅 의역의 사이비 논쟁인 경우가 많다. 부디 경험 많고 부지런한 사공을 만나시길.

○
출처 『한겨레21』, 2014년 10월 25일.
http://h21.hani.co.kr/arti/culture/culture_general/38195.html

세상에는 두 종류의 번역가가 있다

~~~~~~~~~~ 노승영 ~~~

번역계에는 결코 해결되지 않는 두 가지 논쟁거리가 있다. 하나는 앞에서 설명한 직역 대 의역 논쟁이고 다른 하나는 대충 번역하고 나중에 꼼꼼히 고칠 것이냐, 처음부터 꼼꼼하게 번역할 것이냐 하는 논쟁이다.

세상에는 두 종류의 번역가가 있다. 고치는 번역가와 (거의) 안 고치는 번역가. 고치는 번역가는 최대한 빨리 초벌 번역을 한다. 심지어 알쏭달쏭한 단어나 문장을 원어 그대로 내버려두기도 한다. 어떻게든 책 한 권을 꾸역꾸역 번역한 뒤에 처음으로 돌아가 꼼꼼히 들여다보며 문장을 다듬는다. 오타와 비문만 보는 것이 아니라 어순, 절의 구조, 수사법 등을 총체적으로 점검한다. 초벌 번역에 걸리는 시간과 고치는 데 걸리는 시간이 비슷한 번역가도 있다. 이에 반해 안 고치는 번역가는 단어 하나, 구 하나를 처음부터 꼼꼼하게 따져가며 번역한다. 그러다 보니 문장 하나를 번역하는 데 반나절이 걸리기도 한다(여담이지만 이런 번역가의 문제는 진도가 안 나가면 지루함을 달래려다 딴짓에 빠지기 쉽다는 것이다). 번역이 끝나면 오타와 비문만 고쳐서 제출하거나 아예 하나도 손대지 않고 그냥 출판사에 넘기는 번역가도 있다(그들도 할 말이 있다. "편집자가 할 일을 빼앗으면 안 되잖아!"). 아예 퇴고하지 않는 번역가 두 명을 아는데 공교롭게도 둘 다 실력을 인정받는 중견 번역가이며 내가 존경하는 사람들이다.

번역 스타일이 이렇게 상반되는 이유를 놓고 여러 설이 난무하지만 가장 근본적인 이유는 '성격'이 아닐까 싶다. 중·고등학교 시절에 시험을 볼 때면 쉬운 문제부터 풀고 어려운 문제에 도전하거나 점수 비중이 큰 주관식 문제부터 푸는 친구가 있고, 1번 문제부터 무작정 순서대로 푸는 친구도 있는데, 나는 후자였다. 글을 쓸 때는 머릿속에 떠오르는 이야기를 자기 검열 없이 써 내려가고 나중에 퇴고하는 것이 좋다고들 하지만 무언가 아이디어가 떠오르기 전에는 도저히 컴퓨터 앞에 앉지 못하는 (나 같은) 사람도 있다.

고치는 번역가가 내세울 수 있는 가장 강력한 근거는 '해석학적 순환'이다. 간단히 말하자면 같은 글을 읽더라도 읽을 때마다 해석이 달라진다는 뜻이다. 소설이라면 결말을 모르고 읽을 때와 알고 읽을 때의 독서 경험이 전혀 다를 것이다. 그렇지 않다면 같은 책을 여러 번 읽을 이유가 없으니까. 두 번째 읽을 때는 처음에 중요하게 여기지 않았던 요소들에 중점을 두고 읽을 수도 있다. 번역의 절반은 독서이기 때문에 해석학적 순환은 번역에서도 유효하다. 아무리 머리를 쥐어짜도 이해되지 않던 문장이 책 전체를 일별한 뒤에 다시 읽어보면 명쾌하게 풀리는 경우가 있다.

이런 이유로, 번역을 시작하기 전에 원서를 통독하는 번역가도 있다. 나도 초창기에는 같은 방식으로 번역했는데 차츰 대충 읽게 되더니 나중에는 다짜고짜 첫 페이지를 펴서 번역을 시작하는 지경에 이르렀다(그나마 원서의 전자 원고를 번역하기 편하게 다듬으면서 아주 대략적으로 감을 잡는다. 번역가 김명남 씨는 찾아보기를 제일 먼저 번역한다는데, 찾아보기에 등장하는 용어야말로 책의 뼈대이므로 이 방법은 책의 내용을 전반적으로 파악하는 데 효과적일 것이다. 나는 기계적인 반복 작업을 즐기는 편이라 찾아보기를 번역할 때도 본문에서 번역한 결과를 기계적으로 대입하는 것에서 묘한 쾌감을 느끼기 때문에 항상 마지막에 작업한다). 하긴 어떤 소설 번역가는 원서를 미리 읽으면 결말을 알아버리기 때문에 번역의 재미가 반감된다고 했던가? 이에 반해 결말이 궁금하지 않은 인문서는 번역하다가 제풀에 지치는 경우가 많다. 그럴 때면 '나도 흥미진진한 반전反轉 소설을 번역해봤으면!' 하는 생각이 든다. 내가 원서를 미리 읽지 않게 된 결정적 이유는 (형편없는 기억력 탓에) 원서를 미리 읽어봐야 별 효과가 없었기 때문이다. 번역을 시작할 때쯤이면 읽은 내용을 이미 까맣게 잊어버리니 말이다. 하지만 기억력이 좋고 해석학적 순환의 효과를 보고 싶은 번역가라면 원서를 미리 통독하는 방법도 좋을 것이다.

『작은 딱정벌레의 위대한 탐험』을 번역할 때의 일이다. 만화책이라 가볍게 생각해 몇 장 훑어보고 바로 번역을 시작했는데 후반부에 막장 드라마(?)가 전개되면서 동료들이 아빠가 되고 엄마가 되고 형이 되는 것 아닌가? 한국어에서 가족관계의 변화를 극적으로 나타내려면 호칭과 높임말/낮춤말에 변화를 주는 것이 효과적이므로 처음으로 돌아가 대화문의 어미를 일일이 바꿨다.

한편 『어메이징 인포메이션』은 도서관 사서가 화자고 대학생이 가상의 청자(독자)여서 높임말로 번역했는데 다 해놓고 보니 차라리 격의 없이 반말로 하는 것이 낫지 않았을까 하는 생각이 들었다(만화책은 정말이지 반말 친화적인 매체다). 이번에도 일일이 고칠 각오를 하고 편집자와 통화를 했는데 내 생각과 달리 높임말이 어색하지 않다기에 그냥 두기로 했다. 두 책의 경우, 번역하기 전에 원서를 통독하고 책의 전반적 분위기를 파악하여 번역 전략을 세웠으면 더 수월했을지도 모르겠다.

안 고치는 번역가에게도 할 말은 있다. 아직 꼴을 갖추지 못한 생각의 덩어리를 글로 빚어내야 하는 작가와 달리 번역가에게는 완성된 재료가 주어진다. 즉, 번역가가 고민해야 할 많은 것들은 원저자가 이미 충분히 고민한 것들이며 그 결과물이 바로 눈앞의 문장이다. 게다가 고치기는 대체로 원문이 아니라 번역문을 훑어보며 이루어지기에(원문 대조가 이상적이라고 생각할 수도 있겠지만 일일이 원문 대조를 해가며 고치려다가는 한국어 문장의 흐름을 놓치기 쉽다) 원문의 전략을 파악하지 못하여 '창작'할 우려가 있다. 경험상 원저자가 초고를 철저히 고치고 편집자가 훌륭하게 다듬은 글일수록 번역 과정에서 골머리를 썩이는 일이 줄어든다. 그러나 원저자가 생각의 흐름에 따라 쓰고 그 뒤에 손대지 않은 글은 저자가 했어야 할 고민까지 번역가가 떠안아야 하기 때문에 여간 고역이 아니다. 물론 영어의 전략이 한국어의 전략과 일대일로 대응하지는 않지만 잘 쓴 글일수록 번역하기 편하다. 설령 고생하더라도 고생한 보람을 느낄 수 있다.

나는 한 문장, 한 문장 마음에 들게 번역이 되었을 때에야 다음 문장으로 넘어가고 번역이 끝난 뒤 원고를 통독하면서 눈에 거슬리는 표현만 다듬는다. 번역 당시에는 어색하던 문장이 해석학적 순환을 거친 뒤에는 자연스럽게 읽히는 기적이 일어나기도 한다(어쩌면 이것은 기적이 아니라 저주인지도 모른다. 3부 '과학책 번역' 참고). 하지만 내 방법이 모든 번역가에게 적합하지는 않을 것이다. 결국 자신의 방법대로 번역하되 최선을 다하는 수밖에.

○

출처 〈북클럽 오리진〉, 2017년 6월 29일.
https://1boon.daum.net/bookclub/trans20170629

나는 더 인간다워지기로 했다

박산호 ~~~~~~~~~~~~~~

몇 년 전 한동안 출판 번역 강의를 했다. 수강생들의 배경이나 연령대가 생각보다 다양했다. 백수, 대학생, 외국계 회사원, 강남에서 20년 넘게 영어 과외만 한 사람, 연봉이 수억대라는 비즈니스 컨설턴트도 있었다. 20대 초반부터 60대 후반까지 연령대도 폭넓었다. 번역은 여러 분야가 있지만 크게는 영상과 출판 번역으로 나뉜다. 그중에서 출판 번역의 진입 기준은 연령 면에서 비교적 관대하다. 영상 번역은 주된 관객이 젊은 층이다 보니 번역자에게도 통통 튀는 젊은 감각이 더 요구되는 반면 출판 번역은 폭넓은 지식과 연륜이 필요한 데다 성격도 진중한 쪽이 더 잘 맞는 편이다. 그래서인지 퇴직자들이 제2의 직업으로 번역가를 꿈꾸며 찾아오는 경우가 종종 있다. 혹은 일종의 '플랜 B'로 생각하고 오는 경우도 있었다. 우선 '투 잡'을 뛰다가 번역으로 자리를 잡으면 그때 가서 하던 일을 그만두겠다는 계획이었다. 그때만 해도 그런 사람들을 흔쾌히 받아들일 때였다. 실력만 있다면 학벌이나 나이는 크게 구애받지 않는 곳이 출판계니까. 여든여덟의 나이에도 현역으로 발군의 실력을 발휘하는 일본어 번역가 김욱 선생님 같은 분도 있다. 지금도 여러 출판사에서 러브콜을 받는다는 그분을 보면서 나도 체력과 지력이 닿는 한 은퇴 시기는 내 뜻대로 할 수 있으리라 생각했다.

하지만 그 꿈은 최근 일취월장하는 번역기를 보면서 박살이 났다. 2016년 초에 알파고가 이세돌 9단을 꺾을 때까지만 해도 약간 충격을 받기는 했지만 내 일상에까지 영향을 줄 거라고는 생각하지 않았다. 그러다 2017년 들어 구글 번역기에 이어 네이버에서 파파고 번역 서비스가 시작되는 것을 보면서 한동안 공황 상태에 빠졌다.

번역은 육체노동인 동시에 정신노동이다. 노고에 비하면 보수나 사회적 지위는 보잘 것 없지만 그래도 책에 대한 애정과 평생할 수 있는 일이라는 기대에 의지해 살아왔는데 이 무슨 날벼락이란 말인가? 오랜 방황 끝에 내 나름의 천직을 찾았다고 생각했는데 다시 새로운 일을 찾아봐야 하나? 인생의 가냘픈 꿈마저 빼앗긴 것 같아 울적하고 불안했다.

『역사 속에 사라진 직업들』이라는 책이 있다. 독일의 작가 미하엘라 비저와 삽화가 이르멜라 샤우츠가 함께 만든 책이다. 유럽을 중심으로 독특한 직업들의 생성과 소멸을 살펴보는 책으로 만능식도락가, 이동변소꾼, 고래수염처리공, 오줌세탁부, 커피냄새탐지원 등별별 직업들이 다 나온다.

만능식도락가는 대목장이나 서커스에서 비정상적인 물체를 삼켰다가 다시 뱉어내는 묘기를 보여주는 사람으로 과거 런던에는 돌을 씹어 먹는 공연을 한 사람도 있었다고 한다. 지금은 사라졌다지만 최근에 푸드파이터로 모습을 바꿔 재등장한 게 아닌가 싶기도 하다. 이동변소꾼은 공공화장실이 생기면서 사라졌고, 코르셋이나 채찍용 소재로 쓰이는 고래수염을 다루던 고래수염처리공은 코르셋과 크리놀린 스커트의 유행이 지나가고 다른 인공 소재들이 등장하면서 퇴장했다. 오줌세탁부 역시 세제가 발명되면서 없어졌고, 국왕이 커피에 세금을 물리기 위해 고용했던 커피냄새탐지원은 결국 그 세금 제도가 철회되면서 실직했다.

이 책의 저자는 직업이야말로 당대 세계를 보여주는 창문이라고 했다. 책을 쓴 이유도 직업 자체에 대한 소개나 묘사보다 그것들의 존재 이유를 알려주고 싶었기 때문이라고 한다.

번역가라는 직업의 운명은 어떻게 될까? 번역가는 결국 비용도 적게 들고, 마감 시간도 잘 지키고, 잠수 탈 일도 없고, 손목이나 허리나 어깨가 고장 날 일도 없는 인공 번역기로 대체될까? 그리하여 미래에는 사라진 직업을 소개하는 책에서나 보게 될까?

2017년 발표된 번역기의 성능은 100점 만점에서 평균 55점 정도라고 한다. 구글과 네이버는 앞으로 3년 안에 70~75점까지 올리는 것이 목표라고 발표했다. 인공지능의 발전 추세를 보면 일정 단계를 지난 뒤 비약적으로 성능이 좋아지는 일이 많으니 불가능한 시나리오는 아니다. 그렇게 되면 외국 문서 중에서 쉽고 자주 쓰이는 실용적인 내용의 번역은 아무래도 기계에 넘어갈 가능성이 높다. 지극히 난해하고 철학적이며 상상력이 풍부한 텍스트, 그야말로 인간만이 이해해 옮길 수 있는 텍스트만이 남을 것이다

그때가 되면 번역가의 수도 큰 폭으로 줄지 않을까? 운 좋게도 그때까지 살아남은 번역가는 정말 희귀한 존재가 될지 모른다. 그렇지 않아도 원문 뒤로 몸을 숨기고 사라져야 하는 운명의 번역가가 이젠 정말로 역사의 뒤안길로 사라질 것까지 걱정해야 한다니!

몇 년 전의 그 번역가 지망생들은 이제 꿈을 수정하거나 접어야 할지도 모른다. 나 자신부터 기계번역에 대한 몇 가지 조사를 통해 결론을 내리고 마음을 다잡기로 했다. 산업혁명 때 기계에 밀려 실직한 노동자들처럼 컴퓨터를 부수는 러다이트운동에 뛰어들겠다는 말은 아니다. 포드가 자동차를 대량생산하기 시작하자 일을 잃어버린 마부들처럼 거리로 나설 수도 없다. 그렇다고 「방망이 깎던 노인」의 현대판이 되어 더 이상 시대가 필요로 하지 않는 재능과 함께 스러지는 운명을 잠자코 수용할 수도 없는 일이다. 물론 내게는 그 노인 같은 경지의 재능과 기예도 없거니와 내세울 만큼의 장인 정신도 없다. 이런 내가 할 수 있는 것은 뭘까? 그나마 문학과

철학 같은 분야는 당분간 기계번역으로 대체하기 힘들다고 본다면, 그때까지라도 기계가 따라올 수 없는 실력의 날을 다듬는 수밖에 없다.

기계가 따라올 수 없는 번역이란 아마도(?) 기계는 가질 수 없는 풍요로운 정서와 상상력을 갖춘 번역 아니겠는가? 그래서 나는 더욱더 인간다워지기로 했다. 그러자면 기계적으로 옮기던 습관에서 벗어나 보이는 것 너머를 볼 수 있는 안목을 키워야 한다.

앞으로 나아가기는커녕 지금 선 자리도 지키기 힘든 요즘 이렇게까지 해서 무슨 영화를 볼까 하는 자괴감이 들기도 한다. 그래도 좋아하는 일, 천직이라고 믿어온 일을 지키기 위해서는 어쩔 수 없다. 사라질지도 모를 운명에 한사코 저항하기 위해 오늘도 나는 열심히 키보드를 두드린다.

출처 〈북클럽 오리진〉, 2017년 4월 13일.
http://1boon.kakao.com/bookclub/trans20170413

오역

〜〜〜〜〜〜〜〜〜 노 승 영 〜〜〜

　번역가가 갖추어야 할 덕목으로는 성실함, 쪼잔함, 겸손함, 집요함 등 여러 가지가 있는데 이 가운데서도 중요한 것을 꼽자면 '강한 멘탈'을 들 수 있다. 번역을 하다 보면 필연적으로 오역을 저지를 수밖에 없기에, 편집자나 독자에게 오역을 지적받을 때마다 가슴이 덜컥 내려앉고 직업에 회의를 느낀다면 번역가로 오래 살아남을 수 없다. 멘탈이 약한 번역가는 책이 나올 때마다 오역 시비가 두려워 노이로제에 걸리기도 한다. 번역 시비 때문에 우울증에 걸리거나 번역을 그만둔 사람도 있다.

　인터넷에는 오역 지적을 '일'삼는 블로그가 꽤 있다. 한때는 번역이 안 풀릴 때마다 이런 블로그를 순례하곤 했다. 이름난 번역가의 터무니없는 오역을 보면서 고소해하다가도, 사소한 오역을 잘근잘근 씹으며 번역가를 인신공격하는 행태를 보면 분노가 치밀었다. 나 또한 언제든 그들의 먹잇감이 될 수 있는 노릇이니 말이다.

"애초에 오역을 안 하면 되잖아?"라는 질문을 받으면 번역가는 억장이 무너진다. 번역은 밑져야 본전이 아니라 아무리 잘해봐야 본전이기 때문이다. 열 타석을 죽 쑤다 한 번 홈런을 날리면 되는 것이 아니라 매 타석에서 번트든 플라이든 맞혀야 한다. 지금 번역하는 책은 원서가 496쪽인데 대략 세어보니 문장은 6320개, 단어는 14만 950개다. 6320개의 문장 중에서 기막힌 표현이 100개고 오역이 100개라면 이 책은 오역투성이 번역서가 된다. 그러니 잠시도 긴장의 끈을 늦출 수가 없다. 영어 단어와 한국어 단어를 맺어주는 14만여 번의 중매를 번번이 성공해야 한다. 번역을 '저자의 발자국을 따라 밟는 일'이라고 한다면 14만 걸음을 정확하게 내디뎌야 한다. 기계가 아니라면, 기계적 직역이 아니라면 몇 번쯤 발을 잘못 디딜 수밖에 없지 않을까?

부끄럽지만 내가 저지른 오역을 몇 가지 고백하고자 한다. 러시아의 SF 소설가 스투르가츠키 형제의 『노변의 피크닉』에서 소년이 "Happiness for everybody! … Free! As much as you want!"라고 외치는 장면이 그 당시 작업 중이던 책에 인용되어 "모두에게 행복을! …… 자유! 원하는 만큼!"으로 옮겼으나 번역가 윤원화 씨가 이 책의 서평을 〈프레시안〉에 실으면서 해당 구절을 "모두에게 행복을, 공짜로, 원하는 만큼"으로 슬쩍 바로잡았다.[14] 윤원화 씨 말고는 아무도 눈치채지 못했겠지만 얼굴이 얼마나 화끈거리던지!

또 어떤 책에서는 "As black as any crow"라는 시구를 "까마귀처럼 하얀"으로 옮기기도 했다. 바로 위에 "눈처럼 하얀"이라는 구절이 나온다는 사실은 변명거리가 되지 않는다. "They even tell us how to act when you're on a pass"라는 문장은 "심지어는 승객이 추근댈 때 어떻게 처신해야 하는지도 가르쳐요"라고 번역했으나 알고 보니 'fly on a pass'에 '무료 항공권으로 비행하다'라는 뜻이 있었다. 그래서 "심지어는 승무원용 무료 항공권으로 여행할 때 어떻게 처신해야 하는지도 가르쳐요"로 바꿨다. 그 밖에도 여러 오역을 내 홈페이지[15]에 '정오표'라는 제목으로 올려두었다. 오역을 지적해준 독자들에게 감사한다.

"구더기 무서워 장 못 담글까"라는 속담은 번역에 꼭 들어맞는다. 번역가는 문장 하나하나마다, 단어 하나하나마다 판단을 내려야 한다. 판단은 언제나 틀릴 가능성이 있다. 따라서 판단을 회피하거나 텍스트를 해석하지 않고 원문 뒤에 숨으면 상당수의 오역을 면할 수 있다. 하지만 이런 문장이 오역이 아닐 수 있는 이유는 번역이 아니기 때문이다. 옳고 그름을 판단할 수 없는 문장은 실은 의미를 파악할 수 없는 문장일 가능성이 크다.

번역가 공진호 씨에 따르면 무라카미 하루키는 스콧 피츠제럴드의 『위대한 개츠비』를 일본어로 번역하면서 'old sport'를 어떻게 옮

길지 고민하다가 결국 '올드 스포트ォールド・スポート'로 음역했다고 한다. 그 어떤 대역어도 성에 차지 않을 때 최후의 수단으로 음역을 선택하는 것은 불가피한 일이지만 이것은 번역이 아니다(번역이 아니기에 결코 오역이 될 수도 없다). 하루키의 이런 시도가 의미를 가지는 길은 언젠가 'ォールド・スポート'라는 단어가 일본어 사전에 등재되는 것뿐이다.

물론 변명의 여지가 없는 오역도 얼마든지 있다. 하지만 번역가로서 최선을 다했다면, 사전의 마지막 의미까지 찾아보고, 구글 마지막 페이지까지 검색하고, 머리가 터질 때까지 고민했다면 자신의 판단을 믿고 당당하게 선택하기 바란다.

○
출처 『한겨레21』, 2014년 8월 16일.
http://h21.hani.co.kr/arti/culture/culture_general/37719.html

정오표

노 승 영 ~~~~~

번역서가 나오면 으레 며칠은 온라인 서점과 구글, 트위터에서 내 이름과 책 제목을 검색해 언론과 독자의 반응을 살핀다. 이때 가슴이 콩닥콩닥 뛰는 것은 기대감보다는 긴장감 때문이다. 행여 누군가 나의 치명적 오역을 지적하거나 번역투 때문에 책이 안 읽힌다고 불평하기라도 하면 자괴감에 한동안 일이 손에 안 잡힌다. 이런 상처는 꽤 오래가기 때문에 번역가 중에는 아예 자기 이름을 검색하지 않는 사람도 있다. 그래도 나는 오류가 있으면 수정하고 오해가 있으면 적극적으로 해명하는 것이 낫다고 생각하기에 뛰는 가슴을 진정시키며 차근차근 들여다보는 편이다.

나의 번역 인생에서 처음 접한 부정적 평가는 한 온라인 서점 서평란에 올라온 독자 리뷰였다. "원서를 읽으려고 하다가 최근에 번역이 되어 손꼽아 기다린 책이다. 다른 책들에서 보면 『OOO』에 대한 내용들이 많이 인용되어 내심 기대가 컸다. but …… 옮긴이에게 미안한 이야기지만, 번역이 매끄럽지 못하다. 그냥 번역이 아니라 마치 해석해 놓은 듯 …… 아무튼 좀 그랬다(개인적인 차이가 많겠지만 ……)." 출판 번역에 갓 뛰어들어 자신감이 하늘을 찌르던 시절, 이 리뷰를 읽고는 하늘이 얼마나 높은지 깨닫고 풀이 죽었다. 한 가지 소득이 있었다면 그 뒤로는 번역문이 한국어로서 자연스러운지를 더 꼼꼼히 살펴보게 되었다는 것이다.

그동안 오역 지적도 몇 번 받았는데 이런 글이 올라오는 경로는 주로 세 가지다. 첫째, 일반인이 블로그나 SNS에 내용을 곧장 공개한다. 한 네티즌(동료 번역가)은 내가 (문맥에 따르면 '밀'이나 '곡식'을 일컫는) 'corn'을 '옥수수'로 번역한 오류를 자신의 블로그에서 지적했다(그 책에 대해 기존에 제기된 오역과 오타는 중쇄에서 전부 수정했으나 저 지적은 아직 반영하지 못했다. 4쇄를 찍게 되면 꼭 바로잡고 싶다). 인터넷에는 오역 지적을 사명으로 삼는 블로그가 몇 개 있다. 이런 블로그의 운영자들은 뛰어난 영어 실력을 바탕으로 원서와 번역서를 대조하면서 오역을 조목조목 지적하기 때문에 제대로 걸리면 뼈도 못 추린다. 고마우면서도 무시무시한 이중적 존재랄까? 내가 즐겨 찾던 블로그 중에 『오역 천하』라는 책을 쓴 분이 운영하는 곳이 있었다. 그곳에서 번역 논쟁도 몇 번 벌인 적이 있고 옳은 지적에는 고개를 끄덕이기도 했는데 언젠가 블로그가 사라져버렸다. 방대한 자료가 하루 아침에 없어진 것이 아쉽다.

둘째, 기자나 전공자 등이 매체를 통해 번역 비평이나 오역 지적을 한다. 서평 말미에 지나가는 말로 한두 마디 던지기도 하는 지적이 번역가와 책에는 뼈아픈 상처가 된다. 글을 읽은 독자의 머릿속에는 마지막 지적이 가장 생생하게 남기 때문이다. 서평자에게 부탁건대 서평을 쓰다가 마무리를 어떻게 해야 할지 고민될 때 오역 지적으로 끝맺자는 손쉬운 유혹에 빠지지는 마시길(단지 번역가의 입장에서만 하는 이야기가 아니다. 나도 서평을 쓰다 보면 실제로 저런 유혹을 받을 때가 종종 있었으니 말이다). 작심하고 비평하겠다면 차라리 전체 논조를 그 방향으로 잡는 것이 나을 것이다.

셋째, 가장 고마운 방식으로, 출판사에나 번역가에게 이메일이나 SNS 쪽지로 넌지시 알려주는 독자들이 있다. 이 세 번째 방식을 좀 더 살펴보자. 독자에게서 오역을 지적하는 이메일을 받으면 번역가는 일단 고맙다고 답장을 쓴 뒤에 (오역이 맞을 경우) 수정 방안을 고민한다. 가장 자연스러운 방법은 다음 쇄를 찍을 때 고치는 것이다(그 독자에게는 개정쇄를 한 부 보내주는 게 좋겠다). 문제는 재고가 많이 남은 상태라면 이것들이 소진되지 않는 한 오류를 수정할 수 없다는 것이다. 안타깝게도 1쇄만 찍고 절판되는 책이 수두룩하다. 그러니 번역가와 편집자의 책임이 막중하다. 그들의 오류가 영원히 역사에 기록될지니.

내가 어릴 적에는 책에 스티커를 붙이거나 정오표라는 쪽지를 책에 끼우는 경우가 많았다. 원고지로 원고를 받아 활판으로 인쇄하던 시절이니 지금보다는 오류가 많았을 것이다. 컴퓨터 조판이 보급되면서 오자가 부쩍 줄고 정오표라는 것도 어느새 자취를 감췄다. 하지만 어느 책이든 읽다 보면 오류가 하나씩은 발견되기 마련이다. 오타와 오역이 하나도 없는 책이 과연 존재할까 싶을 정도다. 몇몇 번역가는 자신이 번역한 책의 오류를 인터넷에 올려 바로잡기도 한다. 조지 레이코프가 쓴 『코끼리는 생각하지 마』의 번역가 유나영 씨는 〈유나영의 번역 애프터서비스〉라는 제목의 블로그에 정오표[16]를 올려두었으며 나도 번역서에서 오류가 발견되면 정오표를 만들어 기록한다.[17]

출판사 중에도 정오표를 운영하는 곳이 있지만 독자 입장에서는 정오표가 있는지 여부를 알기 힘들다. 2013년에 일반인이 운영하는 오역 지적 사이트 〈오역 위키〉가 개설되어 한동안 유심히 지켜봤는데 얼마 전에 확인해보니 없어졌다. 나도 『스티브 잡스』 번역 논쟁을 벌이던 중에 오역에 대해 토론하고 출판사에 신고할 수 있도록 〈번역 소비자 연대〉라는 네이버 카페를 만들었다. 그런데 인터넷에 올라오는 오역 지적 중 일부는 지적 자체가 오류인 경우가 있다. 게다가 이렇게 부당한 비난을 받은 번역가는 피해를 보상받기도 힘들다. 그래서 토론을 거쳐 합의된 오역만을 공개하고 출판사에 수정을 요구하면 좋겠다는 취지로 카페를 만들었는데 생각만큼 활발하게 운영되지는 않는다. 원서를 구해 번역서와 대조하며 오류를 찾는 것은 시간과 노력이 많이 드는 일이기 때문이다(개인적으로 오역 지적 블로그를 운영하는 사람들은 아무런 경제적 보상도 없이 이런 수고를 마다하지 않는 고마운 분들이다. 이런 노력을 통해 우리나라의 번역 수준이 개선되길 바란다).

한편 오류를 수정한 개정판(또는 개정쇄)이 나오더라도 이미 구판을 읽은 독자에게는 소용이 없을 수도 있다. 온라인에 정오표를 올려놓아도 존재 여부를 모르면 아예 접근할 수 없다. 그러니 출판사에서 공동으로 정오표 사이트를 운영하거나 국립중앙도서관 같은 정부 기관에서 이런 서비스를 제공하면 좋겠다. 전자책은 오류를 수정하기에 좋은 형식인데 기존 전자책은 종이책의 오류를 수정하기는커녕 종이책에 없는 오류까지 더해진 경우가 많다. 출판사에서 전자책을 (오류를 모두 수정한) 최신 판본으로 유지하고 기존 독자에게 업데이트 서비스를 제공하면 종이책을 훌륭하게 보완할 수 있을 것이다. 아니면 전자책 단말기나 앱에 오류 제보 기능을 넣어준다면 어떨까? 제보가 채택되면 소정의 마일리지를 선물하는 등으로 보상할 수도 있을 것이다. 오류를 즉각 수정할 수 있다는 것이야말로 전자책이 가진 최고의 장점인데 출판사들이 적극적으로 나서지 않는 것이 아쉽다. 일부 출판사의 경우 전자책을 수정하고 있는데 이를테면 『타임머신』(열린책들) 전자책은 저작권 면에 "전자책 발행 2011년 9월 25일 / 전자책 1차 수정 2014년 2월 17일 리뉴얼 /

전자책 2차 수정 2017년 1월 31일 리뉴얼"이라고 나온다. 다른 출판사들도 지속적 업데이트에 동참하길 바란다.

책을 상품이라고 본다면 오탈자는 제품의 하자라고 말할 수 있을 것이다. 하자 있는 제품을 팔았으면 교환까지는 아니더라도 하자를 공지하고 보수하는 것이 제조사의 의무 아닐까? 출판사들이 책을 출간하기까지 들이는 정성의 일부라도 사후 관리에 쏟아준다면 좋겠다.

○
출처 〈북클럽 오리진〉, 2016년 9월 21일.
https://1boon.daum.net/bookclub/translation20160918

재번역

~~~~~~~~~~~~~~   노 승 영   ~~~

　나는 재번역을 세 번 했다. 첫 번째는 데뷔작인 애덤 스미스의
『페이퍼 머니』, 두 번째는 피터 싱어의 『이렇게 살아가도 괜찮은가』,
세 번째는 이반 일리치의 『그림자 노동』이다. 앞의 두 재번역은 방
식이 정반대였다. 『페이퍼 머니』는 1982년 당시 박찬현 교수의 번역
으로 대한교과서에서 출간된 바 있는데 재번역을 의뢰한 W미디어
의 박영발 대표가 작업에 참고하라며 복사본을 구해주었다. 그런
데 이 번역서가 아주 요긴해서 문장의 의미가 이해되지 않을 때마
다 수시로 들춰보면서 많은 도움을 받았다. 덧붙여 몇 달 뒤에 같
은 저자의 후속작 『머니 게임』을 번역하면서 그때의 도움이 얼마나
컸는지 다시 한번 절감했다. 번역이 막힐 때 참고할 자료가 없으니

얼마나 막막하던지. 작업 기간도 훨씬 길었다.

이에 반해 시대의창 출판사의 김성실 대표는 『이렇게 살아가도 괜찮은가』의 재번역을 의뢰하면서 원번역서(1996년에 정연교 교수의 번역으로 세종서적에서 출간되었다)를 참고하지 말라고 당부했다. 원번역서는 출간 이후로 오랫동안 사랑받다 절판된 상태였다. 시대의창에서 원래 번역을 그대로 써서 재출간하지 않고 내게 재번역을 맡긴 것은 새로운 시대의 감수성에 맞게 번역해달라는 취지였을 것이다. 하기는 민음사도 세계문학전집을 펴내며 "세대마다 문학의 고전은 새로 번역되어야 한다"[18]라고 선언하지 않았던가. 정연교 교수는 철학 전공자로서 피터 싱어의 사상을 제대로 이해하고 명확히 옮겼을 것이므로 나의 번역이 아류에 머물지 않으려면 어떤 차별성이 필요하다는 생각이 들었다. 그래서 이 책이 독자를 설득하여 행동을 바꾸게 하려는 의도로 쓰였음에 착안해 높임말로 번역했다. 이를테면 이런 문장이다. "스스로에게 이렇게 물어보십시오. '나의 일상생활에서 윤리가 어떤 위치를 차지하고 있지?' 이 물음을 염두에 두고 또 이렇게 물어보십시오."[19] 이렇게 높임말을 쓰면 독자는 저자가 직접 이야기하는 듯한 친근한 느낌을 받을 수 있다. 한국어 특성상 글에서 높임말을 쓰지 않으면 거의 모든 문장이 종결어미 '-다'로 끝나서 글맛이 떨어진다는 점도 감안했다. 다행히 새로 출간된 책도 언론에서나 독자들에게 많은 관심을 받았다.

재번역을 의뢰받았을 때 이전 번역서를 참고하는지 아닌지는 번역가마다 다르다. 김진준 번역가는 이미 여러 차례 번역된 소설을 재번역하면서 한국어 판본들뿐 아니라 외국어 번역본까지 참고했다고 한다. 그런데 내가 『페이퍼 머니』를 재번역했을 때와 달리 그가 원번역서를 참고한 것은 같은 문장을 쓰지 '않기' 위해서였다. 대동소이한 번역을 내놓을 것이라면 재번역을 할 이유가 없기 때문이다. 재번역은 일종의 번역 비평이다. 앞선 번역들의 오류를 바로잡고 더 나은 대안을 제시하면서 자연스럽게 이전 번역을 평가하게 되는 것이다. 원칙상으로는 이런 식의 재번역이 바람직하다고 본다. 똑같은 책을 새로 번역한다면 적어도 옛 번역보다는 나아야 하지 않겠는가? 일전에 배수아 번역가에게도 같은 말을 들었다. 문학을 번역하는 사람들은 남과 다른 표현을 쓰려는 욕구가 남달리 강한지도 모르겠다.

물론 저작권이 풀린 책들의 번역을 대충 매만져—심지어 원서를 읽지도 않고서—새로운 번역인 체하며 출간하는 것도 얼마든지 가능하다. 이것은 앞선 번역가의 노고를 가로채는 표절 행위다. 예전에는 이런 비양심적인 번역서가 많이 출간되었으나 이제는 번역가의 자부심이 커지고 매의 눈으로 감시하는 독자들이 생기면서 번역가의 개성이 묻어나는 번역을 많이 찾아볼 수 있게 되었다. 이처럼 출판 번역은 번역가의 이름이 표지에 박히고 누가 번역했는지가 책을 선택하는 기준이 되기도 하기에 그나마 괜찮지만 영상 번역은 표절을 가려내기가 쉽지 않다. 극장에 걸린 작품이 케이블 방송, 블

루레이, 스트리밍 서비스 등으로 매체를 갈아탈 때마다 번역을 새로 의뢰하는데 이 과정에서 글자만 몇 개 바꾼 양심 불량 번역이 등장하기도 한다. 물론 예전보다 영상 번역의 위상이 높아지고 관객들의 관심도 커지긴 했지만 앞으로 자막과 더빙이 어엿한 작품으로 인정받고 영상 번역가들이 자신의 작품에 대한 권리를 행사할 수 있기를 바란다.

홍영남·장대익·권오현이 번역한 리처드 도킨스의 『확장된 표현형』은 1982년에 홍영남 교수의 번역으로 같은 출판사에서 출간된 책을 재번역한 것이다. 이 책의 공동 번역가 중 한 명인 권오현 씨는 "기존 번역을 참고하지 않고 완전히 새로 번역했"[20]다고 밝혔다. 기존 번역을 참고하다 보면 오역을 반복하거나 기존 번역의 틀에 갇힐 우려가 있기 때문이다. 번역가의 자신감을 나타내는 이런 태도도 마음에 든다. 나는 세 번째 재번역인 『그림자 노동』도 원래 번역서를 참고하지 않고 번역했다. 작업하는 내내 이 까다로운 원문을 선배 번역가가 대체 어떻게 해결했을지 궁금했지만 꾹 참았다.

새로운 세대의 감각에 맞는 젊은 번역은 책의 문턱을 낮추어 사람들이 더 편하게 읽을 수 있다는 장점이 있다. 일본의 대문호 나쓰메 소세키를 정작 일본 사람들은 잘 모른다고 하는데 그 이유는 100년도 더 전에 쓰인 옛날 일본어가 어려워서라고 한다. 반면에 한국어판은 2016년에 최신 번역본이 출간되었다. 뒤집어 생각하면 한국의 고전도 마찬가지다. 15세기 한국어로 쓴 『두시언해』를 한국인이 읽는 것보다 요즘 언어로 번역한 영어판을 외국인이 읽는 것이 훨씬 쉬울지도 모른다. 새로 번역할 만한 고전문학 작품에 자국어 고전이 포함되지 않는 이유는 '자국어 고전은 풀어 쓴 것보다 원래 판본으로 읽는 것이 제맛'이라는 통념 때문일까?

물론 재번역에 신중할 필요도 있다. 인쇄된 책은 소통의 기준이 된다. 우리는 번역서의 어휘를 통해 낯선 개념을 받아들이고, 한국어로 소통할 때 이 어휘를 구사한다. 같은 책의 번역서가 여러 종 나와 있고 어느 것도 정본으로 인정받지 못하는 상황에서는 그 책에서 소개하는 개념을 한국어로 사유하거나 소통할 수 없다. 이렇게 되면 원서가 한국에서 최종적 권위를 가진다. "나는 번역서를 읽지 않는다"라는 서글픈 선언이 그 극단적인 형태다. 번역서는 단순히 한국의 서점, 도서관, 서재가 아니라 한국어 속에 자리 잡아야 한다.

번역 중인 책에서 다른 책의 문장이 인용된 경우에는 그 책이 한국어로 번역된 적이 있는지 검색하여 한국어판이 있으면 그 번역을 그대로 싣는다(만에 하나 오역이나 어색한 부분이 있으면 고친 뒤에 그 사실을 밝힌다). 조너선 갓셜의 『스토리텔링 애니멀』을 번역할 때는 기존 번역서들이 동네 도서관에 없어서 국립중앙도서관에 앉아 책을 일일이 뒤지며 인용문을 찾아야 했다. 국립중앙도서관이 절판된 책들의 디지털 파일을 보유한 경우에는 동네 도서관의 디지털 자료실에서도 검색할 수 있어서 편리하다. 이런 식으로 책과 책이 연결된다.

종이 위의 하이퍼링크랄까? 이에 반해 어떤 편집자는 내가 글자 하나 바꾸지 않고 그대로 옮겨놓은 기존 번역서의 문장을 임의로 다듬기도 하는데 이런 방식에도 일리가 있다. 책의 문체가 일관되어야 독자가 읽기 편하기 때문이다. 게다가 기존 번역서를 인용할 때는 원칙상 해당 출판사의 허락을 받아야 하는데 그러지 못하는 경우도 종종 생긴다. 이런 번거로움 때문에 출판사에서 인용문을 아예 새로 번역하라고 요구하기도 한다. 하지만 원서에서는 다른 사람의 글을 인용할 때 글자 하나 바꾸지 않고 그대로 옮기는데—인용문 안에서 간혹 보이는 'sic'라는 문구는 오타조차 수정하지 않고 고스란히 옮겼다는 뜻이다—왜 우리는 버젓한 번역서를 무시하고 새로 번역해야 하는 것일까? 기존 번역서를 '없는 것'으로 취급하기보다는 존중하되 책임을 지우는 것이 바람직하다고 생각한다.

고전이 새로 번역되어야 한다고 선언한 민음사 편집위원들은 이렇게도 말했다. "『두시언해』가 단순한 번역 문학이 아니고 당당한 우리의 문학 고전이듯이 우리말로 옮겨 놓은 모든 번역 문학은 사실상 우리 문학이다."[21] 고전의 번역은 번역의 고전을 만드는 일이기도 하다.

○
출처 〈북클럽 오리진〉, 2016년 8월 23일.
https://1boon.daum.net/bookclub/translation20160823

책으로 떠나는 여행

박 산 호 ~~~

덴마크 철학자 키르케고르의 아버지는 엄격한 사람으로 유명했다. 키르케고르가 어렸을 때는 외출을 허락받기도 쉽지 않았다. 한창 밖으로 쏘다닐 나이에 집 안에 갇혀 있으니 지루한 것은 당연하고 몸도 점점 쇠약해졌다. 그런 아들을 보다 못한 아버지는 대안을 생각해냈다. 매일 아들과 함께 서재에서 여행을 떠났다. 오늘은 어디로 가고 싶은지 묻고 아들의 대답에 따라 아버지가 안내했다. 여행지의 실제 풍경과 소리, 분위기까지 최대한 자세히 묘사했다. 아들이 몰랐던 곳도 머릿속에 연상이 될 정도로 실감 나게 이야기 속으로 이끌었다. 어린 아들은 아들대로 관념의 여행을 위해 모든 감각과 상상력을 동원했다. 끊임없이 생각하고 떠오르는 것을 묘사했다. 이렇게 아버지와의 서재 속 여행이 끝나고 나면 아들은 기진맥진하다시피 했다. 실제로 먼 여행을 다녀온 것 같았다.

실존주의 철학의 대가 키르케고르는 이런 환경 속에서 자랐다. 간접 여행과 더불어 어릴 적부터 관념의 세계에서 자유롭게 노니는 바탕을 쌓았다. 아버지의 이런 훈육 방식은 요즘으로 치면 아동학대 혐의까지 엿보인다. 하지만 결과적으로는 아들에게 세상을 경험시켜주는 또 하나의 방식이었던 것만은 틀림없다.

다행인지 불행인지 내게 그런 아버지는 없었다. 대신 책이라는 거대한 창이 있었다. 그 창문을 넘나들며 수많은 나라와 허구의 세계를 들여다보았다. 지금도 그렇게 산다. 영어 소설을 한글로 옮길 때마다 어디인가로 여행을 떠난다.

번역가란 글로 쓰인 말을 또 다른 말로 옮기는 사람이다. 그중에서도 소설 번역가에게는 한 가지 일이 더 있다. 작가가 묘사한 풍경, 사건과 등장인물의 심리를 옮길 때 단순한 내용 전달에 그치지 않고 작가의 의도까지 읽어내 그것에 가깝게 옮기려고 노력해야 한다. 그러려면 먼저 그 작품의 문장을 이해하고 감상하고 음미까지 해야 한다. 가능하면 작품과 심각한 사랑에 빠져야 한다. 여기에 내 나름의 방식이 있다. 키르케고르의 엄부가 아들에게 썼던 방식, 즉 서재 속 시간 여행이다.

외국 소설은 특히나 이국적인 나라의 도시나 자연의 풍광을 배경으로 할 때가 많다. 나는 먼저 머릿속에서 그림을 그린다. 그곳에서 일어나는 사건들을 떠올린다. 등장인물들이 나누는 대화, 그때의 날씨, 온도, 습도까지 치밀하게 상상한다. 그것들을 종합해 활동사진 이미지로 만들어본다. 예전에는 여기까지였고 요즘은 한 발 더 나아간다. 구글 신의 도움을 받아 배경이 되는 장소의 이미지까지 불러낸다. 그렇게 해서 나타난 도시, 유적지, 자연환경의 실제 모습을 내 머릿속 그림과 대조한다. 이미지가 선명할수록 번역가의 실감도 커지고 그에 따라 원고의 해상도도 높아진다.

좁은 작업실에 붙박여 책만 들여다보는 일상 속에서도 마음의 눈은 한없는 자유를 누린다(마감이라는 압박만 빼면). 특히나 강렬한 간접 여행의 즐거움을 느꼈던 작품 몇 권을 소개해보려 한다.

나는 나무를 좋아한다. 다시 태어나면 나무로 태어나고 싶을 정도로 좋다. 스웨덴이 무대인 소설『얼음 속의 소녀들』을 번역할 때 나뭇가지를 스치는 바람 소리가 귓가를 때리는 듯했다. 도시를 벗어나 압도적으로 다가오는 광활한 숲이 '쏴쏴' 하는 소리를 냈다. 행복했다. 실제 소설 속 문장은 이랬다.

> 스웨덴에서는 도시를 벗어나면 황무지가 맹위를 떨친단다. 사람들은 겁을 집어먹고 하늘을 뚫을 듯 높이 솟은 전나무들과 일개 국가보다 더 큰 호수들로 둘러싸인 황무지 가장자리를 발끝으로 살금살금 걸어 다닌단다. 이 거대한 풍경이 트롤 설화에 영감을 줬다는 점을 잊지 마라.**22**

머릿속 장면을 확인해보고 싶었다. 검색해봤다. 근사한 풍경이 화면에 떴다.

첩보 소설 『레드 스패로우』를 번역할 때는 국제 스파이라도 된 것 같았다. 전 세계를 종횡무진하는 러시아와 미국 첩보원들의 암약상이 머리를 헤집었다. 비밀 요원들이 출몰하는 로마, 아테네, 파리, 헬싱키의 지명들을 검색해보면 하나같이 일류 호텔 혹은 유서 깊은 성당, 공원이다. 그중에서도 압권은 남녀 주인공 스파이가 처음 만나 서로를 포섭하려다 사랑에 빠지는 장소인 이르욘카투 수영장이다. 작가는 그곳을 이렇게 묘사한다.

> 며칠 후에 운명이 도미니카에게 그 기회를 뜻밖의 장소에서 마련해 줬다. 소박한 네온사인이 달린 거리 쪽 출입구는 평범해 보이지만 헬싱키 시내 중심가에 있는 이르욘카투 수영장은, 1920년대 지어진 신고전주의 양식의 아름다운 건물로 기차의 종착역에서 몇 블록 떨어져 있었다. 우아한 수영장의 중이층 난간 위에 딸린 아르데코 램프들에서 나오는 불빛들이 영화 촬영장에서나 볼 수 있을 것 같은 그림자들을 회색 대리석 벽기둥들과 반짝거리는 타일 바닥 위로 드리우고 있었다.[23]

허겁지겁 검색해보니 수영장의 환상적인 모습이 뜬다. 이런 곳에 서라면 헤엄치다가 물 좀 먹어도 좋겠다는 행복한 상상에 빠지며 다시 한번 수영을 배워야겠다고 다짐까지 해본다. 물론 지금도 여전히 수영은 못한다.

『수플레』는 요리 소설이었다. 뉴욕, 파리, 이스탄불에 사는 세 남녀가 사랑과 슬픔과 고뇌를 요리로 풀어가는 달콤쌉싸름한 이야기다. 세 나라의 요리와 시장 풍경이 생생하고 다채롭다. 이 소설을 번역하기 몇 해 전에 파리, 이스탄불, 로마를 다녀왔던지라 더욱 실감이 났다. 특히 거리와 시장, 백화점을 묘사하는 대목이 여행 기억과 겹쳐 가슴이 뭉클했다. 이를테면 이런 부분이다.

> 마크는 오데트와 작별하고서 몽쥬 거리를 천천히 걸어갔다. 계절이 변하면서 주위의 풍경뿐 아니라 냄새까지 달라졌다. 다른 날 같으면 이 냄새를 맡으면서 클라라를 생각하며 집으로 걸어갔을 것이다.[24]

그때 찍은 여행 사진을 꺼내본다. 평생 사랑했던 아내와 사별하고 슬픔에 빠져 걸어가는 마크의 어깨가 축 처진 모습이 그 안에 있었다.

나는 스물다섯 살 때 처음 외국행 비행기를 타봤다. 하지만 해외여행은 무수히 다녔다. 책을 통해서였다. 그 속에서 숱한 나라를 다니며 수많은 사람을 만났다. 그 후 여행, 일, 유학 등으로 여러 나라를 다니는 동안 책을 보며 상상했던 풍광과 건축물을 마주했다. 책에서 본 세계와 실제 세계는 같으면서도 달랐다. 원작을 읽은 다음 그것을 토대로 만든 영화를 본 느낌이라고나 할까? 뜻밖에도 내게는 현실의 세계가 더 왜소했다. 상상의 세계를 다 담을 수 있을 만큼 거대한 현실 세계는 많지 않았다.

김중혁 작가의 산문 「무용지물 박물관」에는 색다른 여행이 나온다. 디자이너인 주인공이 어느 날 메이비라는 남자를 만나 친구가 된다. 메이비는 취미로 시각장애인을 위한 라디오 방송에서 디제이 일을 한다. 메이비가 주인공에게 장애인들을 위한 라디오를 제작해달라고 부탁한다. 주인공은 영감을 얻기 위해 메이비가 진행하는 라디오를 듣다 충격에 빠진다. 자신이 그때까지 눈으로만 봤던 사물과 풍경과 사건이 메이비의 묘사를 거쳐 새롭게 다가오는 것을 느낀다.

세상을 여행하는 방법은 수만 가지다. 휴가 몇 달 전부터 들뜬 마음으로 항공권을 검색해 구한 티켓을 가지고 블로그로 조회해둔 목적지들을 찾아가는 여행이 있다면 「무용지물 박물관」 속 시각장애인들처럼 메이비의 낮고 부드러운 목소리를 따라 낯선 사물과 풍경 속으로 찾아가는 여행도 있다. 아니면 가로등 불빛이 은은한 프라하의 카를교로 가서 천사들과 악마들의 한판 대결을 관람하는 판타지 소설 『연기와 뼈의 딸』 속 여행은 어떤가? 올 여름 당신은 어떤 여행을 계획하고 계신지 궁금하다.

2016년에 방영된 일본 드라마 〈중쇄를 찍자!〉 8화에 이런 말이 나온다. "우리 모두에게는 보이지 않는 날개가 달려 있어. 멋진 날

개로 키워내고 싶다면 책을 많이 읽으렴. 책의 형태는 새의 형상이
란다. 책을 읽는 만큼 강하고 부드러운 날개로 자라날 거야. 그럼
어디든지 날아갈 수 있을 거야."

출처 〈북클럽 오리진〉, 2016년 7월 22일.
http://1boon.kakao.com/bookclub/coral20160722

마감이라는 숙명

박산호

하루 24시간, 1년 12개월. 인간에게 주어지는 시간은 균등하다. 하지만 각자가 경험하고 느끼는 시간은 천차만별이다. 그래서 고대 그리스인들은 같은 시간도 구분해서 불렀다. 시계에 맞춰 균일하게 흐르는 객관적인 시간은 크로노스, '지금 여기서 느끼는 특별한 순간의 시간은 카이로스라고 했다.

프리랜서 번역가로서 느끼는 시간은 대략 크로노스다. 철저히 마감을 중심으로 흐른다. 하던 일이 있어도 급히 번역해야 할 책이 들어오면 그에 맞춰 일정을 조정한다.

번역이라고 다 같지는 않다. 나는 영상 번역, 문서 번역, 출판 번역을 두루 거쳤다. 일을 할 때 겪는 마감의 리듬도 매번 다르다. 영상 번역은 마감 기한이 짧았다. 대개 이틀이나 사흘 간격으로 찾아왔다. 초기에는 20분짜리 시트콤이나 요리 프로를 맡았는데 번역도 처음이고 컴퓨터 다루는 것도 익숙하지 않아 시간이 많이 걸렸다. 게다가 세 살 먹은 아이까지 돌봐야 했다. 그때는 마감에 쫓겨 시한부 수명을 되풀이하는 날파리 인생이라는 느낌마저 들었다. 코뿔소처럼 마감을 향해 맹렬히 질주하는 이들이 부러운 만큼 힘겨운 나날이었다. 그렇게 영상 번역과 일찍 작별했다.

그에 비해 문서 번역은 숨통이 좀 트이는 것 같았다. 주로 계약서나 설명서, 논문, 소책자 같은 것을 번역했는데 마감 기한이 일주일에서 열흘꼴이었다. 일하던 중에 아이가 열이 올라도 마감 걱정 없이 병원에 갈 수 있었고, 바닥에 굴러다니는 먼지 뭉텅이를 집어서 버릴 여유도 생겼다. 마감 간격이 길어진 만큼 가족 행사나 친구와의 만남, 장보기와 청소 같은 일상도 그럭저럭 꾸려갈 수 있었다.

하지만 조금 더 긴 호흡으로 살고 싶었다. 그래서 시작한 출판 번역은 마감 사이의 간격으로 치자면 가장 넉넉한 일이었다. 책 한 권에 보통 짧으면 두 달, 두껍고 어려운 책이면 서너 달까지 잡고 일을 했다. 번역 도중에 큰일이 돌발하지 않는 한 안정적인 생활의 윤곽도 그려볼 수 있다.

어느 정도 자리를 잡고부터는 책 한 권을 끝낸 후 또 언제 일이 들어올지 전전긍긍하지 않아도 됐다. 반년 정도의 일정은 미리 계획할 수 있었다. '드디어 나도 시간 부자가 됐구나!'라며 흐뭇해했다. 하지만 인생이 그리 호락호락하던가? 속단은 언제나 금물이다.

사실 마감과 마감 사이를 오가는 생활 리듬은 크게 달라진 것이 없었다. 지금도 새 책을 받으면 맨 먼저 시작과 마감 날짜를 일정표에 적고, 작업 캘린더에도 진하게 표시를 해둔다. 시작 날짜는 그래도 유동적일 수 있다. 하지만 마감만큼은 무슨 일이 있어도(그놈의 무슨 일은 무슨 일이 있어도 꼭 생긴다!) 맞춰야 한다. 그렇지 않으면 마음 한구석을 가시처럼 수시로 찔러댄다. 캘린더에 적어놓은 일정은 독일 병정만큼이나 질서 정연하지만 그것을 소화하는 내 일상은 무정부주의자의 혁명, 바로 그것이다.

가령 두 달이면 끝날 줄 알았던 소설이 어느 대목에서 덜컥 발목이 잡혀 늘어진다. 그 와중에 엄마의 수술까지 급작스레 앞당겨져 간병까지 해야 한다. 병원에서 환자 수발로 경황이 없는 중에 난데없이 원고 검토 전화가 걸려 온다. 고사해야 하지만 아는 편집자가 읍소를 한다. 하는 수 없이 검토서를 읽느라 머리를 헤집는데 예정에 없던 교정지가 날아든다. 슬럼프에 빠진 소설 번역은 도무지 진척이 없다. 이런 식으로 일정이 한번 난마처럼 꼬이면 그 뒤에 줄줄이 섰던 책들도 도미노처럼 쓰러지기 시작한다. 프리랜서 번역가의 한 해는 이렇게 엉망진창, 헐레벌떡, 대략 난감의 반복이다.

겨울에는 방학을 맞은 아이의 하루 세 끼를 챙겨주며 1월과 2월을 업무 반, 집안일 반으로 엉거주춤하게 보낸다. 그러다 보면 발등에 떨어진 마감 때문에 지척에서 열리는 호수공원의 꽃 축제도 놓치기 일쑤다. 또 다른 마감에 머리를 쥐어뜯다 보면 어느새 여름이 찾아와 더위에 몽롱해진다. 여름휴가를 위한 각종 예약 시기는 언제 놓쳤는지도 모른다.

뒤늦게 가을휴가랍시고 나섰다가도 밤에는 호텔 방에서 핏발 선 눈으로 아이패드에 담긴 검토서를 읽거나 교정을 본다. 그렇게 몇 건의 교정지, 몇 권의 책, 몇 개의 검토서를 끝내고 나면 어느새 거리에는 캐럴이 울려 퍼지고 코트와 파카의 물결이 넘실댄다.

인생이 뭐 이 모양이람 하는 자괴감이 어김없이 다시 고개를 든다. 내 인생은 왜 카이로스가 아닌 크로노스의 시간으로만 가득한지 한숨이 나온다. 그래서 다시 가슴에 손을 얹고 굳게 다짐한다. 내년엔 슬럼프도, 느닷없는 비상사태도, 그 어떤 일도(어떤 일이 있어도 일어나는 그 어떤 일까지도) 나의 마감을 막지 못할 것이다. 맹세코, 기필코, 한사코, 칼같이 사수하고 말 것이다. 그런 후 사는 것처럼 살아볼 테다. 이렇게 매년 새해가 되면 주먹을 불끈 쥐고 결의를 다지는데, 아, 또 어느새 연말이 코앞이다. 젠장!

출처 〈북클럽 오리진〉, 2016년 11월 30일.
http://1boon.kakao.com/bookclub/trans201611129

생계형 번역가의 하루

꿈꾸지 않았던 천직

박 산 호

하루키의 산문을 좋아한다. 얼마 전에도 그의 글을 읽다가 나도 모르게 고개를 끄덕인 적이 있다. 『달리기를 말할 때 내가 하고 싶은 이야기』라는 책 가운데 아래와 같은 대목을 읽고서였다.

> 내가 이렇게 해서 20년 이상 달릴 수 있는 것은, 결국은 달리는 일이 성격에 맞기 때문일 것이다. (……) 인간이라는 존재는 좋아하는 것은 자연히 계속할 수 있고, 좋아하지 않는 것은 계속할 수 없게 되어 있다. 거기에는 의지와 같은 것도 조금은 관계하고 있을 것이다. 그러나 아무리 의지가 강한 사람이라고 해도, 아무리 지는 것을 싫어하는 사람이라고 해도, 마음에 들지 않는 일을 오래 계속할 수는 없다.[25]

간혹 하루 작업 시간이 얼마나 되냐는 질문을 받을 때가 있다. 번역에 들이는 시간은 하루 대여섯 시간 정도다. 하지만 말 없는 뇌도 휴식이 필요하니 연이어 할 수는 없고 중간중간 쉬어줘야 한다. 게다가 짬짬이 집안일도 하고 끼니도 챙겨야 한다. 그러니 사실상 깨어 있는 시간의 3분의 2 정도가 일에 들어간다고 봐도 무방하다. 일을 하지 않을 때는 책을 읽거나 영화를 보기도 하지만 이것도 일과 무관하지 않다. 어느 지점에서 무 자르듯 일과 휴식의 경계선을 긋기는 어렵다.

이런 일을 생업으로 삼은 지 어느새 15년이 넘었다. 어떻게 이 긴 시간을 한 가지 일로 이어올 수 있었을까? 번역료 수입이 생계의 방편이 된다는 이유만으로 설명이 가능할까? 글쎄다. 그보다는 하루키의 해석 쪽으로 마음이 더 기운다. 아무래도 이 일이 나와 잘 맞아서, 내가 이 일을 좋아해서일 것이다.

좋아하는 일을 해서 먹고살게 됐으니 꿈을 이룬 것일까? 그렇지도 않다. 어렸을 적에는 번역가라는 직업이 있는 줄도 몰랐다. 글을 알고 책을 읽기 시작한 후에는 소설가가 되고 싶었고, 좀 더 세상 물정을 알고 난 다음에는 카피라이터를 꿈꿨다. 그러나 희망은 희망일 뿐이었다. 대학에 들어간 후에야 카피라이터가 생각과 다른 직업이란 것을 알게 됐다. 뒤늦은 방황이 시작됐다. 결국 대학 문을 나서야 할 순간이 다가왔다. 우선 아무 회사라도 들어가야 했지만 이것도 희망일 뿐이었다. 졸업 성적은 바닥을 기었고 입사의 문은 호락호락하지 않았다. 방황은 무기한 지연됐다. 그 와중에도 영어만큼은 유독 좋아했던 기억이 떠올랐다. 책을 다시 잡았다. 통역사의 꿈을 키운 것도 그때부터였다. 하루 열 시간도 넘게 공부에 매달렸다. 하지만 고진감래의 성공담은 내 것이 아니었다. 2년 정도 시도 끝에 접고 말았다.

결국 꾸는 꿈마다 산산조각 나는 쓴맛을 본 끝에 생계를 위해 발을 들인 곳이 번역 분야였다. 삶은 막다른 골목에서 뜻밖의 출구를 열어 보인다. 번역이 그런 출구였다. 시작하고 보니 의외로 잘 맞았다. 시간이 흐르면서 애정도 커졌고 자존감도 높아졌다. 예전에 맛보지 못한 기분이었다.

15년. 인생에서 처음으로 이토록 긴 시간 동안 포기하지 않은 일이 생겼고, 덕분에 밥벌이까지 하게 됐다. 가끔은 결과물에 대한 칭찬도 들으면서 어쩌면 나도 세상에 쓸모 있는 사람일지 모른다는 대견함마저 느낀다.

뒤늦은 깨달음도 있다. 한때는 실패라 여겼던 경험들이 결과적으로는 보탬이 됐다는 것이다. 책을 끼고 허송세월하는 것처럼 보였던 시간들이 독서 체력의 밑거름이 됐고, 통역사를 꿈꾸며 죽자 살자 매달렸던 영어 공부가 번역 일의 토대가 됐다. 유학 시절에 여러 상점의 판매원을 전전하며 길렀던 사회성도 다양한 사람들과 관계 맺는 데 도움이 됐고, 영어 회화 강사 시절의 경험은 번역 강의 일로 이어졌다.

심지어 구직 기간에 겪은 무수한 퇴짜도 초기에 감당해야 하는 숱한 거절과 아픔을 이기는 면역력을 길러줬다. 결국 지금껏 살아오면서 아등바등했던 노력은 어떤 식으로든 되돌아온다는 사실을 알게 됐다.

얼마 전 우연히 다큐멘터리 〈스시 장인: 지로의 꿈〉(2011)을 봤다. 미슐랭 가이드 역사상 최고령 3성 셰프라는 기록을 세운 오노 지로의 이야기였다. 초밥 만드는 일이 너무 좋아 상을 받은 날에도 오후에 가게에 나가 스시를 만들었다고 한다. 선배들은 스시에 노력을 기울여봤자 스시일 뿐, 뭐 새로운 것이 나오겠냐고 했지만 그래도 그는 지금보다 더 맛있게 잘 만들 수 있을 거라고 믿으며 독창적인 스시를 연거푸 만들어냈다. 노력하는 아흔 살 현역의 모습은 아름다웠다. 그런 그도 타고난 스시 장인은 아니었다. 아홉 살 때 남의 집에서 더부살이를 하며 스시를 배웠다. 아버지는 집을 나서는 어린 아들에게 "너에게는 돌아올 곳이 없다"라고 했고, 아들은 낯선 주인에게 갖은 수모를 당하면서도 악착같이 일에 매달렸다.

영화로도 제작된 바 있는 책 『마오쩌둥의 마지막 댄서』는 발레리노 리춘신의 이야기다. 1961년에 중국 칭다오 깡촌의 가난한 집안에서 여섯 번째 아들로 태어난 그는 열한 살 때 마오쩌둥의 아내 장칭이 후원하는 발레 학교의 학생으로 선발됐다. 선발이라고는 하지만 본인의 의지와 상관없는 우연의 결과였다. 학생을 뽑으러 온 심사관은 그를 지나쳤지만 담임선생의 제안으로 심사를 받게 됐다. 오금이 찢어지는 고통을 참은 끝에 유연성 시험을 통과했고 듣도 보도 못한 춤의 세계로 떠밀려 들어갔다. 발가락이 길다는 이유로 시작된 발레리노 인생. 본인으로서는 어이없는 일이지만 예술혁명 전사를 찾던 당시 중국에선 있을 법한 일이었다. 낯선 세계에 온 리춘신은 향수병에 시달리는가 하면 마르고 작은 체구 때문에 2년 내내 꼴찌를 전전했다. 운 좋게도 좋은 스승을 만나 발레의 아름다움에 눈떴고 결국 발레리노로서 국경 너머까지 명성을 떨쳤다.

일이란 무엇일까? 지로와 리춘신, 두 사람에게 그것은 오랜 꿈의 성취가 아니었다. 느닷없이 닥친 파도 같은 운명이었다. 그들에게 선택의 여지란 없었다. 타인이 정해준 삶에 어떻게든 자신을 끼워 맞추느라 발버둥쳤다. 그런 중에서도 남다른 재능을 키웠고 성공적인 길을 갈 수 있었다.

어쩌면 나를 포함한 많은 사람의 상황과 비슷할지도 모른다. 부모든 교사든 국가든 누군가가 알게 모르게 내 인생을 정해진 길로 인도하거나 강권했고, 자의 반 타의 반 주어진 직업의 선택지로 뛰어든 사람이 많았다. 그렇게 본다면 지금 세대는 거의 공백 상태에서 자기 일을 찾고 길을 내야 한다는 더 큰 곤경에 직면한 것은 아닐까?

세월의 터널을 먼저 지나온 내가 건넬 수 있는 답이란 무엇이든 부딪혀 보는 수밖에 없다는 것이다. '허무 개그'처럼 들려도 어쩔 수 없다. 어떤 일이든 해보기 전까지는 내게 맞는 일인지, 잘할 수 있는 일인지, 내가 생각했던 그 일인지 알 수 없다.

　이 정도 수모라면 수입을 위해 감당할 수 있는 일인지, 보수는 적어도 내 자존감의 수위에 맞는 일인지조차 겪어보기 전까지는 모른다. "너에게 잘 어울리는 일이야", "요즘 잘나가는 일이야", "수입도 괜찮대" 등의 이런저런 달고 쓴 말들은 실전 앞에서 힘을 잃는다.

　일본 광고 카피 중에 "모험이 부족하면 좋은 어른이 될 수 없어"[26]라는 말이 있다. 여기에 어른이란 말 대신 어떤 직업을 바꿔 넣어도 좋다. 삶이 그래왔던 것처럼 이제 일도 모험이 됐다. 스시 요리사가 되고 싶다면 지로가 했던 것처럼 먼저 뜨거운 행주를 손으로 꽉꽉 짤 수 있는지 시험해보고 번역가가 되고 싶다면 한 문장, 한 단락을 어떻게 잘 옮길 수 있는지 고심해보는 게 좋다. 도전해본 후에 내 일이 아니라고 생각되면 다른 길을 찾자. 좌절과 실패는 아프다. 결심을 번복하는 것은 더욱 고통스럽다. 하지만 제대로 깨져야 다른 길로 발걸음을 옮길 수 있다. 막연한 조바심과 두려움에 저울질만 반복한다면 한 걸음도 나아가지 못한다. 숱한 시행착오 끝에 16년 차 번역가의 자리에 이른 내가 들려줄 수 있는 화려하지 않은 조언이다.

○
출처 〈북클럽 오리진〉, 2017년 9월 14일.
http://1boon.kakao.com/bookclub/trans20170915

작업실 연대기

박 산 호 ~~~

　나의 첫 작업실은 서재를 겸한 컴퓨터 방이었다. 시작은 영상 번
역이었다. 서울 휘경동에서부터 회사가 있는 광명 철산역까지 지하
철을 타고 가서 종이 가방 한가득 비디오테이프를 받아 왔다. 그러
고는 〈사브리나〉, 〈못 말리는 유모〉 같은 시트콤들의 대사를 낡은
컴퓨터 앞에 앉아 번역했다. 번역도, 컴퓨터 문서 작업도 모두 처음
이었다. 엔터 키도 몰라 사장에게 욕을 먹었다. 세 살짜리 딸이 펄
펄 끓는 열로 고생하던 밤중에 전화로 마감을 독촉하는 사장에게
질려 일을 접었다.

　그 후 지인의 소개를 받아 문서 번역을 시작했다. 이번에는 거실
에 교자상 작업실을 차렸다. 툭하면 다운되는 가족 공용 컴퓨터

대신 노트북도 새로 장만했다. 중국산 하이얼, 12개월 할부였다. 살림과 육아 부담은 여전했지만 노트북과 번역 텍스트, 스탠드와 필통을 맘 편히 늘어놓을 수 있어서 좋았다. 대신 번역료는 들어오는 족족 카드 값으로 나갔다.

"일을 하면 얼마나 한다고 애를 어린이집에 보내?"라는 말에 아이를 교자상 옆에 두고 번역을 하기도 했다. 마감에 쫓기다 보면 아이와 집 앞 놀이터 나가기도 쉽지 않았다. 아이는 "놀아줘, 놀아줘" 노래를 불렀고 나는 "이것만, 이것만" 하며 일에 매달렸다. 일하는 나를 기다리다 지친 꼬맹이는 어느 날 작은 가위로 한창 작업을 하고 있던 노트북의 마우스 선을 싹둑 잘라버렸다. 네 살짜리의 첫 시위였다. 그날로 아이는 어린이집에 다니게 됐고 나는 숨통이 좀 트였다.

세 번째 작업실은 새로 이사 간 아파트의 거실이었다. 이번에는 교자상을 뺏길 수 없다는 식구들 원성에 밀려 인터넷으로 주문한 연두색 플라스틱 책상을 거실 통유리창 앞에 놨다. 창문 너머 보이는 전경이 나쁘지 않았다. 봄에는 화사한 꽃, 가을에는 울긋불긋 단풍, 겨울에는 펄펄 날리는 눈을 앞에 두고 일했다.

어느새 번역 일은 우리 집의 유일한 수입원이 됐다. 그렇다고 집 안일이 줄어든 것은 아니어서 번역과 병행하다 보면 온종일 밭을 가는 소가 따로 없었다. 번역가로 자리 잡은 것까지는 좋았지만 해도 해도 줄지 않는 일에 지쳐 결국 몸에 탈이 났다. 그 무렵, 영국에서 공부할 기회가 찾아와 아이 손을 잡고 유학길에 올랐다. 마우스 선 절단 시위를 감행했던 네 살짜리는 어느새 초등학교 3학년이었다.

이국의 풍경은 근사했지만 그곳에서도 가장으로서의 현실은 혹독했다. 집세와 생활비만 해도 눈이 튀어나오는 비용이었다. 욕실 딸린 단칸방에 다시 교자상 작업실을 차렸다. 그 상에서 번역을 하고, 대학원 에세이를 쓰고, 외국 생활의 소회를 블로그에 풀어놓기도 했다.

1년 반의 영국 생활을 마치고 작은 아파트를 구해 드디어 작업실을 장만했다. 키 큰 책꽂이 세 개와 책상 하나를 넣으면 꽉 차는 크기였다. 창문도 복도 쪽으로 나서 1년 내내 닫고 지냈다. 그래도 며칠 동안 발품을 팔아 예쁜 책상까지 장만했다.

그 무렵 데려온 갈색 새끼 고양이 송이가 뜻밖의 우군이었다. 송이는 내 무릎 위에 올라와 자거나, 책상 밑 교정지 위에서 졸거나, 책꽂이 위로 올라가 똘망똘망한 눈으로 내가 작업하는 모습을 지켜봤다. 어느덧 아이도 쑥쑥 자라 폭풍의 사춘기 6학년이 되어 자기만의 시간을 요구하기 시작했다. 아이의 성장은 기특하면서도 서운했다.

올해 처음으로 집 밖에 작업실을 냈다. 작년부터 일이 살인적으로 늘면서 집중할 공간이 필요하다는 판단 끝에 내린 결정이었다. 그 말을 처음 꺼냈을 때 가족과 친구들의 반응은 정확히 반으로 갈렸다. 월세와 관리비 부담을 걱정하면서 말리는 이들도 있었고, 본격적으로 일하려면 별도의 공간이 필요하다며 격려해준 이들도 있었다. 결국 계약서에 서명했다.

오피스텔 작업실은 꿈에 그리던 조건을 다 갖춘 곳이었다. 작업하다 가끔 밤샐 때 눈 붙일 수 있는 복층 구조에 내부는 더없이 깔끔했다. 주변에는 예쁜 카페와 식당이 즐비하고 조금만 더 걸어가면 대형 서점과 멀티플렉스 극장과 쇼핑몰 들이 있다. 바로 앞 아파트 단지에는 울창한 나무들이 늘어선 길이 있어서 산책하기에도 좋다. 나무 사이로 쏜살같이 달려가는 예쁜 길 고양이도 한두 마리씩 보인다.

얼마 전에 번역가 지망생을 대상으로 한 특강에 갔다가 질문을 받았다. "작업 중간에는 어떻게 쉬세요?" 문득 지난날이 주마등처럼 스쳐 지나갔다. 작업 틈틈이 싱크대에 쌓인 그릇을 설거지하거나, 청소기나 세탁기를 돌리거나, 빨래를 널거나, 학교에서 돌아온 아이 간식을 챙겨주거나, 택배를 받거나, 장을 보거나, 그밖에 자질구레한 집안일을 해치우기 바빠 제대로 쉴 만한 여유가 있었던가? 살림하다 번역하고, 번역하다 살림하면 하루가 끝났다. 그랬던 하루가 작업실이 생긴 후부터는 조금 달라졌다. 요즘은 아침에 일어나 작업실로 출근을 하고, 가끔은 출근하는 길에 커피도 사며 회사원 코스프레를 한다. 조용한 작업실에서 번역에 몰두하고, 머리가 아프면 스트레칭도 하고 명상도 하며 쉰다. 하루 작업량을 끝내고 퇴근길에 장을 봐서 집으로 와 밀린 집안일도 하고 쉬기도 한다. 일터와 가정의 구분된 생활이 이제 겨우 가능해진 것이다.

버지니아 울프는 1928년에 발표한 『자기만의 방』에서 이렇게 말했다. "자물쇠로 잠글 수 있는 자기만의 방과 1년에 500파운드의 수입과 방해받지 않을 시간이 있다면 여성도 멋진 글을 쓸 수 있을 것이다."

제인 오스틴은 식구들과 함께 쓰는 거실에서 몰래 소설을 썼다. 하인과 손님에게 원고를 들키지 않으려고 종이로 덮어놓곤 했다. 나이팅게일은 방해받지 않고 혼자 지낼 수 있는 시간이 하루 30분밖에 안 된다고 절규했다. 박완서 작가도 『나목』이 1970년에 여성동아 현상 공모로 당선되기 전까지 밤마다 베갯머리에 밥상을 갖다 놓고 글을 썼다고 한다.

울프의 말에 견주자면 나는 여전히 방해받지 않는 시간은 확보하지 못했다. 어렵사리 구한 작업실도 머지않아 만기 시점이 다가오면 비워주게 될 것 같다. 살인적으로 오른 전세금을 만들려면 별도리가 없다. 그래도 1년 가까이 방해받지 않는 나만의 공간에서 일하고, 생각하고, 글을 쓸 수 있어 행복했다.

동료 번역가들 중에는 부엌 식탁에서 번역을 시작해 아직도 그곳을 벗어나지 못한 이들도 많다. 지금도 수많은 번역가들이 공동 작업실에서, 카페에서, 고시원에서, 거실에서, 다른 어딘가에서 자판을 두드릴 것이다. 특히 녹록치 않은 형편일 여성 프리랜서들에게 동료애를 느낀다.

간절히 원하면 우주가 이뤄준다고 했던가? 그 좋은 말이 해괴한 곳에 쓰이는 바람에 빛이 바랬지만 나는 작업실을 꾸리면서 그 주문의 효력을 맛보았다. 오늘도 가사와 육아와 일이라는 세 가지 공을 저글링하며 나만의 공간을 꿈꾸는 프리랜서들에게 그런 행운이 함께하기를 바란다. 우리 모두에게도 우주의 기운이 닿기를 기도한다.

○

출처 〈북클럽 오리진〉, 2016년 11월 4일.

http://1boon.kakao.com/bookclub/trans20161103

번역가와 시간

노 승 영 ~~~

번역은 우직한 작업이다. 창조성이 폭발하여 일필휘지로 휘갈기는 경지는 번역에서 경험하기 힘들다. 번역의 작업량은 시간에 비례한다. 그래서 번역가는 원서 분량으로 번역 기간을 가늠하고 삶의 리듬을 그에 맞춘다.

원서가 어려우면 번역 기간이 길어지지 않느냐고? 당연하다. 문제는 번역료가 번역 기간에 비례하는 것이 아니라 번역량에 비례한다는 것이다. 문장을 하나하나 곱씹으며 심혈을 기울여 번역했을 때의 보상은 (적어도 금전적으로는) 없다. 어려운 원고를 천천히 꼼꼼히 번역하면 생계에 타격을 입고, 대충 뭉뚱그려 번역하면 평판에 타격을 입는다. 벗어날 수 없는 굴레.

번역에 대한 보상은 노력이 아니라 결과를 기준으로 주어지며 결과는 질보다 양으로 측정된다. 실력보다 속력이 중요하다. 물론 실력이 향상되면 번역료가 어느 정도 인상되는 경우도 있지만 이제막 일을 시작한 초보와 대가가 받는 번역료에는 큰 차이가 없다. 어려운 책을 공들여 번역하는 것보다 쉬운 책을 술술 번역하는 편이 생계에 훨씬 보탬이 된다.

그런데도 왜 대다수 번역가는 어려운 책을 마다하지 못하고 까다로운 문장을 대충 얼버무리지 못하는 것일까? 어느 직업이나 마찬가지겠지만 번역가도 장인으로서의 자부심을 느끼지 못하면 오랫동안 일할 수 없다. 위에서 금전적 보상을 언급했지만 실력에 비례하든 속력에 비례하든 번역료는 번역가가 쏟는 노력이나 결과에 비해 절대적으로 낮다.

그러니 번역료는 번역할 책을 고르거나 시간과 노력의 투입량을 결정하는 절대적 기준이 될 수 없다(물론 중요한 기준이지만). 번역가들은 자신이 좋아하는 작가가 한국에 소개되는 것에 보람을 느끼기도 하고, 자신의 글이 근사한 단행본으로 묶여 나오는 것에 뿌듯해하기도 하고, 아무리 고민해도 안 풀리던 문장이 번득이는 아이디어 하나로 해결되었을 때 기뻐하기도 한다. 번역가들은 주어진 환경에서 최상의 결과를 이끌어내려고 최선을 다한다. 번역료를 덜받는 일이라고 해서—이를테면 출판사 사정이 어렵다며 번역료를 깎아달라거나 번역료의 일부를 인세로 지급하겠다고 하는 경우—

번역을 그만큼 덜 열심히 하는 사람은 없다. 더 받으면 어떨까? 그건 겪어본 적이 없는 상황이라 모르겠다. 궁금한 출판사가 있다면 나를 상대로 실험해보시길.

생계형 번역가는 대개 2~3개월을 주기로 일한다(하루의 대부분을 번역하면서 보내고 번역료 이외에 마땅한 수입이 없는 사람을 '생계형 번역가'라 한다. 이것은 내가 미는 용어이고 일반적으로는 '전업 번역가'라고 부른다). 대중서 단행본은 분량이 200자 원고지로 1000~2000매 가량인데 번역으로만 먹고산다면 한 달에 1000매는 작업해야 한다(하지만 한 달에 1000매를 작업하는 경우는 드물다. 번역하기 쉬운 책은 분명히 존재한다지만 나는 만나본 적이 없다. 왜 내게는 그런 책을 안 맡기는 거지?).

또 여기에다 원서 검토와 교정 작업 등의 일까지 감안하면 한 권을 번역하는 데 2~3개월이 걸린다. 번역가의 삶이란 이 주기의 끊임없는 반복이다. 나는 지금까지 10년 동안 번역을 하면서 이 주기를 60번가량 반복했다.

어떻게 보면 지루하고 한결같은 삶이지만 적당한 간격으로 시작과 끝이 있다는 것은 소박한 호사다. 조영학 번역가는 마감하면 산에 가고, 이원경 번역가는 낚시를 가고, 박산호 번역가는 여행을 떠난다. 매번 그런 건 아니지만.

마감은 번역가를 옥죄는 굴레인 동시에 그동안의 노고에 보답하는 선물이기도 하다. 나는 마감이 끝나면 연이어 다음 작업을 시작하는 편이지만 책이 바뀌는 것만으로도 기분 전환이 된다. 사실 일주일 정도 훌쩍 떠나고 싶을 때도 있으나 아이들이 어려서 집을 비울 엄두가 나지 않는다. 녀석들이 중학교만 가면 다른 번역가들처럼 근사하게 살아야지!

재미있는 책을 작업할 때면 일과 여가의 구분이 모호해진다. 번역가들이 하루 종일 일하고 밤에도 일하는 것은 이 때문이다. 번역가의 삶은 일주일 단위로 나뉘지 않기 때문에 주말이 되어도 별로 달라지는 것이 없다. 아이들이 아침도 거르고 늦잠 자는 것으로 주말이 왔음을 알 뿐이다. 직장인에게 주말은 귀중한 시간이고 최대한 활용해야 할 시간이지만 번역가에게는 '놀러 나가면 괜히 번잡스러운 날'이다.

하지만 혼자 사는 것이 아니라 가족이 있다면 억지로라도 주말 기분을 내는 것이 좋다. 2~3개월은 한달음에 넘기에는 부담스러운 언덕이다. 지속 가능한 번역을 지향한다면 남들처럼 일주일의 작은 주기를 두는 것이 좋겠다.

번역은 잠과 같다. 한 번에 몰아서는 결코 해결할 수 없는 일이다. 많이도 말고 적게도 말고 매일 꾸준히 해야 한다. 그런데 2~3개월의 주기에서 번역가가 괴력을 발휘하는 시기가 딱 한 번 있는데 바로 마감 일주일 전이다. 마감이 눈앞에 닥치면 편집자의 얼굴이 어른거리면서 심장이 두근거리고 식은땀이 나고 밤에도 잠이 오지 않는다. 번역가가 마감을 이유로 약속을 취소하더라도 서운해 마시라. 마감은 단순한 핑계가 아니다. 내일 지구가 멸망한다면 번역가는 오늘 무엇을 할까? 마감을 일주일 앞둔 번역가라면 번역을 할 것이다.

예컨대 지금 작업 중인 책은 7월 9일에 시작하여 9월 중에 마감할 예정이다.[27] 예상 매수 2114매 가운데 현재 작업량은 136매다 (6.4퍼센트). 그러니까 7월과 8월에는 술 약속도 다니고 여름휴가도 다녀올 생각이지만 9월에는 두문불출할 가능성이 크다. 우리 10월에 만나요!

출처 『한겨레21』, 2014년 7월 23일.
http://h21.hani.co.kr/arti/culture/culture_general/37535.html

번역가의 직업병

노승영

번역가들은 온갖 직업병에 시달린다. 가장 흔한 것이 근골격계 질환이다. 하루 종일 앉아서 일하니 허리가 아프고 무릎이 약해진다. 원서를 내려다봤다가 모니터를 올려다봤다가 고개를 연신 까딱까딱하니 목도 아프다. 한때 모니터를 두 대 쓴 적이 있는데 번역 원고를 띄운 모니터가 아니라 인터넷 브라우저를 띄운 보조 모니터 쪽으로 고개를 돌린 채 딴짓을 하다가 목 근육이 경직되어 고생했다. 키보드와 마우스를 손에서 놓지 않으니 손가락, 손목, 어깨 통증도 고질적이다(번역가의 작업 장비는 매우 소박한데 그나마 사치스러운 것이 기계식 키보드다).

번역은 엉덩이로 하는 작업이라고들 한다. 그래서 엉덩이가 뚱뚱

해진다(정설이라고 믿고 싶다). 배와 옆구리에도 지방이 차곡차곡 쌓인다. 지인을 몇 달 만에 만나면 왜 이렇게 살쪘느냐고 묻는데, 그 뒤로 몇 달 만에 다시 만나면 왜 이렇게 살쪘느냐고 또 물어본다. 뇌는 우리 몸에서 에너지를 가장 많이 소비하는 장기라는데—전체 열량의 20퍼센트를 소비한다고 한다—고도의 정신노동인 번역이 왜 살 빼기에 효과가 없는 것일까? (그런데 동료 번역가들을 보니 번역을 시작한 뒤로 몸이 붓기는 했지만 비만이라고 말할 지경에 이른 사람은 드물다. 그렇다면 머리를 쓰는 덕에 몸매가 그나마 유지된다고 봐야 할지도 모르겠다.)

불면증과 대인기피증은 직업병으로 분류하기 애매하다. '나인 투 파이브'의 삶을 살아야 하는 사람에게는 불면증이 병이겠지만 번역가는 본인의 신체 리듬에 작업 리듬을 맞출 수 있기 때문이다. 번역이 가장 잘되는 시간대는 깊은 밤과 이른 새벽이다. 모두 잠든 시간 나만 홀로 깨어 컴퓨터 자판을 두드릴 때면 이따금 우울한 기분이 들지는 몰라도 작업 능률은 확실히 높아진다. 한편 대인기피증은 원인인지 결과인지 불분명하다. 사람을 그리워하는 사람은 번역에 적합하지 않다. 외로움이 병인 사람은 번역가가 되어서는 안 된다. 번역은 누군가와 같은 공간에서 할 수 있는 일이 아니기 때문이다. 물론 북적거리는 카페나 공동 작업실에서 일할 수도 있지만 그때도 남들이 침범할 수 없는 자기만의 영역을 확보해야 한다.

번역가에게 필요한 감각은 시각과 촉각뿐이다. 시각은 텍스트를 보기 위해, 촉각은 키보드와 마우스를 조작하기 위해 필요하다. 청각, 후각, 미각은 정신을 산란하게 할 뿐이다. 적당한 감각 자극은 기분 전환에 이로울 수도 있지만 지나친 자극은 작업에 방해가 된다. 나는 청각이 둔해서 그런지 작업실 맞은편 피아노 학원에서 흘러나오는 소리가 별로 거슬리지 않는다. 예전에는 음악을 틀어놓으면 도무지 집중할 수 없었지만 요즘은 오디오를 갖춰놓고 여러 장르의 음악을 '노동요'로 듣는다. 다만 (알아들을 수 있는) 가사가 나오는 음악은 (찾아보기를 번역할 때처럼 단순 반복 작업을 할 때가 아니고는) 잘 듣지 않는다. 문제는 후각이다. 아래층 분식집에서 오뎅 국물을 끓이거나 상가 어딘가에서 김치찌개를 배달시켜 냄새가 진동하면 견디기 힘들다(분식집이 커피숍으로 바뀌었을 때 어찌나 반갑던지). 공간을 꽉 채우는 냄새는 어디에도 피할 데가 없다. 코가 냄새에 익숙해져 무감각해지기를 바라는 것이 최선이다. 작업실에서는 주전부리를 하지 않기 때문에 미각이 자극되는 일은 없다. 예전에는 이따금 커피를 끓여 마셨지만 카페인을 끊으면서 커피와도 작별했다.

외로움에 익숙해지면 이따금 사람을 만날 때 낭패를 보기 쉽다. 사람들과 만나 이야기하는 것을 좋아하고 남을 즐겁게 하려면 연습이 필요하기 때문이다. 나는 사람 만나러 나가는 일이 거의 없고 찾아오는 사람도 거의 없다. 작업실에 나왔다가 집에 돌아갈 때까지 하루 종일 말 한마디 없이 지내기도 한다. 그러다 보니 대화를 나눌 때 두서없이 엉뚱한 말이 튀어나올 때도 있다. 한때는 SNS를 일삼았으니 필담에는 어느 정도 자신이 있지만 사람과 마주 앉아

이야기를 나누는 것은 예나 지금이나 고역이다. 그래서 번역가라는 직업이 잘 맞는지도 모르겠다. 그래도, 엔터테이너가 되는 것이야 일찌감치 포기했지만 띄엄띄엄 사람들을 만나면서도 즐거운 시간을 보내는 법을 배우고 싶긴 하다.

무엇보다 심각한 질병은 독서 불능증이다. 첫 번째 증세는 오타가 눈에 들어오면 내용에 집중하지 못하는 것이다. 일상에 지장을 줄 정도다. 편집자에게 뺨 맞고 엉뚱한 곳에 화풀이하는 격이랄까? 내 원고의 오타는 몇 번을 읽어도 못 찾으면서 다른 책의 오타는 왜 이리 잘 보이는지! 이따금 오타를 출판사에 제보해야겠다는 마음이 들기도 하는데 이렇게 되면 독서는 뒷전이고 출판사 연락처를 검색해 메일을 쓰느라 귀한 시간을 허비한다. 손톱 밑 때에 신경 쓰느라 달을 보지 못하는 어리석은 사람이 바로 나다. 두 번째 증세는 원문을 유추하려 드는 것이다. 한국어 문장을 한국어로 이해하지 않고 일단 영어로 복원한 뒤에 해석하려 한다. 기계적으로 직역한 책이야 그 자체가 한글로 쓴 영어 텍스트라고 말할 수 있지만, 감칠맛 나게 번역한 책도 대체 원문이 무엇이기에 이렇게 옮겼을지 궁금해진다. 세 번째 증세는, 이걸 증세라고 할 수 있을지 모르겠지만 책을 읽지 못하는 것이다. 책이 좋아서 번역의 길에 들어서는 사람이 많지만 번역가에게 책은 읽는 것이 아니라 쓰는(또는 옮기는) 것이다. 지금 작업 중인 책이 항상 책상 위에 펼쳐져 있으니 다른 책에 손이 잘 가지 않는다. 억지로 짬을 내지 않으면 오히려 책에서

멀어지기 쉬우니 저녁 일곱 시에 퇴근하면 휴식과 독서로 시간을 보낸다는 원칙을 세웠는데, 요즘에는 드라마에 빠져서 책 읽을 시간을 통 못 낸다. 「뉴욕 타임스」와 「가디언」도 전자책으로 구독 중이지만 하루에 기사 하나 읽기도 버겁다. 기껏해야 매일 한두 시간씩 짬짬이 책을 읽다 보니 한 권을 통독하는 데 한 달이 걸리기도 한다. 게다가 작업실을 마련하면서 나의 서재를 고스란히 작업실로 옮겼기 때문에 집에서는 편하고 조용하게 책을 볼 장소가 없다. 밥상머리에 앉아 텔레비전 소리를 들으며 집중력을 짜내는 수밖에.

번역은 꼼꼼하고 깊은 독서 행위이지만, 일반적인 독서와는 양상이 다르다. 일반적인 독서에서는 문단 단위로 의미의 덩어리를 형성하지만 번역할 때는 문장 단위로—나는 작업 기억 용량이 작아서구나 (심지어) 단어 단위로—의미의 덩어리를 형성한다. 문장의 첫 번째 단어를 사전에서 찾아 알맞은 번역어를 고르고, 두 번째 단어로 넘어가 똑같은 작업을 반복한다. 이 일을 문장 끝까지 하고 나면 분명히 문장을 처음부터 끝까지 읽기는 했지만 문장 전체를 한눈에 읽었을 때와 달리 통일된 이미지를 만들지 못한다. 번역은, 말하자면 꾸역꾸역 읽기라고나 할까? 그래서 이런 읽기에 익숙해지면 물 흐르듯 술술 읽는 능력이 줄어들 수밖에 없다. 그래서인지 요즘은 책을 읽으면 글자는 눈에 들어오는데 글은 안 들어올 때가 많다. 그렇지 않아도 눈이 뻑뻑하고 초점 맞추기가 힘들어서 고생인데—제발 노안이라는 말은 하지 마시길—제대로 읽지도 못 하니 서

글퍼진다.

마지막 직업병은 쇼핑 중독이다. 발단은 늘 이렇다. 원문이 이해되지 않거나 적당한 한국어가 떠오르지 않을 때 머리를 식히려고 인터넷 쇼핑몰을 구경하기 시작한다. 이내 상품 정보를 꼼꼼히 읽고 최저가를 검색하고 인터넷에서 사용 후기를 검색하느라 도낏자루 썩는 줄 모른다. 그러다 하루 종일 컴퓨터 앞에 앉아 있는 자신이 문득 처량해지면서 뭔가 선물을 줘야겠다는 이상한 논리를 개발한다. 그래봐야 비싼 물건은 겁이 나서 못 사고 소소한 것들을 주섬주섬 장바구니에 담는다. 게다가 이것은 번역가의 유일한 손님인 택배 아저씨의 방문으로 이어지니 일석이조 아니겠는가.

번역가는 직업병에 걸려도 호소할 데가 없다. 누가 강요한 일이 아니기 때문이다. 몸을 혹사하고 스트레스를 견디라고 말한 사람은 아무도 없다. 하지만 취미로 번역하는 것이 아닌 이상 최저 생계비라도 벌려면 자신을 더 다그치는 수밖에 없다. 마감 날짜를 지키려면 며칠 밤새우는 것도 불사해야 한다. 그러니 병에서 벗어나는 길은 번역에서 벗어나는 것뿐이다. 하긴 이 정도 직업병을 달고 살지 않는 사람이 어디 있으랴?

출처 『한겨레21』, 2014년 10월 2일.
http://h21.hani.co.kr/arti/culture/culture_general/38032.html

한밤의 리추얼

박산호

번역은 육체노동이면서 정신노동이다. "머리 어깨 무릎 발 무릎 발"이 아니라 머리, 어깨, 허리, 손목, 종아리 순서로 내려오는 통증이 고된 육체노동의 대가라면 정신노동의 피로는 또 다른 모습으로 고개를 든다. 하루 일을 끝낸 뒤(물론 끝낸다는 말은 어폐가 있는 것이 아침에 세운 목표량을 채우지 못하고 찜찜한 마음으로 컴퓨터를 끄는 경우가 빈번하기 때문이다) 서재에서 안방으로 퇴근해 이불을 쓰고 누워도 머릿속은 쉴 새 없이 돌아간다. 마치 하루 내내 쉬지 않고 돌린 나사가 계속 빡빡하게 조이는 느낌이다. 이런 나사를 조금이라도 풀어주지 않으면 머리는 멍하고 몸은 물에 젖은 솜처럼 무거운데 도무지 잠은 오지 않는 중간 지옥에 들어가게 된다. 이럴 때 시간이 아깝다고 또 다시 책이라도 잡으면 나사는 더 돌아가 버린다. 그야말로 악순환의 연속이다.

낮에는 나사가 팽팽하게 조이는 것을 느끼면 벌떡 일어나 산책을 나가거나 이런저런 방법으로 머리를 식힐 수 있지만 밤에는 난감하다. 야밤에 산책을 하기에는 아무래도 위험하고, 날씨가 협조해 주지 않을 때도 있고, 무엇보다 피곤해서 만사가 다 귀찮다. 그래서 나름 한밤에 치르는 리추얼 ritual 을 몇 가지 고안했다.

첫째는 이튿날 먹을 간단한 반찬이나 요리를 하는 것이다. 일하는 중간중간 가족이 먹을 식사를 준비하기 위해 초스피드로 대충 하는 요리와 밤에 시간을 들여 하는 요리는 느낌이 사뭇 다르다. 잠은 오지 않고, 밤은 길고, 뭘 해도 머리가 무겁고 멍해지기 시작하면 부엌으로 나가 냉장고를 연다. 거창한 요리를 하는 것은 아니다. 주로 아이가 좋아하는 국이나 찌개를 끓인다. 무쇠 냄비에 물을 받아 된장과 멸치가루를 풀고 마늘도 조금 다져 넣어 약한 불에 서서히 끓인다. 그동안 파, 감자, 버섯을 손질하고 두부를 준비해 도마 위에 놓고 천천히 썬다. 재료를 다듬고 써는 사이사이 준비할 때 썼던 그릇, 칼, 도마를 씻는다. 국물이 맛있는 냄새를 풍기며 보글보글 끓을 때쯤 버섯과 두부와 양파를 넣고 다시 끓인다. 그렇게 두 번째 끓어올라 마무리됐을 때쯤 어슷하게 썬 대파를 위에 올리고 조금 뒤 불을 끈다. 그리운 고향 같은 맛이 난다.

때로는 낮에 불려둔 미역을 꼭꼭 짜서 냄비에 넣고 고기, 마늘,

참기름을 넣어 달달 볶다가 물을 넣고 뭉근하게 끓일 때도 있다. 시간이 흐를수록 깊고 다정한 맛이 난다. 국을 끓이는 동안 손질하는 데 시간이 많이 걸리는 나물을 다듬거나 샐러드에 넣을 야채를 준비한다. 이런 식으로 된장찌개나 미역국 냄새를 맡으며 30~40분 정도 요리하다 보면 한쪽으로 사정없이 돌아갔던 나사가 서서히 풀어지는 것이 느껴진다.

요리하는 것도 엄두가 나지 않을 만큼 지쳤을 때는 냉동고에 숨겨둔 투게더 아이스크림을 통째로 식탁에 가져다 놓고 밥 먹는 숟가락으로 퍼먹을 때도 있다. 아이스크림이 없을 때는 찬장에 채워놓은 꿀 꽈배기, 짱구, 오사쯔 같은 달콤한 과자를 먹는다. 물론 그럴 때는 봉지째로 앉은 자리에서 다 먹는 것이 원칙. 체중을 생각해 반만 먹고 빨래집게로 집어놓는 치사한 짓을 하면 스트레스는 풀리지 않는다. 체중을 생각하는 것 자체가 스트레스니까. 아이스크림과 과자에 질릴 쯤에는 이런 경우를 대비해 사 놓은 문어나 쥐포를 질겅질겅 씹는다. 힘든 일을 한 스스로에게 주는 보상인 셈이다. 그렇게 한동안 군것질로 긴장을 푸는 밤이 이어지면 체중계 바늘이 위험할 정도로 올라간다. 그러면 다시 정신을 차리고 다이어트에 돌입한다. 다음 야식 주간을 고대하며.

요리도 안 하고, 음식으로 피로를 풀지도 못할 때는 드라마를 본다. 나는 왓챠플레이와 넷플릭스에 모두 가입한 드라마광이다. 두 개의 스트리밍 서비스로 각종 '일드'와 '미드'를 섭렵하고 가끔은 번역 작업에 필요한 자료를 조사하기 위해 다큐멘터리를 볼 때도 있다. '미드'를 볼 때는 직업이 직업이니만큼 오역이 나오면 아쉬워하기도 하고, 좋은 표현이 나오면 써먹어야겠다 싶어 신경을 곤두세우고 보는 증세가 나타난다. 반면 일어는 전혀 모르니 아무 생각 없이 몰입해서 본다. 그런데 꽂히는 드라마를 발견하기라도 한 날이면 오늘만 사는 사람처럼 새벽까지 달리다 이튿날 아침 온몸이 두들겨 맞은 것처럼 아프고 눈은 벌개져서 일어나게 된다는 것이 문제다. 안타깝게도 세상에는 재미있는 드라마가 너무 많다. 제기랄.

마지막 방법은 가장 이상적인 모델이다. 하지만 최후의 수단으로 쓴다는 것이 함정. 한동안 극심한 불면증에 시달렸을 때 밑져야 본전이란 심정으로 시도해보고 의외로 소득을 거둔 방법이다. 다름 아닌 명상과 감사 일기 쓰기다. 몇 년 전에 이유를 알 수 없는 불면증이 심해져서 일상생활이 힘들었던 적이 있다. 커피를 끊다시피 했는데도 밤에 잠을 이루지 못해 유튜브에 나온 명상 음악이나 명상하는 법을 틀어놓고 명상을 했다. 처음에는 10분 정도에서 시작해서 20~30분까지 했다. 금방 잠이 들지는 않아도 마음이 조금씩 편해졌다. 그렇게 잠시라도 마음이 고요해지는 것이 좋아서 꾸준히 해보자 그토록 오지 않던 잠이 밀려왔다. 참으로 신기한 일이다.

요즘도 잠을 이룰 수 없을 때면 10분 정도 명상을 하고 감사 일기를 쓴다. 번역이라는 일의 성격상 생활이 지극히 단조로운 데다 외출도 하지 않고 일만 하다 보면 그만큼 시야가 좁아지고 틀에 박힌 사람이 되어가는 것이 느껴진다. 그에 대한 해법으로 감사 일기를 써보라는 글을 읽고 시도해봤다. 처음에는 쉽지 않았지만 갈수록 일상을 더 세밀하게 관찰하고 작은 것에도 감사하는 습관이 조금씩 생기는 중이다. 매일 쓰지는 못 하지만 일주일에 서너 번, 자기 전에 하루를 조용히 정리하는 것도 나사를 푸는 데 도움이 된다.

 따지고 보면 인생이라는 것도 단 하루를 사는 것일 뿐이다. 그런 하루를 마음 편하게 마무리할 수 있는 나만의 리추얼은 마음을 안정시키는 데 큰 도움이 된다.

몸에게 물어야 할 시간

~~~~~~~~ 박산호 ~

소설가 박완서 선생이 돌아가시기 전에 하셨던 인터뷰를 읽은 적이 있다. 다음 작품은 언제쯤 쓰실 계획이냐는 질문에 '이제 소설을 쓰려면 내 몸에게 먼저 물어봐야 한다. 내 몸이 견딜 만하면, 그래도 된다고 허락하면 그때는 쓸 수 있을 것 같다'는 요지의 대답을 하셨던 것으로 기억한다. 소설은 머리나 가슴으로 쓰는 줄 알았던 나에게는 참 신기하고 새로운 답변이었다. 그때만 해도 참 젊었다. 요즘 이 답변을 새삼스레 떠올릴 때가 많다. 비슷한 질문을 받는다면 나 역시 "몸에게 물어봐야 한다"는 말을 서슴없이 앞세울 것 같다. 나이의 숫자가 늘어서만은 아니다.

번역가의 일은 마감에 살고 마감에 죽는다. 시간에 가위를 눌리며 산다. 몸을 움직일 일도 많지 않다. 타고난 허약 체질에 운동 부족까지 겹치면서 건강에 적신호가 켜질 때가 많다. 지금까지 두 차례 심각한 위기가 있었다. 밝은 사연으로만 채워도 아까울 공간에 아팠던 이야기를 꺼낼 필요가 있는지 잠깐 고민했지만, 나만 이렇지는 않을 거라는 생각에 그냥 써보기로 한다. 아직 이런 일을 겪지 않은 독자에게는 사전 경보 효과가 있지 않을까 기대한다.

첫 번째 위기는 마흔을 한 해 앞두고 찾아왔다. 원인은 여러 가지가 겹쳤지만 치기 어린 심보 탓도 컸다. 시작은 단순했다. 몇몇 친구들의 말이 화근이었다. 아니, 그렇게 들은 내 잘못이 컸을 것이다. "회사원이 너처럼 열심히 공부하고 일했으면 지금보다 훨씬 더 폼 나게 살았을 거야." 걱정인지 동정인지 모를 말에 일단 웃고 넘겼지만 보이지 않는 어딘가에 내상을 입었다. 그래서 달려간 곳은 어리석게도 나를 더 혹사하는 길이었다. 그래, 좋아하는 일을 하면서 돈도 잘 벌 수 있다는 것을 증명해 보이마. 프리랜서로는 꿈의 연봉(그러니 '미션 임파서블'이라는 뜻)이라는 1억을 목표로 삼고 질주했다. 아침에 눈을 떠 잠들 때까지 일에 매달렸다. 그렇다고 주부와 엄마 역할을 중단할 수는 없는 일, 틈틈이 살림도 하고 아이도 건사했다. 지금 생각하면 무시무시한 나날이다.

마침내 그해 수입이 최고치를 기록할 찰나 곳곳에서 빨간 불이 들어오기 시작했다. 어느 날부터는 아침에 일어나기가 힘들었다. 막 몸을 푼 산모처럼 온몸이 띵띵 부었다. 그 와중에도 눈은 목표

액에만 가 있었다. 머리는 닥쳐올 마감과 스트레스에 짓눌렸지만 애써 무시했다. 결국 가족들 성화에 못 이겨 병원으로 향했다. 암 진단 검사까지 받는 지경이 돼서야 정신이 제자리를 찾았다. 검사 결과가 나올 때까지 견뎌야 했던 그 초조함을 말로 다 설명하기는 어렵다. 며칠 밤을 뜬 눈으로 지새운 기억이 난다. 다행히 암은 아니었다. 그 뒤로 반년에 한 번씩 검사를 받으라는 진단에 안도의 한숨이 새나왔다. 1억 원에 목숨을 건 도박을 한 셈이었다.

그 일 뒤로 몇 가지 원칙을 정했다. 무리하게 작업 일정을 잡지 말 것, 마감에 목숨 걸지 말 것, 몸에 이상 신호가 느껴지면 반드시 검진을 받을 것. 규칙적인 운동도 항목에 넣었다. 시도도 다양했다. 동네 헬스클럽(한 달 동안 거울 앞의 내 모습을 보며 러닝머신 위만 걷다가 지루해서 포기), 스피닝 클래스(세 번 나가고 구토 증세를 느껴 포기), 요가(무려 두 달을 채웠으나 동작의 난이도가 올라가면서 부실한 허리로는 도저히 무리라는 생각에 포기), 줌바 클래스(유일하게 좋아했고 심지어 잘한다는 칭찬도 받았으나 강사 선생님에게 사정이 생겨 해산), 필라테스(좋지만 너무 비싸다는 생각에 포기), 아쿠아로빅(선배 할머니들한테 밀려나면서 포기), 동네 호수 공원 산책(봄과 가을에는 좋지만 기온차가 극심한 계절에는 온몸에 두드러기가 나는 체질이어서 포기) 등. 참 무수한 운동을 거쳤다.

그러다 생활이 어느새 예전처럼 마감과 마감 사이를 시계추처럼 오가기 시작했다. 식사도 대충 때우고, 시간이 나면 TV를 보며 소음 방지용 고무판 위에서 걷거나 스트레칭을 하는 등 운동도 살림에 필요한 정도의 움직임으로 갈음했다. 곧바로 몸이 알아챘다. 다시 신호가 오기 시작했다. 책상에 앉은 지 10분만 지나면 다리가 저렸다. 증상은 점점 심해졌다. 검진 수칙은 아랑곳없이 깡으로 버텼다(버티는 것 하나는 참 잘한다). 수술비도 신경 쓰여 꾹 참았다. 결국 두어 달 전, 수술대에 눕고 말았다. 하지정맥류 수술이었다.

하지정맥류는 몸이 날린 보복이자 경고였다. 일만 하고, 운동은 게을리하고, 몸을 돌보지 않으면 어떤 대가를 치르게 되는지 호되게 본때를 보여준 두 번째 옐로카드였다. 피가 제대로 돌지 않아 생기는 하지정맥류는 오래 서서 혹은 앉아서 일하는 사람에게 생기기 쉽다. 예방하려면 중간중간 일어나 걷거나 스트레칭을 해줘야 한다. 하지만 번역 일이라는 것이 한번 리듬을 타면 끊기가 쉽지 않다는 이유로 무시할 때가 많았다.

수술까지 겪고 난 후에야 마음을 다시 고쳐먹었다. 요즘은 한 시간 작업하면 타이머가 울리도록 휴대폰을 설정해둔다. 벨이 울릴 때마다 일어나 스트레칭을 하거나 제자리에서 5분 정도 걷는다. 하루 작업량도 대여섯 시간으로 정했다. 시간이 지나면 목표치에 이르지 못했어도 무조건 작업을 끝낸다. 병원에서 내준 하루 한 시간 걷기 숙제도 일주일에 다섯 번 정도는 한다.

벤치마킹을 위해 다른 사람들이 건강을 지키는 비결도 찾아봤다. 미국의 위대한 복음주의 신학자 조너선 에드워즈는 몸이 약해질까 봐 겨울에는 장작을 팼다고 한다(우선 도끼부터 장만할까?). 건축가 르코르뷔지에는 새벽 여섯 시에 일어나 45분 동안 유연 체조를 했다(나는 저녁형 인간인데……). 벤저민 프랭클린은 하루 30분에서 한 시간 정도 아무것도 걸치지 않고 공기욕을 했다(이건 좀 민망한 노릇). 작곡가 차이콥스키는 매일 두 시간 산책에서 5분이라도 빠지면 병에 걸릴 것처럼 두려워했다고 한다(역시 답은 산책뿐?).

동료 번역가나 작가 들의 추천도 다양했다. 선배 번역가는 등산을 권했고(운동이 아니라 고행 아닌가?) 한 제자는 발레를 강력 추천했다(발레복을 입은 내 모습이라니!). 하루키처럼 달리기로 창작열을 지피는 작가나 번역가도 있다(돈을 줘도 달리기는 싫다!). 춤을 권한 소설가도 있는데 지금 체중에서 3킬로그램만 빠지면 도전해보겠다는 생각은 늘 한다. 내 몸에 맞는 이상적인 운동을 찾을 때까지 당분간은 책상 옆에서건 집 앞 호수공원에서건 꾸준히 걷고 스트레칭에 매진하는 수밖에 없다는 것이 지금의 결론이다.

좋아하는 일을 오래 즐겁게 할 수 있으려면 건강해야 한다. 이 자명한 이치를 몸으로 수용하기까지 20년이 걸렸다. 앞으로 얼마나 더 남았을까? 그 끝이 언제든 열심히 걷고 또 걷겠다고 다짐한다. 내 몸과의 약속이다. 두 번의 경고가 아닌 두 번의 기회를 준 것에 대한 최소한의 보답이다.

출처 〈북클럽 오리진〉, 2017년 8월 3일.
http://1boon.kakao.com/bookclub/trans20170802

번역보다 힘든 옮긴이 후기

노승영

    지난주에 교정지 두 부를 한꺼번에 받았다. 교정지를 받는다는 것은 옮긴이 후기를 쓸 때가 되었다는 뜻이다. 아니나 다를까 이번에도 출판사에서 후기를 요청했다. 이종인 번역가는 번역 원고를 보낼 때 아예 후기까지 함께 보낸다고 하는데, 나는 마감 일정 맞추는 것만도 힘에 부치는 데다 번역을 끝내면 왠지 맥이 풀려 후기는 나중으로 미루게 된다. 어차피 써야 할 후기이고, 나중에 쓰면 책 내용을 잊어버려 오히려 시간이 많이 걸리는데도 좀처럼 고치지 못하는 버릇이다.

    '이번에는 출판사에서 후기를 안 써도 된다고 하지 않을까?'라는 헛된 기대를 해보지만 어려운 내용을 쉽게 정리해주고 독자와 기자의 입맛에 맞는 문장을 뽑아내는 것은 물론 보도자료에 담을 카피와 아이디어까지 선사하는 옮긴이 후기를 출판사에서 마다할 리 만무하다. 지금까지 출간된 내 번역서 61권 중에서 옮긴이 후기가 실린 책을 세어보니 첫 번역서인 『페이퍼 머니』부터 『어메이징 인포메이션』에 이르기까지 총 26권으로 절반 가까이 된다(그동안 쓴 옮긴이 후기는 온라인에 올려두었다).**28**

옮긴이 후기는 효율이 극히 낮은 작업이다. 요즘은 좀 나아졌지만 글감이 떠오를 때까지 며칠을 꼬박 골머리를 썩이기도 한다. 대체로 사흘에 걸쳐 200자 원고지로 20매 가량을 쓰는데 하루 번역량이 40매라 치면 120매 번역할 시간에 옮긴이 후기는 고작 6분의 1을 쓰는 셈이다. 게다가 전에는 출판사에서 옮긴이 후기의 원고료를 따로 지급하지 않는 경우도 많았다. 그래서 더 쓰기 싫었는지도 모르겠다.

쓰기 싫은 것으로 따지자면 편집자의 보도자료도 만만치 않을 것이다. 그나마 옮긴이 후기는 독자가 읽어주고 활자로 영영 남는 데 반해 보도자료는 기자와 서점 담당자 말고는 읽는 사람이 거의 없다. 그래서, 옮긴이 후기를 쓰기 위해 억지로 의욕을 내야 할 때면 보도자료를 써야 하는 편집자의 괴로움을 떠올린다. 물론 즐거운 마음으로 쓰는 편집자도 많을 것이다. 어떤 편집자는 책을 낼 때마다 편집 후기를 쓰기도 한다. 이를테면 번역가의 필독서 중 하나인 『번역가를 위한 우리말 공부』를 낸 유유출판사의 블로그에는 편집 후기라는 카테고리가 있다.[29] 국내서의 경우는 옮긴이 후기 대신 편집자 후기가 책에 실리기도 한다. 『조선 정벌』의 책날개에는 '편집자가 드리는 글'이 실렸다. 마음산책 출판사에서는 2018년부터 모든 책 1판 1쇄에 '편집자의 말' 엽서를 넣는다고 한다. 편집자들이 노고에 걸맞은 대접과 인정을 받길 바란다.

옮긴이 후기는 우리나라만의 관례라는 말을 들었는데 마침 『직관펌프, 생각을 열다』의 일본어판이 있어서 확인해보니 이 책에도 '訳者あとがき', 즉 옮긴이 후기가 실렸다. 그렇다면 옮긴이 후기는 본디 일본어판 번역서의 관례였고 이것이 한국어판에 도입된 것인지도 모르겠다. 어떻게 보면 옮긴이 후기는 사족이다. 정의상 책은 저자가 하려는 말을 모두 담고 있어야 하기 때문이다. 옮긴이 후기가 필요하다는 것은 책에 무언가가 빠졌다는 뜻이기도 하다. 물론 원서와 번역서는 대상 독자와 읽히는 상황이 다르기 때문에 그 간극을 메워주는 역할이 필요할 수도 있다. 하지만 일반적인 옮긴이 후기는 그런 역할보다는 시와 소설 권말에 실리는 작품 해설과 비슷한 역할을 하는 듯하다. 어쩌면 옮긴이 후기가 필요한 정도도 작품 해설과 비슷할지 모르겠다.

옮긴이 후기에는 어떤 내용이 들어가야 할까? 출판 번역을 시작한 지 얼마 되지 않았을 때 옮긴이 후기를 써달라는 요청을 받고 끝부분에 가족과 지인에게 감사한다는 문구를 넣은 적이 있다. 그런데 책이 출간되고 보니 그 부분이 싹 빠져 있었다. 무척 속상했지만 개인적인 이야기를 옮긴이 후기에 싣는 것은 출판사에서 좋아하지 않는다는 것을 알게 되었다.

옮긴이 후기는 출판사가 번역가에게 감사의 뜻으로 베푸는 특혜일까? 책 홍보를 위해 번역가에게 강요하는 가욋일일까? 만일 전자라면 후기 쓰는 일이 즐겁고 출판사에 고마워야 할 텐데 전혀 그런 기분이 들지 않는 것을 보면 심리적(?)으로는 후자가 아닐까 싶다. 그래서 나는 내가 쓰고 싶은 글이 아니라 출판사가 원하(리라 추측되)는 글을 쓴다. 물론 출판사는 후기를 어떤 식으로 써달라고 요구하지 않는다(이런 요구가 실례라고 생각하는 것인지, 당연히 알고 있으리라고 생각하는 것인지는 모르겠다). 그래서 독자 입장이 되어 남들이 번역한 책을 읽으며 어떤 후기가 바람직한지 생각해본다. 내가 독자로서 읽고 싶은 후기라면 다른 독자도 읽고 싶어 할 테니 말이다. 내가 읽고 싶은 후기는 책의 사상적 위치를 알려주고 주요 개념을 자세하게 풀이하고 한국의 현실에 접목되는 지점을 포착하는 글이다. 이런 글은 옮긴이 후기라기보다는 해제에 가깝다. 하지만 전공 분야가 아닌 책을 폭넓은 학문적 관점에서 조망하고 분석하기란 쉬운 일이 아니다. 이럴 때는 확실한 전공 분야를 가진 번역가가 부럽다. 잘 쓴 옮긴이 후기는 그 자체로도 훌륭한 읽을거리다. 김석희 번역가는 번역서 99편의 옮긴이 후기를 엮어 『번역가의 서재』라는 책을 펴내기도 했다(아마 같은 출판사에서 1997년에 출간된 『북 마니아를 위한 에필로그 60』의 증보판인 듯하다).

옮긴이 후기의 목표는 독자로 하여금 책을 사게 만드는 것, 읽게 만드는 것, 읽기를 잘했다고 생각하게 만드는 것이다. 책을 홍보하는 것은 출판사의 몫이지만 책의 매력을 알려주는 일은 번역가도 할 수 있다. 독자의 해석에 과도하게 개입하지 않되 책을 더 풍부하고 흥미롭게 읽을 수 있는 실마리를 제시하는 후기라면 읽을 가치가 충분할 것이다.

○

출처 〈북클럽 오리진〉, 2016년 8월 3일.
https://1boon.daum.net/bookclub/translation20160802

옮긴이 후기의 괴로움

박산호

한 권의 책을 번역하는 수고가 끝나면, 완주 지점에 어렵게 도착한 마라톤 선수에게 한 바퀴만 더 돌고 오라는 주문처럼 또 하나의 고단한 일이 눈앞에 놓인다. 바로 옮긴이 후기라는 글쓰기 주문이다. 옮긴이 후기는 지치고 지친 마라톤 주자가 마지막 남은 힘을 긁어모아 단내 나는 호흡으로 추가하여 질주한 한 바퀴의 기록이다.[30]

 오늘도 옮긴이 후기를 써달라는 출판사의 의뢰를 받고 머리를 쥐어뜯다가(아, 얼마 남지 않은 내 소중한 머리카락) 우연히 신문 칼럼에서 이 구절과 마주쳤을 때 사이다 한 사발을 들이킨 느낌이었다. 이렇게 내 마음 같을 수가!

무라카미 하루키나 김연수처럼 마라톤을 하며 소설을 쓰고, 또 소설 쓰는 과정을 달리기에 비유하는 소설가들이 있는 것처럼 번역가 역시 한 권의 책을 번역하는 과정을 마라톤처럼 느끼는 경우가 종종 있다. 그렇게 기나긴 레이스를 겨우 끝냈는데 한 바퀴 더 돌라는 말처럼 잔인한 말이 있을까? 물론 의뢰하는 출판사는 번역가의 그런 심정을 모르고(조금은 알 거라고 짐작하지만) 의뢰하는 것일 테지만 말이다. 아무튼 그런 요청을 받을 때마다 "네!"라고 대답하지만 속마음은 죽을 맛이다.

옮긴이 후기 쓰기를 괴로워하는 것은 나만이 아니어서 대부분의 번역가 친구들이 한 번씩 옮긴이 후기의 어려움과 괴로움을 토로하는 글을 SNS에 올리는데 그럴 때마다 모두들 달려들어 폭풍같이 댓글을 달며 같이 괴로워하는 풍경이 연출된다. 이때 번역가가 아닌 일반 독자들은 번역서를 읽을 때마다 옮긴이 후기를 읽는 맛도 있으니 꼭 써달라는 댓글을 남겨 쓴 입맛을 다시기도 한다. 출판사도 원하고 독자도 원하니 어쩔 수 있나? 쓰라면 쓰고, 까라면 까야지(이건 아닌가?).

아무튼 10년 동안 번역한 책들의 옮긴이 후기를 모아 책을 펴낸 김석희 번역가, 김화영 번역가처럼 모범적이고 훌륭한 번역가들도 있지만 나에게 옮긴이 후기란 어디까지나 고역이다. 그래도 70권에 달하는 책을 번역하면서 옮긴이 후기를 쓰다 보니 이제는 이런 식으로 쓰면 안 된다는 나름의 금기 원칙이 섰다. 이제부터 그 금기

사항들을 하나씩 밝혀보겠다.

첫째, 수상식에서 상을 받은 배우의 소감처럼 옮긴이 후기를 쓰면 안 된다. 주로 초보 번역가들이 저지르기 쉬운 실수이고 나 역시 그런 실수를 했다. 작가 옆에 내 이름이 박힌 책이 나온다는 점이 믿기지 않을 정도로 기쁘고 설레던 시절이었다. 책이 출간되면 일부러 서점에 나가서 그 책을 찾아보고 표지에 나온 내 이름을 쓰다듬어보던 때였다.

그런 책에 내가 쓴 옮긴이 후기를 넣겠다고 글을 보내라고 했을 때 어떻게 써야할지도 모르면서 마냥 좋았다. 번역뿐만 아니라 다른 방식으로도 책에 기여할 수 있다고, 내 목소리를 낼 수 있다고 멋대로 착각한 것이다. 그래서 그 책을 처음 받았을 때의 느낌, 일하면서 생긴 에피소드, 마지막에는 고마운 사람들의 이름을 줄줄이 나열했다. 물론 식구들 이름도 다 넣었다.

그런데 막상 다 쓰고 보니 이렇게 쓰는 것이 맞는지 의문이 들어 자주 드나들던 인터넷 번역가 카페에 조언을 부탁했다. 대부분의 선배 번역가들은 잘 썼다고 칭찬만 했는데 한 선배가 쪽지를 보내서 따끔하게 야단을 쳤다. 후기는 번역가인 네 이야기가 아니라 책과 작가에 대한 글을 쓰는 공간이라는 말이었다. 그 쪽지를 읽고 어찌나 부끄럽던지 얼굴이 발갛게 달아올랐던 기억이 지금도 생생하다. 그 조언 덕분에 나는 진정하고 사심을 넣지 않은 옮긴이 후기를 쓰게 됐다.

요즘도 가끔 다른 역서의 옮긴이 후기를 보다가 내가 초창기에 썼던 그런 옮긴이 후기를 읽을 때면 픽 웃음이 나오기도 한다. 그 웃음은 언제나 '이 사람은 아직 열정만 가득한 초보구나'라는 조금은 그리운 느낌과 함께한다.

두 번째 금기는 번역한 책에 대한 비판을 자제하는 것이다. 다른 책의 옮긴이 후기를 읽어보다 깜짝 놀란 적이 몇 번 있다. 옮긴이가 자신의 가치관과 저자의 가치관이 맞지 않는다고 은근슬쩍 비난하는 내용도 있었고, 번역하면서 저자의 철학이 잘 이해되지 않았다고 지나치게 솔직히 밝힌 후기도 있었다. 책을 번역하다 보면 자기 가치관과 정반대되는 작가의 책을 옮기게 될 경우도 있다. 철학서나 명상서 같은 책은 난해해서 이해가 되지 않는 경우도 빈번하다. 작가의 글솜씨가 부족해서 아무리 읽어도 말이 안 되는 경우도 있을 수 있다.

하지만 아무리 그렇다고 해도 그것은 원문 텍스트와 일대일 대결을 벌여야 하는 번역가가 해결할 일이다. 그 과정에서 일어난 일은 마음에 묻고 말아야지 옮긴이 후기에 밝힐 필요는 없다. 그것은 그 책과 독자들에 대한 예의가 아니며 책이 나오기까지 공을 들인 출판사에도 무례한 짓이다. 그러니 솔직한 점은 높이 사지만 가능하다면 후기에는 자신이 번역한 책의 장점이나 독자들이 주목해야 할 특징들을 언급하는 것이 좋다.

세 번째 금기는 바로 스포일러다. 주로 소설에서 발생하는 경우로 자주는 아니지만 가끔 있다. 무엇보다 범인이 중요한 미스터리 소설에서 번역가가 스포일러를 터트리면 책을 펴서 무심코 옮긴이 후기부터 읽는 독자들은 황당할 수 있다. 실제로 인터넷 사이트를 돌아다니다 보면 옮긴이의 스포일러에 당했다는 독자들이 심심치 않게 보인다. 그런 미스터리나 스릴러 소설 번역가는 독자들의 마음을 쪼는 식으로 옮긴이 후기를 쓸 필요도 있다. 독자들의 흥미를 끄는 미끼를 던져 유혹한 뒤 슬쩍 빠져 나머지 이야기를 즐길 수 있게 해주는 것이다.

그런 면에서 세 번째 금기에 덧붙일 만한 세부 항목은 바로 구구절절하게 줄거리를 읊어서는 안 된다는 것이다. 가장 못 쓴 서평을 꼽을 때도 줄거리를 주로 나열한 글이 지적받는데 옮긴이 후기도 그런 경우를 가끔 본다. 아마 그 소설에 따로 언급할 만한 흥미로운 지점이 없어서였을 수도 있지만 그래도 이런 식으로 쓰는 것은 되도록 피해야 한다. 어차피 읽다 보면 다 나오는 줄거리를 옮긴이 후기라는 공간에 채워 읽어도 그만, 안 읽어도 그만인 글을 쓰는 것은 일종의 직무 유기다.

소설 후기에 정말 쓸 내용이 없다면 작가가 전면에 내세운 주제에 찬성하거나 반대하는 입장을 가정하고 그에 대한 이론을 풀어 써보는 방법도 있다. 혹은 열린 결말로 끝났을 경우 옮긴이가 상상한 결말에 대해 쓰는 길도 존재한다. 기왕에 쓰는 후기라면 독자들이 책을 읽고 이해하는 데 도움이 되거나 새로운 관점을 제시해주는 것이 좋지 않을까?

  옮긴이 후기를 어떻게 하면 잘 쓸 수 있을까 하는 질문에 뾰족한 답은 없지만 이렇게 쓰면 안 된다는 세 가지 원칙을 정하고 그동안 옮긴이 후기를 써왔다. 쓰다 보니 이 책은 이런 각도에서 이야기를 풀면 좋겠다는 요령도 조금 생겼다. 그래도 옮긴이 후기를 쓰라는 출판사의 의뢰가 없을 때 가장 마음이 편한 것이 사실이다.

번역료

출판 번역에 입문하기 전 기술 번역에 몸담은 적이 있다. 번역 회사에서 일감을 따서 번역가에게 의뢰하고, 번역문을 넘기면 회사가 번역료를 받아 일정 금액을 떼어주는 방식이었다. 영어 원문의 단어 하나당 30원을 받았다고 기억한다. 이 회사와 몇 달가량 일을 했는데 언젠가부터 번역료가 안 들어오기 시작했다. 메일로 독촉하면 그때마다 금방 보내주겠다더니 급기야 전화도 끊어버리고 아예 폐업하기에 이르렀다. 밀린 번역료는 300만 원쯤이었다. 회사에 연락할 길이 없어 법률구조공단을 찾아가 내용증명을 작성했다. 담당 변호사는 그쪽에서 답이 없으면 정식재판을 청구할 수 있다고 했지만, 다른 업체와 일을 하던 중이라 시간을 내기 힘들었고 재판을 한다 해도 돈을 받는다는 보장이 없어 포기하고 말았다.

번역 회사를 차려 프리랜서 번역사들을 모집한 뒤에 번역료를 챙기고 폐업하는 이런 사례가 전형적인 사기 수법이라는 사실을 얼마 전에 뉴스를 보고서야 알았다. 최근까지도 이 수법에 넘어가 피해를 입은 사람들이 많다는 보도에 놀랐다.

이 일을 겪은 뒤에는 규모가 큰 회사들과 일했다. 주로 외국 기업의 홈페이지나 사용 설명서를 번역하는 일이었다. 업계 용어로는 '로컬라이제이션 localization, 현지화'이라고 한다. 동영상 자막이나 게임 매뉴얼 번역이 들어오기도 했다. 이 회사들은 매달 정해진 날짜에 번역료를 입금해줬으므로 안정적 수입이 보장되었다. 번역료는 영어 단어당 35~45원을 받았다. 업체에서는 매일같이 3000단어 분량의 일감을 주었는데, 주말을 제외하고 한 달에 20일을 일하면 270만 원 정도가 손에 들어왔다. 정형화된 문장이 많아서 일은 별로 힘들지 않았고 하루치 일을 끝내면 맘 편하게 자유 시간을 보낼 수 있었다.

그러다 2006년 정초에 한겨레문화센터의 '강주헌의 번역 작가 양성 과정'에 등록했다(그때는 '강주헌의 번역 길라잡이'라는 이름이었다). 기술 번역은 재미있고 안정적이었지만 아무리 오래 일해도 해당 업체 바깥에서는 경력을 전혀 인정받지 못한다는 문제가 있었다. 번역문에 내 이름이 실리지 않기 때문이다. 출판 번역 초보 시절에는 출판 번역이나 기술 번역이나 번역료가 비슷해서, 한국어 200자 원고지 매당 3000원을 받으면 영어 단어당 45원을 받을 때랑 얼추 맞아떨어졌다. 하지만 출판 번역은 번역료가 일정하게 들어오지 않고 일감도 늘 있는 것이 아니니 위험 부담이 훨씬 크다. 그래도 실력과 경력을 인정받을 수 있고 내 이름을 내세울 수 있으므로 출판 번역을 업으로 삼고 싶었다. 그래서 출판 번역으로 데뷔한 뒤에 번역 회사와의 관계를 정리했다.

몇 달간 일이 없어서 놀 때는 '차라리 기술 번역으로 돌아갈까' 하는 생각이 들기도 했지만, 내 이름을 단 번역서가 하나둘 쌓이고 한 번 일한 출판사에서 다시 번역을 의뢰받으며 점점 출판 번역에 정이 들었다.

번역료의 관점에서 기술 번역과 출판 번역의 가장 큰 차이점은 원어를 기준으로 하는가, 번역어를 기준으로 하는가다. 기술 번역은 원어의 단어 수를 기준으로 하기 때문에 일감을 받자마자 이것이 얼마짜리인지 안다(기술적으로 들어가면 약간 복잡해지는데, 기존에 번역된 문장과 100퍼센트 일치하는 문장은 번역료를 주지 않기 때문이다. 75퍼센트나 50퍼센트 일치하는 경우에는 번역료를 일부 삭감한다. 그럴 수밖에 없는 것이 이런 문장들은 번역 프로그램이 자동으로 옮겨두기 때문이다). 큰 번역 회사와 일할 때는 모든 일감을 파일로 받았다. 회사마다 자기 나름의 파일 포맷과 전용 프로그램이 있어서 그에 맞춰 작업해야 한다. 한 번역 회사는 자기네 번역 소프트웨어를 구입해야 일감을 받을 수 있다고 해서 100만 원이 넘는 프로그램을 울며 겨자 먹기로 장만하기도 했다(지금은 고맙게 생각한다. 프로그램이 꽤 효율적이어서 출판 번역에도 요긴하게 쓰고 있다).

이에 반해 출판 번역은 한국어 번역문의 원고지 매수를 기준으로 번역료를 산정한다. 종이책을 주로 번역하기에 원어의 분량을 미리 가늠할 수 없는 탓도 있을 것이다. 이것의 한 가지 부작용은 퇴고하면서 조사, 어미, 접속사 등을 빼야 할 때 가슴이 미어진다는 것이다. 자연스럽게 읽히는 문장은 번역가의 고혈을 먹고 자란다. 원고지 매수를 놓고 출판사와 번역가가 실랑이를 벌이는 경우도 적지 않다. 출판사는 매수가 적을수록 이익이기 때문에 행갈이를 없애고 글을 다듬어(?) 분량을 줄이기도 한다. 만화책을 번역했는데 출판사에서 말풍선 문장들을 죄다 이어 붙여 번역료가 반토막 났다고 말하는 번역가도 있었다.

번역료를 인세로 주는 경우도 있지만, 지금 같은 출판 상황에서 번역료를 인세로 책정하자고 말하는 것은 번역료를 깎겠다는 말과 같다. 번역료를 조금 깎는 대신 인세로 계약한 적이 몇 번 있는데 인세를 받은 적은 단 한 번뿐이다. 계약금 100만 원에 나머지를 전부 인세로 계약했는데, 책 나오면서 딱 한 번밖에 못 받았다.

원고지 매수를 기준으로 하는 매절 번역은 번역료가 노동력이 아니라 노동의 대가라는 뜻이다. 노동력을 파는 사람은 노동자이고 노동을 파는 사람은 프리랜서라고 말할 수 있으려나? 어느 쪽이든 관건은 정당한 대가를 받고 있는가다.

어느 이탈리아 장인은 한 땀 한 땀 추리닝을 만든다지만 번역가는 한 자 한 자 원고를 엮는다. 글자는 번역가의 땀이다. 어떻게 보면 인형에 눈을 붙이는 작업과도 그리 다르지 않다. 200자 원고지 한 매에 4000원을 받는다고 치면 20원짜리 글자를 하나씩 원고지에 붙이는 격이니 말이다. 글자 30만 개를 붙이면 1500매짜리 원고가 된다. 이렇게 탈고하면 다시 새 원고지에 글자를 하나씩 붙이기 시작한다. 바위를 굴려 올리는 시시포스처럼.

번역하다 보면 이따금 슬럼프가 찾아온다. 생활 리듬이 무너지거나 몸이 아플 때도 슬럼프가 오지만 가장 흔한 경우는 받아야 할 번역료가 제때 들어오지 않았을 때다. 번역료가 들어오지 않으면 자금 운용에 차질에 생기는 것은 물론이고 가족들 얼굴을 볼 면목도 없을 뿐 아니라 급기야 자신의 존재 가치에 회의가 들기 시작한다. 하긴 내가 마감으로부터 (기독교 용어로) '자유함'을 얻게 된 것은 원고료 지급일을 예사로 어기는 출판사를 겪으면서다. 몇 년을 끌다 결국 책으로 받은 적도 있다(동료 번역가 중에는 끝내 받지 못하고 포기한 사람도 있다). 요즘은 착한 출판사들과 거래하는 바람에 (다행히도!) 다시 마감의 압박에 시달리기 시작했다.

번역료는 계약금과 잔금으로 나뉘는데 계약금은 번역 계약서를 작성하고 일주일 이내에 지급하는 것이 일반적이며 잔금은 최종 원고를 넘기고 한 달 이내, 또는 책이 출간된 지 한 달 이내에 지급하는 것이 보통이다. 출간 뒤 지급하는 경우에는 원고를 넘긴 지 6개월이 지나도록 책이 출간되지 않으면 출간과 관계없이 번역료를 지급하도록 계약서에 명시하기도 한다. 출판사에서 출간 뒤 지급을 주장하는 이유는 번역에 문제가 있을 경우 수정이나 재번역을 요청해야 하는데 번역료를 이미 지급한 후라면 번역가가 순순히 협조하지 않으리라는 우려 때문이다. 일리 있는 말이지만 번역 원고를 받자마자 편집자가 원고를 통독하고 수정이나 재번역 여부를 판단하는 것이 서로에게 더 유익하리라 생각한다.

번역료 산정 방식은 인세와 매절 두 가지가 있으며 때에 따라 둘을 절충하기도 한다. 인세는 선인세 조로 계약금을 일부 받은 뒤에 판매량에 따라 대금의 일부를 받는 것이고 매절은 판매량과 상관없이 원고 매수에 따라 일정한 금액을 받는 것이다. 그런데 대부분의 예상과 달리 안 팔릴 만한 책은 인세로 계약하고 잘 팔릴 만한 책은 매절로 계약한다(힌트: 출판사의 입장에서 생각해보시라).

나는 최종 원고를 제출한 뒤 한 달 이내에 고료를 지급해달라고 고집하는 편이지만 출판사에 따라서는 출간 뒤 지급 방침이 확고한 곳도 있어서 제출한 뒤에 절반 지급, 출간한 뒤에 절반 지급으로 타협하기도 한다. 번역 초기에는 번역료를 제때 못 받는 것 때문에 스트레스를 많이 받아서 아예 번역료를 받은 뒤에 원고를 넘기기로 계약한 적도 있다. 번역을 끝내놓고도 원고를 인질로 붙잡고 있는 것이 꺼림칙해서 결국 번역료를 받기 전에 넘겨주고 말았지만.

선배 번역가들에게 예전에는 번역료가 얼마였는지 물어보니

1990년대 초나 지금이나 별반 다르지 않다는 대답이 돌아왔다. 심지어 그때보다 더 헐값을 받는 경우도 있다. 책값이 물가에 비례해 오르지 않은 데다 판매량이 전반적으로 감소했으니 조금이나마 오른 것도 대견하달까?

번역 강의 때마다 수강생에게 하는 이야기가 있다. "번역은 실력이 아니라 속력에 따라 보상받는다." 이런 상황에서도 매번 최선을 다하고 언제나 실력을 기르기 위해 노력하는 번역가들에게 박수를 보낸다.

출처 〈북클럽 오리진〉, 2016년 12월 7일.
https://1boon.daum.net/bookclub/trans20161207
『한겨레21』, 2014년 11월 14일.
http://h21.hani.co.kr/arti/culture/culture_general/38343.html

번역료를 받기까지의 험난한 여정

박산호

번역가가 받는 메일 중에 가장 기쁜 메일 두 가지는 무엇일까? 바로 출판사가 새로운 책의 번역을 의뢰하는 메일과 지난번에 한 작업의 번역료를 입금했다고 알려주는 메일이다. 새로운 작업을 의뢰하는 메일을 받으면 번역가로서의 실력을 인정받았다는 뿌듯한 마음이 들고, 그다음 일거리를 확보했으니 한동안은 마음 졸이지 않아도 된다는 생각에 안심도 된다. 번역료를 입금했다는 메일을 받으면 그동안 온 몸과 마음으로(과장이 아니라 번역이란 일이 정말 그렇다) 한 일의 대가를 받아 기쁘기도 하고 당분간 돈 걱정은 잠시 쉬어도 되겠다 싶어 한시름 놓게 된다.

무엇보다 프리랜서 번역가의 번역료란 매달 꼬박꼬박 월급을 받는 직장인과 달리 번역을 해서 결과물을 넘긴 후에 출판사와의 계약 조건에 따라 한 달 혹은 몇 달 후에 받거나 때로는 출판사 사정에 따라 언제 받을지 기약할 수 없는 돈이기 때문에 더욱 감격스럽고 벅찬 돈이다(잠시 눈물 좀 닦고).

그렇다면 번역가가 가장 쓰기 싫은 메일은 무엇일까? 편집자에게 번역료 지급일이 언제인지 물어보는 메일, 번역료 지급일을 당길 수 있는지 물어보는 메일이다. 그중에서도 가장 쓰기 싫은 메일을 꼽자면 아무리 애원해도 주지 않는 번역료를 달라고 독촉하는 메일이다. 번역가의 마땅한 권리이자 노동력의 대가인 번역료를 달라고 요청하는 메일을 쓸 때마다 받는 스트레스는 이루 말할 수 없을 정도다.

누군가에게 아쉬운 소리를 하며 살고 싶은 사람이 어디 있겠는가? 그런데 프리랜서 번역가로 살다 보면 읍소(?) 비슷한 호소에 익숙해지게 된다. 그렇다고 경제적으로 불안한 생활까지 익숙해지는 것은 아니다.

처음 번역한 책의 번역료로 얼마를 받았는지 정확히 기억나지 않는다. 다만 그때는 초보였기 때문에 번역료도 낮았고 무엇보다 매절 번역료와 인세를 반반씩 섞어서 받았기 때문에 정말 열악한 조건이었다. 매절 번역료와 인세 번역료를 섞어서 받는 번역료가 박한 이유는 인세로 계약해 번역한 책의 99퍼센트가 1쇄를 넘기지 못했기 때문이다. 유일하게 지금까지 계속 팔리는 책은 『세계 대전 Z』

한 권뿐이다. 그러니 번역 인세로 대박이 났다고 언론에 나오는 이야기는 신화이자 기적에 가깝다. 그리고 운명은 무심하게도 내게 그런 인세 기적을 허락하지 않았다. 아직까지는.

인세가 아닌 매절로만 번역료를 받는 경우도 있었다. 그럴 때는 초보라서 번역료가 낮다고 해도 인세보다는 보수가 괜찮았다. 다만 초보 번역가의 경우는 의뢰받은 책을 쌓아두고 하는 경우가 아니라서 책 한 권을 마치고 나면 그다음 의뢰가 들어올 때까지 평균 두 달에서 길게는 반년, 최악의 경우는 영영 의뢰를 받지 못하는 사람도 있다.

내 경우에는 정기적으로 번역 일거리가 들어오는 데까지 3년이 걸렸다. 그 첫 3년 동안은 책 한 권을 번역하고 나면 두 달에서 석 달 정도를 손가락 빨며 무작정 다음 작업을 기다렸던 것 같다. 그 말은 두세 달 동안 수입이 제로라는 말이다. 게다가 그 시절에는 인세를 섞거나 아예 인세로만 하자는 제안도 제법 많아서 돈을 쥐어본 경우가 많지 않았다.

그러나 무엇보다 피를 말리는 경우는 계약서에 규정된 대로 번역료를 지급해주지 않는 출판사들이었다. 여러 경우가 있지만 지금도 생각나는 두 가지 사례가 있다. 둘 다 작은 출판사였는데 번역료를 받기까지 1년이 걸렸다. 번역료를 달라고 할 때마다 사정이 어려워서 그러니 죄송하지만 기다려달라고, 다음 달에는 꼭 마련해보겠다는 답장을 받았다. 돈을 못 보내는 회사 입장은 오죽할까 하는 마음으로 기다리다가 다음 달이 되어 설레는 마음으로 다시 메일을 보내면 으레 죄송하다는 답변을 받고 땅이 꺼지는 것 같은 실망을 맛봤다.

그렇게 1년 동안 메일로 줄다리기를 하며 간신히 받기는 했지만 이미 영혼은 너덜너덜해진 후였다. 그때 결심했다. 번역 의뢰가 들어왔을 때 고마운 마음을 앞세워 무조건 받지 말고 번역료를 지불할 수 있는 규모의 출판사인지, 신용은 확실한 회사인지부터 확인하고 일을 받자고 말이다. 다행히 그 이후부터는 중견 출판사들과 거래하게 되어 번역료를 받기까지 1년을 기다리는 불상사는 벌어지지 않았다. 그렇다고 해서 번역료를 받기가 쉬워진 것은 아니다.

번역가 3년 차에 접어들어 번역했던 책들이 몇 권 베스트셀러가 되면서 주목을 받자 일거리가 끊이지 않고 들어왔다. 3년 동안 소득세도 내지 않을 정도로 미미했던 소득과 그에 따른 불안과 우울증에 시달리다가 드디어 번역으로 생계를 해결하게 되니 한동안은 콧노래를 부르며 일했던 것 같다.

그런데 어느 순간 갑자기 복병이 나타났다. 그 복병은 두 가지 형태로 쳐들어왔다. 하나는 담당 편집자가 격무에 시달리다 번역료 지급안을 경리부에 올리는 것을 깜박하거나 회사 사정상 뒤로 미뤄지는 경우다. 그럴 경우에는 원래 이달 나왔어야 할 번역료가 다음 달로 밀린다. 책 한 권을 번역하는 데 짧게는 한두 달에서 서너 달까지 걸린다고 생각해보자. 결과물을 넘기기 전까지는 처음 계약할 때 받은 계약금 100만 원을 제외하고 아무 수입도 없다. 그렇게 평균 두세 달을 수입 없이 살면서 번역료 지급만 기다리는데 그마저 다음 달로 넘어가 버리면 생활이 힘들어진다. 공과금, 아이 학원비, 식비처럼 번역료와 상관없이 꼬박꼬박 나가는 돈은 정해져 있으니 말이다.

또 하나의 복병이 정말 치명적이다. 원고를 넘긴 후 짧게는 석 달 이내에, 길게는 출간 후에 번역료를 지급하겠다는 회사들이 늘어났다. 출판계 불황이야 항상 단군 이래 최고라고 했지만 요즘은 두려울 정도로 책 읽는 사람들이 줄어들면서 그런 무시무시한 조항이 번역 계약서에 들어왔다.

물론 원고를 넘기면 며칠 내 혹은 다음 달에 칼같이 지급해주는 고마운 출판사들도 있다. 하지만 그런 출판사들보다는 지급 기한을 늘이는 회사들이 더 많다.

그렇다면 번역가는 어떻게 생활해야 할까? 처음 계약했을 때 받은 100만 원 남짓 되는 돈으로 급한 불을 끄기에 턱없이 부족하다. 책이 두껍거나 생각보다 어려워서 번역 기간이 늘어날 경우에는 그만큼 번역료를 받을 날짜도 뒤로 밀린다. 거기다 출판사 출간 일정에 맞춰 원고를 끝내고도 몇 달 뒤, 심하게는 1년에서 몇 년씩 책을 안 내거나 못 내는 경우 번역가는 계속 기다릴 수밖에 없다. 번역가들끼리는 이런 경우를 원고로 "장을 담근다"라고 표현한다. 장만 담그는 게 아니라 속이 썩어 문드러지는 번역가들도 많다. 많은 번역가가 적금이나 펀드 같은 재테크는 엄두도 내지 못한다. 그럴 돈도 없는 경우가 태반이다.

나는 이제 중견 번역가가 돼서 고맙게도 작업 의뢰가 끊이지 않고 들어오지만 불규칙한 번역료 지급일 때문에 수입이 들어오는 주기는 여전히 들쭉날쭉하다. 번역료는 올랐지만 그만큼 체력이 떨어졌고 의뢰받는 원고의 난도는 대체로 높아졌다. 그러니 결국 내가 해낼 수 있는 작업량은 초보 때와 크게 다르지 않은 것이다. 번역료가 언제 들어올지 모르니 몇 달치 생활비를 쌓아두어야 하는데 현실적으로 쉽지 않으니 각종 공과금과 카드 대금 지급일이 몰리는 월말이면 가슴이 답답하다.

번역가에게는 이런 사정이 너무나 흔하다. SNS에도 번역료를 받지 못해 고통을 호소하는 번역가들의 이야기가 종종 올라온다. 이런 우리들의 돈 가뭄을 그나마 해소해준 존재는 아이러니하게도 '카카오뱅크'다. 묻지도 따지지도 않고 300만 원을 클릭 한 번으로 땡겨 쓸 수 있게 해준 고마운 서비스! 프리랜서이기 때문에 마이너스 통장을 만들기도 쉽지 않은 우리로서는 소소한 돈 문제를 해결해줄 마법 지팡이다. 이 지팡이를 한 번 휘둘러 작은 불은 끄고 어서 번역료가 들어오게 해달라고 두 손 모아 비는 것이 번역가의 비애라고 할까?

이런 문제 때문에 번역이라는 일 자체를 무척 사랑하고 천직이라고 여기는 나도 다른 일을 찾아볼까 여러 번 고민했다. 그러나 아직

역시 쉽지 않다. 원고를 넘기면 곧바로는 아니더라도 다음 달에는 받을 수 있는 지급 시스템이 정착된다면 사는 것이 한결 쉬울 것 같다.

"품에 돈이 들어오면 씩씩해진다"라는 표현이 있다. 돈이란 것이 그렇다. 없으면 어깨도 처지고, 밤잠도 안 오고, 가슴이 답답하다가도 돈이 들어오면 씩씩해지고, 표정도 밝아지고, 생각도 더 긍정적으로 변한다. 모쪼록 책을 사랑하는 독자들이 늘어나 책도 더 많이 팔리고, 출판사들이 번역가를 같은 길을 함께 걷는 동료로 여기며 지급 관행을 개선해주면 좋겠다.

책 쓰는 번역가로 살다

~~~~~~~~~~ 박산호 ~~~~~

난 일이란 이층집과 같다고 비슷하다고 생각해. 전체를 받치는 일층
은 생활비를 벌기 위한 곳이지. 하지만 그것뿐이면 너무 재미없잖아.
그래서 꿈을 이루기 위한 이층이 필요한 거야. 꿈만 꾸는 집은 무너
지지만 밥만 먹는 집은 답답하잖아.

머리를 식힐 때 '미드'나 '일드'를 자주 보는데 작년에 이 일본 드
라마에 나오는 대사를 듣고 무릎을 탁 쳤다. 『변두리 로켓』이라는
제목의 이 드라마는 우주과학 개발 기구 연구원이었던 주인공이
로켓 발사 실험이 실패로 돌아가자 책임을 지고 나와, 아버지가 경
영하던 중소기업으로 돌아가 회사를 일으키고 로켓 발사의 꿈을

이루기 위해 노력하는 내용이다. 위의 대사는 회사의 주력 제품 개발에만 집중하면 되지 왜 힘들게 로켓 부품에 필요한 나사를 만드는 거냐고 불만스러워하는 직원을 설득하는 주인공의 말이다. 이 말이 마치 내 심정을 대변해주는 것 같아 무척 공감이 갔다.

2017년에 처음으로 내 이름을 걸고 쓴 책이 세상에 나왔다. 엄밀히 말하자면 첫 책은 아니다. 2010년 9월에 『깔깔 마녀는 영어 마법사』라는 책을 출간한 적이 있다. 그때 초등학교 2학년이던 딸을 주인공으로 삼아 영어로 짤막한 동화를 쓰고 간단한 문법과 어휘 설명을 곁들인 책이었다. 마녀와 마법에 친숙한 아이들을 대상으로 이야기를 읽으며 자연스럽게 영어 공부를 할 수 있는 구성으로 짰는데 쓰다 보니 재미있었다. 더불어 이야기를 만드는 중간중간 딸에게 이런 이야기는 어떨까 물어보면서 대화도 많이 나눌 수 있었다. 이렇게 책 쓰는 일이 즐겁다는 것을 깨닫고 나중에 또 다른 기회가 왔으면 좋겠다고 생각했다.

그보다 훨씬 전인 2007년에는 영어 원서 읽기 시리즈에서 명상을 주제로 한 원서를 영한 대역으로 번역해 한쪽에는 원문을, 다른 한쪽에는 번역문을 싣고 그다음 페이지에서 원문에 쓰인 문법과 어휘를 설명한 후 원문에 대한 짤막한 글을 넣어 책을 만든 적이 있다.[31] 그때 꼭지마다 들어간 글이 재미있다는 의견이 많았다며 담당 편집자가 "나중에 선생님 글만 모은 책을 쓰세요"라고 말해줘서 기뻤던 기억도 있다. 돌이켜보면 번역하는 내내 언젠가는 내 책을 쓰고 싶다는 소망을 나도 모르게 품었는지도 모른다.

그러다 2015년, SNS에 올린 글을 보고 한 출판사에서 연락이 와 베테랑 번역가로서 영어 단어 공부를 제대로 하는 법을 다루는 책을 내보자는 제의를 받았다. 나에게 잘 맞는 콘셉트라는 생각이 들어 바로 수락하고 드디어 내 이름을 걸고 책을 쓰게 됐다는 기쁨에 한동안 들떴던 기억이 난다. 단군 이래 항상 최대 불황인 출판계에서 겁도 없이 죄 없는 나무들을 베어 책을 만든다는 일의 무게를 미처 느끼지 못했던 것이다. 하지만 계약서에 서명하고 얼마 지나지 않아 책을 쓴다는 것이 생각보다 호락호락하지 않다는 사실을 깨달았다.

번역은 아무리 원문이 어렵고 복잡하며 분량이 많더라도 일단 참고할 텍스트가 있다. 이미 번듯하게 만들어진 한 권의 책을 책임지고 기한 내에 번역하면 내 일은 끝난다. 그런데 내 책을 쓴다는 것은 달랐다. 기본적인 콘셉트에 대해 출판사와 합의가 끝나면 그때부터 원고를 마감해서 넘기기 전까지 모든 과정을 나 혼자서 감당해야 했다. 나 혼자서! 이것이 말할 수 없이 고독하고 무서운 과정이라는 것을 처절하게 깨달았다. 과연 내가 책을 쓸 깜냥이 되는 사람일까? 그냥 포기하는 편이 낫지 않을까? 글을 쓰는 내내 이런 회의에 시달렸다.

거기다 당시 출판사와 합의한 콘셉트에 따르려면 무수한 자료를 모아서 공부를 해야 했다. 일반적인 에세이가 아니라 영어 학습서인 데다 독자들이 몰랐던 단어의 역사적 배경이나 특이하고 흥미로운 역사적 사실 들로 구성된 책이었다. 그래서 평소에 그다지 관심을 두지 않았던 서양 역사, 영어의 어원, 서양 문화를 공부하고 무수한 책을 사들였다. 결국 출판사에서 받은 계약금이 전부 자료 조사를 위한 책 구입비로 들어갔고 시간도 어마어마하게 들어갔다. 책을 쓰는 동안에는 당연히 번역을 할 수 없었으므로 그만큼 생활비도 줄어서 형편이 빠듯했다. 책에 실을 100개의 단어를 고르는 과정은 길었다. 읽고 소화해야 할 자료는 늘어나기만 했다. 이러다 책도 못 쓰고 번역도 못 하는 것 아닌가 하는 초조한 마음만 커졌다. 그러다가 생계를 해결한다고 번역을 붙들고 있으면 또 책을 못 쓰고 있다는 죄책감에 마음이 불편했다. 그렇게 격렬하게 갈등할 때 저 대사를 보면서 해결책을 찾았다.

일이 이층집이란 대사는 굉장히 적절한 비유였다. 내게 번역은 1층이었고 책을 쓰는 일은 2층이었다. 번역은 생활을 위해 절대적으로 필요하며 지금까지 20년 가까이 생계를 해결해준 고마운 일이다. 번역을 하면서 내 몫의 밥벌이를 하는 가장이자 사회인이라는 자존감을 길렀고, 그 시간이 쌓이고 쌓여 어느 정도의 지위도 형성됐다. 물론 작디작은 번역 동네 안에서의 지위지만 그래도 스릴러 소설 전문 번역가라는 정체성이 나를 든든하게 지켰다.

반면에 책을 쓰는 일은 이제 막 시작한 데다 힘들고 고통스러울 때가 잦다. 그래도 번역에서는 맛볼 수 없는 즐거움이 있다. 번역은 번역가가 원문과 한판 승부를 벌이면서 자국어 독자를 위해 유려하게 잘 읽히는 글을 만들어야 하지만 어쨌든 작품의 주인은 작가다. 그러나 내가 쓴 책은 나의 것이다. 원고를 쓰다가 마음에 안 들거나 책의 흐름에 맞지 않는 부분은 삭제할 수도 있고, 원고로 나의 생각과 의견과 가치관을 표현할 수 있다. 어디까지나 내 글이라고 주장할 수 있는 것이다(물론 편집자의 역할도 아주 중요하다).

그러니 번역은 그동안 갈고닦은 기술과 역량을 지속적으로 훈련하며 도전하는 시합의 장이자 내 인생을 든든하게 받쳐주는 토대인 1층이고, 책을 쓰는 일은 고개를 들어 하늘을 보며 꾸는 꿈을 지켜주는 2층이라고 생각했다. 그렇게 내 인생에서 번역과 책 쓰는 일이 차지하는 역할을 정의하자 집필에 대한 회의와 번민이 어느 정도 정리되었다. 그때부터는 자료를 정리하며 보내는 시간들이 즐거워졌고, 원고를 쓰면서 읽고 또 읽으며 또 다른 지식을 쌓아가는 재미에 푹 빠져 지냈다.

그렇게 『단어의 배신』이라는 책이 나왔다. 이 책 한 권으로 또 다른 기회들이 찾아왔다. 덕분에 올해도 지금 이 에세이를 비롯해 몇 권의 책을 더 쓰는 중이다. 물론 본업인 번역도 열심히 한다. 번역도 힘들지만 책 쓰는 일도 만만하지 않다. 그래도 생계를 해결하는 일을 하면서 즐겁고, 꿈을 이루는 일을 하면서 보람을 느낀다면 행복한 인생 아닌가? 그런 면에서 나는 정말 운이 좋은 번역가다.

살펴보고, 톺아보고, 따져보기

제목이 반이다

얼마 전에 『동물에게 배우는 노년의 삶』이라는 책이 출간됐다. 원제는 『The Social Behavior of Older Animals』(늙은 동물의 사회적 행동)로, 존스홉킨스대학 출판부에서 출간되었다. 말랑말랑한 자기 계발서는 아니다. 그런데 원서 검토를 위해 늙은 동물의 이야기를 읽으면서 자꾸 노인들의 모습이 떠올랐다. 이 책에서 다루는 늙은 동물의 지혜, 양육, 추락, 재기, 섹스, 죽음, 애도 등의 테마는 고스란히 인간에게 적용할 수 있었다. 사실 이 책은 본격적인 연구서가 아니다. 저자 앤 할머니가 도서관에서 '늙은 동물'이 포함된 문헌을 모조리 찾아 주제별로 분류해 엮은 책이다. 따라서 독자적인 연구 성과를 발표하는 책이 아니라 기존의 연구 성과를 종합한 3차 자료인 셈이다.

'동물에게 배우는 노년의 삶'이라는 제목으로 검토서를 써서 (내가 몸담은) 펍협에이전시 뉴스레터에 실었더니 한 출판사에서 관심을 보여 판권 계약을 진행하고 번역을 시작했다. 2015년 2월 23일에 최종 원고를 보냈고 2016년 5월 9일에 교정지를 받았다. 그런데 제목을 놓고 출판사 내에서 이견이 있다고 했다. 편집부에서는 과학책이니 내용에 충실한 제목을 붙이는 것이 어떻겠느냐며 '늙은 개체로 무리에서 산다는 것' 혹은 '나이 든 동물의 사회적 행동' 등을 제시했다. 제목 회의 전까지 의견을 달라고 하기에 고민을 시작했다.

2018년 6월을 기준으로 내가 번역한 책은 총 61종인데 그중에서 원제를 그대로 음역한 책은 7종, 원제를 (거의) 직역한 책은 25종, 독자적인 제목을 붙인 책은 29종이다.

음역(7종)

- Paper Money ▶ 페이퍼 머니
- The Money Game ▶ 머니 게임
- Consumer Kids ▶ 컨슈머 키드
- The Short Book ▶ 숏북
- The Brand Bubble ▶ 브랜드 버블
- The Storytelling Animal ▶ 스토리텔링 애니멀

- Roadside MBA ▶ 로드사이드 MBA

직역(25종)

- Working ▶, 일

- On Practice and Contradiction ▶ 마오쩌둥: 실천론·모순론

- Terrorism and Communism ▶ 트로츠키: 테러리즘과 공산주의

- The Pornography of Power ▶ 권력의 포르노그래피

- What Is Emotion? ▶ 정서란 무엇인가?

- Chasing Medical Miracles ▶ 기적을 좇는 의료 풍경, 임상시험

- How to Survive the End of the World as We Know It ▶ 세상의 종말에서 살아남는 법

- The Pain Chronicles ▶ 통증 연대기

- Wounded by School ▶ 상처 주는 학교

- In Praise of Copying ▶ 복제 예찬

- 5000 Years of Popular Culture ▶ 대중문화 5000년의 역사

- How Are We to Live ▶ 이렇게 살아가도 괜찮은가

- Darwin's Lost World ▶ 다윈의 잃어버린 세계

- Meme Wars ▶ 문화 유전자 전쟁

- Philosophy Bites Back ▶ 철학 한입 더

- Rhetoric ▶ 수사학

- Bird Sense ▶ 새의 감각

- The Terrorist's Son ▶ 테러리스트의 아들

- Shadow Work ▶ 그림자 노동

- Who Owns the Future? ▶ 미래는 누구의 것인가?

- Revolutions ▶ 혁명

- Malay Archipelago ▶ 말레이 제도

- The Moral Foundations of Politics ▶ 정치의 도덕적 기초

- Norwegian Wood ▶ 노르웨이의 나무

- The Songs of Trees ▶ 나무의 노래

창작(29종)

- It's a Guy Thing ▶ 잘되는 자녀는 아버지가 다르다

- A Life Decoded ▶ 크레이그 벤터, 게놈의 기적

- Life in the Soil ▶ 흙을 살리는 자연의 위대한 생명들

- Stability with Growth ▶ 이단의 경제학

- Thinker, Faker, Spinner, Spy ▶ 스핀닥터, 민주주의를 전복하는 기업 권력의 언론 플레이

- Hopes and Prospects ▶ 촘스키, 희망을 묻다 전망에 답하다

- The Right to Know ▶ 나는 그들이 무슨 일을 하는지 알 권리가 있다

- In Defense of Animals ▶ 동물과 인간이 공존해야 하는 합당한 이유들

- World in the Balance ▶ 측정의 역사

- The End of Growth ▶ 제로 성장 시대가 온다

- Harnessed ▶ 자연 모방

- The Forest Unseen ▶ 숲에서 우주를 보다

- Child Soldiers ▶ 총을 든 아이들, 소년병

- Listening to Grasshoppers ▶ 아룬다티 로이, 우리가 모르는 인도 그리고 세계

- Expecting Better ▶ 산부인과 의사에게 속지 않는 25가지 방법

- The Formula ▶ 만물의 공식

- The Trolley Problem ▶ 누구를 구할 것인가?

- Intuition Pumps and Other Tools for Thinking ▶ 직관펌프, 생각을 열다

- Why It's Great to be a Girl ▶ 여자로 태어나길 잘했어!

- The Third Chimpanzee for Young People ▶ 왜 인간의 조상이 침팬지인가

- Writing on the Wall ▶ 소셜 미디어 2000년

- The Long and the Short of It ▶ 늙는다는 건 우주의 일

- The Social Behavior of Older Animals ▶ 동물에게 배우는 노년의 삶

- Last of the Sandwalkers ▶ 작은 딱정벌레의 위대한 탐험

- Information Now ▶ 어메이징 인포메이션

- Darwin's Devices ▶ 다윈의 물고기

- To Be a Machine ▶ 트랜스휴머니즘

- Never Out of Season ▶ 바나나 제국의 몰락
- The Geography of Genius ▶ 천재의 발상지를 찾아서

   평소에 원제를 그대로 음역한 영화 제목에 혀를 차던 나였지만 책에 따라서는 원제를 음역하는 것 말고는 마땅한 제목이 도무지 떠오르지 않을 때가 있다. 『컨슈머 키드』라는 책은 출판사에서 한국어 문장을 제목으로 삼고 싶어 했지만 내가 음역이 좋겠다고 주장했고, 『로드사이드 MBA』는 내가 '길 위의 MBA'를 제안했으나 출판사에서 음역을 선택했다. 『스토리텔링 애니멀』을 '이야기하는 동물'로 번역했다면 독자가 선뜻 책을 집었을까? 정당화인지도 모르겠지만 역시 '스토리텔링 애니멀'은 '스토리텔링 애니멀'이지 하는 생각이 드는 것은 어쩔 수 없다.

   원제를 직역하는 것은 제목을 만드는 가장 무난하고 자연스러운 방법이다. 하지만 원서와 번역서의 문화적 환경이 다를 경우에는 번역에 신중해야 한다. '문화 유전자 전쟁'은 문화 유전자를 일컫는 '밈' 개념이 널리 쓰이지 않는 우리나라 상황에서는 금방 이해되지 않는 아쉬운 제목이다.

   마지막으로, 제목을 창작하는 방법은 가장 까다롭고 논란의 여지가 많은 길이다. 오역 시비가 일면 제목을 걸고넘어지는 경우가 적지 않으며 책을 산 독자에게 이른바 '낚였다'는 비판을 들을 위험도 있기 때문이다.

하지만 원제는 신성불가침의 존재가 아니다. 심지어 저자가 정한 것도 아니다. 물론 원서의 저자가 제목을 놓고 편집자와 실랑이를 벌였을 수는 있겠으나 저자의 제목이 늘 관철되는 것은 아니다. 원서의 편집자는 제 나라 독자를 감안하여 제목을 정한다. 그렇다면 번역서의 편집자도 우리나라의 독자를 감안하여 제목을 정하는 것이 마땅하지 않을까?

『늙는다는 건 우주의 일』의 원제『The Long and the Short of It』은 '요점'을 뜻하는 관용 표현인 동시에 수명의 길고 짧음을 일컫는 언어유희이지만 한국어로 직역해서는 그 효과를 살릴 수 없다. '길고 짧은 것은 대봐야 안다'는 속담을 활용할 수는 있겠으나 독자의 머릿속에 환기되는 이미지가 전혀 다를 뿐 아니라 수명을 연상시키는 효과도 거의 없다. '늙는다는 건 우주의 일'이라는 제목을 지은 사람은 담당 편집자로, 출판계 사람 여럿이 무릎을 쳤고 나도 탄복했다(내가 제안한 제목은 '왜 늙는가'와 '노화의 진화'였다). 과학과 문학, 유머를 버무린 품위 있는 책에 어울리는 제목이라고 생각했는데, 독자 서평을 살펴보니 역시나 낚였다고 불평하는 독자가 있었다. 아마도 독자가 제목에서 연상한 내용과 실제 내용이 달라서였을 것이다. 반면에 제목에 깊은 인상을 받은 독자도 많았다.

『왜 인간의 조상이 침팬지인가』는 재러드 다이아몬드의 『제3의 침팬지』를 청소년 독자 대상으로 편집한 책이다. 원제 또한 『The Third Chimpanzee for Young People』, 즉 '청소년을 위한 제3의 침팬지'다. 그런데 공교롭게도 비슷한 시기에 『제3의 침팬지』 개정판이 나와서였는지 몰라도 출판사에서 제목을 전혀 다르게 지었다. 『제3의 침팬지』를 구입한 독자가 이 책도 구입하기 바라는 의도였을까?

이 책 『왜 인간의 조상이 침팬지인가』는 재러드 다이아몬드의 사상이 집대성되었으면서도 『총, 균, 쇠』보다 압축적이고 가독성이 높은 『제3의 침팬지』를 청소년도 읽을 수 있도록 쉬운 문체로 풀어 쓴 것이다. 그러니 좋은 반응을 얻을 수 있었을 텐데 그에 걸맞은 제목이 아닌 것 같아 아쉽다. 제목이 이렇게 결정된 것은 책이 출간된 뒤에야 알게 되었다. 진작 알았다면 인간의 조상은 침팬지가 아니라 인간, 침팬지, 고릴라의 공통 조상이라고 정정했을 텐데. 한 독자는 "번역가 노승영 씨, 기독교인이세요? 원제를 무시하고 (……) 지으셨나요?"라고 논평을 남기기도 했다. 억울하지만 어쩌랴. 표지에 이름이 박히는 대가라고 생각할 수밖에.

『자연 모방』도 아쉬운 제목이다. 원래는 '응용하는 뇌'라는 제목을 달았다가 스티븐 핑커의 『언어본능』에 빗대어 '자연본능'을 제안했는데 결국 나의 제안이 채택되었다. 하지만 최종 시안을 급하게 결정하느라 '자연 모방'의 기존 용법을 꼼꼼히 살펴보지 못한 탓에 이 용어가 (새의 날개를 흉내 낸 비행기처럼) 자연을 모방한 기술을 일컫는 용어로 널리 쓰이고 있음을 간과하고 말았다. 언어와 음악이 '자연을 흉내 낸 것'이라며 인간이 진화한 것이 아니라 언어와 음악이

진화했다는 도발적인 주장을 펼치는 독창적인 책에 어울리는 제목을 달아줬어야 하는데 두고두고 아쉽다.

창작 제목 중에서 내가 지은 것은 『측정의 역사』, 『만물의 공식』, 『여자로 태어나길 잘했어!』, 『동물에게 배우는 노년의 삶』, 『트랜스휴머니즘』, 『바나나 제국의 몰락』, 『천재의 발상지를 찾아서』 등이다. 제목 짓는 것이 번역가의 일인지는 모르겠지만 번역가가 제목을 짓기에 유리한 것은 사실이다. 하지만 번역가가 원제와 내용에 치중하여 제목을 고민하는 데 반해, 편집자는 한국 독자에게 책을 효과적으로 홍보하는 데도 신경 써야 하기 때문에 번역가와는 다른 관점에서 고민할 수밖에 없다.

처음으로 돌아가서, 늙은 동물 이야기는 아무리 고민해도 더 나은 제목이 떠오르지 않아 출판사에 아무 이야기도 하지 않았다. 나중에 들으니 제목 회의에서 대다수가 '동물에게 배우는 노년의 삶'을 지지했다고 한다. 책이 출간된 뒤 신문에 난 서평을 읽어보니 내 의도대로 읽은 기자도 있고 제목에 아쉬움을 표한 기자도 있었다. 독자 중에는 늙은 동물의 삶을 인간의 노년에 빗대어 읽는 사람도 있을 것이고 낡았다고 불평하는 사람도 있을 것이다.

본문의 요점을 정확히 짚으면서도 책이 더 많이 판매되는 데 도움이 되는 제목이 늘 떠오른다면 더할 나위 없겠지만, 그것은 의젓하고도 애교 많은 자식과 같아서 좀처럼 만나기 힘들다. 제목은 책 한 권에 쏟은 번역가와 편집자, 디자이너, 마케터의 노고에 부응할 수도 있고 이 모든 것을 허사로 만들 수도 있다. 책을 일컫는 지시어에 불과한 제목에 이토록 공을 들이는 이유는 바로 이 때문일 것이다.

좀비처럼 버티기

박 산 호

출판 번역으로 먹고살기란 쉽지 않다. 그것만으로 생활을 꾸려가려면 한 작품을 끝낼 때쯤 다음 책 의뢰가 이어져야 한다. 거기에 맞춰 작업 속도도 낼 수 있어야 한다. 하지만 그런 번역가는 그리 많지 않다.

간신히 살아남는다고 해도 경제적으로 독립된 생활을 영위하기까지는 몇 번 고비를 겪게 된다. 첫 고비는 3년 차쯤에 닥친다. 그때쯤이면 저자 옆에 내 이름이 찍힌 첫 책을 서점에서 봤을 때의 감격이 사라진 지 오래다. 운명의 전화가 걸려온 것이 바로 그 무렵이었다. 번역 3년 차의 문턱에서 허우적댈 때였다. 운 좋게 데뷔하고 근근이 작업은 했지만 이번 책이 끝나면 다음 책이 들어올지 확신할 수 없었다. 초보 번역가의 수입이라고는 소득세도 안 나오는 푼돈이었다. 이럴 바에야 딴 일을 찾아볼까 고민하던 차였다.

수화기 너머는 출판사였다. 지금은 장르 문학의 종가가 된 황금가지 편집자였다.

"선생님, 좀비 소설 한번 해보지 않으실래요?"

그가 다짜고짜 물었다. 좀비? 좀비라고라? 당시 좀비에 대해 아는 것이라곤 '스카이 콩콩'처럼 뛰어다니는 홍콩 귀신이 전부였다. 아니면 혈색 안 좋은 서양 괴물? 내 머릿속에서 막 깨어난 시체가 "으으으" 소리를 내며 어기적어기적 걸어다니는 이미지들이 마구 뒤섞이면서 기기묘묘한 괴물이 합성될 때쯤 편집자가 말을 이었다.

"『세계 대전 Z』란 소설인데요, 좀비 대전이라고 보시면 됩니다. 좀비와 밀리터리 장르를 섞은 거죠."

순간 "안 되겠는데요"라는 말이 입 밖으로 나올 뻔했다. 좀비도 낯선데 밀리터리 소설이라니? 밀리터리 마니아들은 무기나 전술 같은 전문용어에 빠삭할 게 틀림없다. 그런 판에 최신형 랩터 F-22 전투기를 봐도(그때는 이런 말도 전혀 몰랐다) '아, 비행기구나' 정도의 지식밖에 없는 내가 밀리터리를? 섣불리 뛰어들었다가는 마니아 독자들에게 조리돌림을 당할 것 같은 불길한 예감이 엄습했다. 좀비들에게 뼈까지 아그작아그작 씹혀 죽는 장면이 떠올랐다. 머뭇거리는 사이 편집자의 한마디가 날아들었다.

"이거 아마존에서 50주 넘게 1위 한 베스트셀러예요. 그리고 브래드 피트와 레오나르도 디카프리오가 영화 판권을 가지고 싸우고 있대요. 하면 후회하지 않으실 거예요."

결정타였다. 헐리우드 대표 꽃미남 둘이서 이 작품을 가지고 싸운단 말이지?

"저, 좀비 아주 좋아해요!"

이런 말이 터져 나왔다. 좀 더듬거리긴 했던 것 같다. 계약은 일사천리였다. 거기에 편집자가 또 한 번 유혹적인 제안을 했다.

"선생님, 이 소설은 영화로 나오면 대박 날 테니까 기왕이면 전부 인세로 계약하세요."

다시 고민 모드. 인세 반, 매절 반으로 미미하게나마 번역료를 챙길 것인가? 미친 척 몰빵을 할 것인가? 주사위를 던졌다. 그때는 좀 과감했던 것 같다(막상 책이 출간됐을 때의 반응은 나쁘지 않았다. 하지만 그리 폭발적이지도 않았다. 쩝. 인세 계약 때 과감하게 주사위를 던진 것이 후회막급이었다. 하지만 몇 년 후에 개봉된 영화가 대박을 터트리면서 책도 같이 터졌다. 당연히 지금은 빵 형님, 그러니까 브래드 피트와 그때 그 편집자님께 감사의 마음을 금할 길 없다).

일단 편집자에게 좀비를 매우 좋아한다는 뻥까지 쳤지만 그 뒤로 패닉에 빠졌다. 무기와 전쟁물에 대해서는 일자무식이었다. 좀비 세계도 〈스타워즈〉 시리즈처럼 뭔가 마니아들만 아는 전문용어가 있을 게 틀림없었다(그때 『좀비사전』이라도 있었으면 요긴하게 썼을 텐데! 이 책은 2013년에야 출간됐다).

마침 극장에서 〈레지던트 이블 3〉가 상영 중이었다. 영화라도 보면 감이 오지 않을까 싶어 티켓을 샀다. 최소한 괜찮은 용어라도 건질 심산이었다. 하지만 좌절했다. 길쭉길쭉한 몸매, 얼음처럼 파란 눈의 밀라 요요비치가 좀비들을 마구 쏴 죽이는 액션뿐이었다.

대사는 아주 가끔 양념 치듯 나왔다. 스토리도 납득 불가였다. 좀비는 미모나 나이, 재력에 상관없이 만인을 평등하게 꽉꽉 물어 죽이는데 왜 좀비 사냥꾼은 멋있기까지 해야 하나? 이런 항의성 의문만 품고 극장을 나왔다.

며칠 후 출판사에서 보내준 원서가 도착했다. 두려움은 책을 읽으면서 조금씩 가라앉기 시작했다. 급기야 좀비에 매료되기까지 했다. 정말 이럴 줄은 몰랐다.

『세계 대전 Z』는 좀비와 세계 대전을 치르는 인류에 대한 이야기였다. 드라마다. 드라마라면 내가 또 한 드라마한다. 물론 작업이 호락호락하진 않았다. 어디까지나 전쟁 이야기 아닌가! 생소했던 각종 무기와 병기, 전술을 공부하느라 낑낑댔다. 무기 마니아들이 드나드는 인터넷 카페에도 가입했다. 회원들에게 애써 친한 척하며 무기 관련 정보를 묻고 도움을 받았다. 모르는 것은 사돈의 팔촌까지 군 관계자를 수배해서 알아냈다. 군대 용어 사전과 무기 용어 사전도 장만했다. 번역 내내 좀비와 밀리터리 마니아 독자들이 번갈아 떠올랐다. 그럴 때마다 오싹오싹했다(출간 후 오역 항의 같은 불상사는 없었다. 아, 이 서스펜스!).

『세계 대전 Z』는 2008년 출간됐다. 영화로는 2013년에 개봉돼 한국에서만 500만 명의 관객을 동원했다. 아시다시피 판권 경쟁에서는 브래드 피트가 디카프리오를 눌렀다(지금 생각해도 천만다행이다).

시간이 지났으니 소설의 줄거리를 좀 풀어놔도 별 문제없을 듯싶다. 이 소설은 한 늙은 의사의 인터뷰로 말문을 연다. 배경은 좀비 바이러스가 시작된 중국(영화에서는 중국 눈치를 보느라 한국으로 바꿨다. 젠장). 수몰된 옛 마을에 보물을 건지러 가는 달낚시를 갔다가 감염된 소년의 이야기로부터 시작된다. 그 뒤로 등장인물이 줄줄이 비엔나 소시지처럼 나온다. 좀비를 피해 도망치는 사람들을 옮겨주고 떼돈을 버는 밀수꾼, 불법 매매된 장기로 수술을 하다가 벌떡 일어난 좀비 환자에 놀라 황천길로 갈 뻔한 의사, 홀로코스트에서 살아남은 집단 생존 본능으로 세계에서 가장 먼저 좀비의 위험을 알아차린 이스라엘 정보부, 운 좋게 좀비를 피해 추운 지방으로 피난을 떠났다가 식량이 떨어져 인육을 먹는 보통 사람들, 대중의 좀비 바이러스 공포를 이용해 쓸모없는 백신을 만들어 막대한 돈을 번 자본가, 좀비 흉내를 내는 유사 좀비 퀴즐링들, 인공위성을 지키기 위해 우주에서 사투를 벌이는 우주 비행사, 파리 지하 터널에서 좀비와 싸우는 프랑스군들(헉헉). 그럴듯한 사건과 인물 들이 쉴 새 없이 등장해 끔찍하거나 감동적이거나 아름답거나 역겹거나 냉정한 사연들을 들려준다. 가히 좀비 전쟁의 교과서이자 결정판이라고 할 만하다.

좀비란 '시체 같은 사람'을 일컫는다. 카리브해 지역의 원시종교인 부두교의 무당들이 처음 만들었다고 한다. 영화처럼 정말 시체가 깨어난 것은 아니고, 죽은 것처럼 보이는 약을 먹인 후 무덤에서 파내 노예로 쓰는 주술에서 유래했다.

캐릭터는 뚜렷한 반면 발생 원인에 대해서는 여전히 해석이 분분하다. 창작자의 상상력에 따라 원인 모를 바이러스, 군 실험, 핸드폰을 통한 전자파 감염 등으로 추측은 가지에 가지를 친다.

지금처럼 좀비가 사람을 물어뜯고 희생자가 다시 좀비로 변하는 설정은 1968년 조지 로메로의 영화 〈살아 있는 시체들의 밤〉에서 정립됐다.

좀비 영화가 서구에서 인기를 끈 이유는 성경에 나오는 요한계시록의 구절 때문이기도 하다. 좀비 출현은 심판의 날에 죽은 자도 깨어난다는 종말의 예고인 셈이다. 좀비에게 물린 사람이 다시 좀비가 되면서 끝도 없이 늘어나는 좀비의 물결을 보면 종말을 떠올릴 만도 하다.

대중문화에서 좀비는 숱한 비유와 상징을 더해가며 좀비처럼 영역을 확장해갔다. 더불어 진화도 했다. 처음에 어기적어기적 걸어다니던 좀비는 대니 보일 감독의 〈28일 후〉(2002)라는 영화에서는 미친 듯이 질주하며 인간을 공격하는 존재로 발전한다. 윌 스미스 주연의 영화로도 제작된 〈나는 전설이다〉(2007)에서는 좀비가 인류를 멸종시킨다.

코믹 버전도 있다. 에드거 라이트는 조지 로메로 감독에게 헌정한 영화 〈새벽의 황당한 저주〉(2004)에서 발랄하고 유머 넘치는 좀비 이야기를 그렸다. 좀비 로맨스물 〈웜 바디스〉(2013)에는 꽃미남 좀비가 등장한다(니콜라스 홀트가 주연이었다. 이런 좀비라면 원 없이 물려보고프다!)

국내에서도 좀비는 일취월장했다. 만화가 강풀은 포털 사이트 다음을 통해 연재한 『당신의 모든 순간』에서 인생을 건 지고지순한 사랑을 좀비라는 소재로 표현했다. 소설가 김중혁도 『좀비들』을 썼다. 죽음이라는 묵직한 주제를 좀비로 새롭게 해석했다. 정명섭 작가가 디스토피아를 배경으로 쓴 한국형 좀비 소설 『폐쇄 구역 서울』은 프랑스어로도 수출될 예정이라고 한다.

영화 〈부산행〉(2016)도 한국형 좀비가 주인공이다. 관객 천만을 돌파했다는 소식을 듣고 〈월드워Z〉 상영 첫날이 떠올랐다. 그날 조조로 표를 사서 두근거리는 가슴을 안고 봤다.

평택 미군 기지에서 장면이 시작된 영화는 예상대로 소설 속 인물들의 이야기에 집중하기보다 헐리우드 특유의 물량 공세로 화려한 액션을 만들어냈다. 그것도 나름대로 좋았다. 무엇보다 이스라엘의 (팔레스타인) 분리 장벽을 무더기로 기어오르는 좀비들 장면은 압권이었다.

예전에는 좀비와 강시도 구분하지 못했지만 이제는 좀비 박사가 다 됐다. 좀비는 지상, 지하, 물속에서도 파괴되지 않는다. 극한 추

위에는 얼었다가도 봄이 되면 녹아 부활한다. 인간을 보면 비호같이 쫓아가 겁을 주는데 요즘은 학습 능력까지 갖췄다. 아킬레스건은 뇌다.

이게 다 벼락처럼 닥쳤던 좀비 소설 번역 덕분이다. 그사이 번역 3년 차 신드롬도 졸업했고 이제는 버젓한 생계형 번역가가 됐다. 좀비와 더불어 나도 진화한 셈이다.

『세계 대전 Z』에 이 작품의 메시지인 프랭클린 루스벨트 대통령의 명언이 나온다. "우리가 두려워해야 할 것은 두려움 그 자체다." 소설 속 인류는 좀비 공포를 극복하고 힘겨운 대전을 치르면서 본성을 지키려는 노력을 계속했다. 나 역시 좌절의 두려움을 견디며 한 권 한 권 번역한 끝에 10년이 넘는 세월을 건넜다.

〈부산행〉의 프리퀄에 해당하는 애니메이션 〈서울역〉도 개봉을 했다. 〈월드워Z〉의 속편도 제작 중이라고 한다. 죽어도 죽지 않는 '언데드 undead' 좀비는 계속해서 새로운 소재와 내용으로 우리 곁에 미물 것이다. 나 역시 장르 소설 번역가로 독자 주변을 배회할 테다.

○
출처 〈북클럽 오리진〉, 2016년 8월 16일.
http://1boon.kakao.com/bookclub/57a93e65e787d00001ad20d1

과학책 번역

2014년 12월 2일에 고려대학교 불어불문학과 황현산 교수가 이런 트윗을 올렸다.

> 전공자가 번역을 더 잘할 것이라는 생각도 미신에 속한다. 전공자는 전공하는 작가나 작품에 대해 지식과 정보는 많다. 그러나 번역도 글쓰기인데 전공자가 글을 더 잘 쓰는 사람은 아니다. 좋은 번역을 위해 지식과 정보를 제공하는 것이 그의 임무다.[32]

나는 분야를 가리지 않는 잡식성 번역가이지만 요즘 들어 과학책 번역 의뢰가 부쩍 늘었다. 과학책은 무엇이든 배울 것이 많고 삶에 대한 통찰을 얻을 수 있어서 번역할 때마다 즐겁다. 그런데 내가 전공하지 않은 분야의 책을 번역할 때면 '내게 이 책을 번역할 자격이 있을까?'라는 고민을 하게 된다(나의 학부 전공은 영어영문학이고 부전공은 언어학, 대학원 전공은 인지과학이다). 비전공자로서 과학책을 번역할 때면 늘 살얼음판을 걷는 심정이다. 무엇보다 학계에서 통용되는 용어를 몰라서 엉뚱하게 번역할까 봐 조마조마하다. 개념이 이해되지 않아서 애를 먹기도 한다. 전공자가 학부 때 배운 개념을 몰라 교과서를 찾아볼 때는 마치 바퀴를 재발명하는 기분이랄까? 그래서 이 자리를 빌려 비전공자인 전업 번역가로서 과학책을 번역하는 것에 대해 몇 가지 변명거리를 생각해보고자 한다.

우선 전공자가 번역해야 하는 이유부터 살펴보자. 텍스트는 콘텍스트를 전제하고 지식은 배경지식을 전제한다. 문장을 구성하는 단어들의 사전적 의미를 알아도 문장 전체의 의미는 사람마다 다르게 해석할 수 있다. 게다가 과학책은 개념과 용어를 이해하기조차 쉽지 않다. 공리에서 결론에 이르는 전 과정을 파악할 수 있는 사람의 이해 수준은 결론만 간신히 알아듣는 사람과 결코 같지 않다. 비전공자인 전업 번역가가 개념을 제대로 이해하지 못한 채 번역하면 기계적 직역에 머물 가능성이 크다. 이런 번역문은 한국어로 어법에 맞게 쓰였지만 무슨 말인지 도무지 이해할 수 없는 암호문이기 십상이다. 이것이 전업 번역가의 아킬레스건이다.

『스토리텔링 애니멀』에 이런 구절이 있다.

작가들은 이따금 글쓰기를 그림 그리기에 비유한다. 단어는 한 번의 붓놀림에 해당한다. 화가가 붓질을 한 번 또 한 번 해나가듯 작가는 단어를 하나 또 하나 덧붙여 가면서 진짜배기 삶의 온갖 깊이와 생동감을 담아 이미지를 만들어낸다는 것이다. 하지만 (······) 작가가 하는 일은 채색이 아니라 소묘다. (······) 솜씨 좋게 소묘를 그려내고는 여백을 채울 실마리를 독자에게 던져준다. 색깔, 명암, 질감 등 장면을 구성하는 대부분의 정보를 만들어내는 것은 우리의 마음이다.[33]

　저자는 머릿속에 담긴 이미지의 일부만을 독자에게 보여주며 독자는 이를 바탕으로 원래 이미지를 재구성한다(단, '원래'라는 말은 재구성 행위를 일컬을 뿐 저자의 이미지와 독자의 이미지가 같음을 보증하지는 않는다). 독자야 이 소묘에다 자신의 배경지식을 적용하면 그만이지만 번역가는 새로운 소묘를 그려내야 하는데, 문제는 이 소묘가 저자의 소묘와 같은 효과를 내야 한다는 것이다(즉, 독자가 저자의 소묘를 볼 때와 번역가의 소묘를 볼 때 똑같은 이미지를 재구성하도록 해야 한다). 이를 위해서는 저자가 그리지 않은 것까지 알아볼 수 있어야 한다. 이를테면 저자의 주장 A가 (제시되지 않은) 다른 주장 B를 논박하기 위한 것이라면 번역가는 주장 B를 이해해야 A를 자신의 소묘로 독자에게 제시할 수 있다. 전공자는 이미 주장 B를 알 테지만 비전공자인 번역가는 주장 B를 이해하기는커녕 이런 주장이 있는지조차 모를 가능성이 크다.

용어의 번역은 또 다른 문제다. 학계에는 특정 용어의 번역어가 정착되어 있고 전공자들은 이런 번역어에 친숙하지만 전업 번역가는 이미 정착된 용어를 엉뚱하게 번역할 우려가 있다. 그나마 원어를 병기했으면 다행이지만 그러지도 않았다면 그 기표는 기의와 영영 만나지 못할 것이다. 그런데 여기에 대해서는 전업 번역가도 할말이 있다. 해당 분야의 교과서적 기본서들, 즉 레퍼런스로 삼을만한 책이 (전공자의 손에) 번역되지 않은 상황에서 다짜고짜 대중서를 번역해야 하는 경우가 많기 때문이다. 번역가는 한국어의 지식생태계 안에서 사유하는 것이 아니라 생태계 자체를 만들어내야하는 처지에 빠진다. 물론 의학 용어집처럼 번역어가 이미 정착되었고 이를 쉽게 접할 수 있는데도 검색을 게을리하여 엉뚱하게 번역하는 것은 변명할 여지가 없지만.

다만 학계에서 쓰는 번역어가 어려운 한자어거나 부절적한 표현이라면 새로운 번역어를 제안하는 일종의 언어적 실천을 시도할 수있겠다. 개념의 의미를 충분히 소화해 대중이 쉽게 이해할 수 있고 한국어 체계에—또한 한국어로 된 기존의 지식 체계에—잘 들어맞는 한국어로 풀어내는 것은 어떤 면에서 번역가의 의무이자 권리다. 비록 현실은 책마다 번역가마다 번역어가 달라서 용어가 통일되지 못한 탓에 아예 원어가 통용될 때도 있지만 말이다. 번역어를 정하는 것은 (한국어만 놓고 보자면) 새로운 단어를 만들어내는 것이고, 이는 새로운 개념을 만들어내는 것이기도 하다. 그 자체가 일종의 학문 활동일 수 있는 것이다. 이를 위해 학계와 번역계가 활발히 의견을 주고받는 풍토가 조성되면 좋겠다. 학계가 심판자의 역할과 더불어 적극적인 조언자의 역할을 한다면 대중과의 간격을 더욱 좁힐 수 있지 않을까?

　그렇다면 전업 번역가가 번역해야 하는 이유는 무엇일까? 첫 번째로 들 수 있는 이유는 번역 속도다. 이건 두말할 필요 없는 전업 번역가의 장점이다. 두꺼운 책을 두 달, 석 달 만에 번역했다고 하면 학계 사람들은 눈을 동그랗게 뜬다. 연구와 강의를 병행하면서 간간이 짬을 내어 번역하다 보면 1년은 예사고 몇 년을 끌기도 하니 말이다. 하지만 전업 번역가는 하루 여덟 시간 이상을 오로지 번역에만 쏟는다. 절대적 시간을 따지면 별 차이가 나지 않을 수도 있다. 게다가 글의 흐름을 놓치지 않으려면 어느 정도 속도를 유지해야 한다. 번역 속도가 빠르기로 소문난 모 번역가의 책이 술술 읽히는 데는 그런 까닭도 있다. 속도와 정확성이 반비례한다고 생각할 수도 있지만, 나무를 봐야 할 때가 있는가 하면 숲을 봐야 할 때도 있는 법이다. 물론 문장을 몇 번씩 곱씹으며 깊이 이해해야 하는 심오한 책도 있지만 요즘 나오는 대중서는 독자의 귀중한 시간을 빼앗지 않기 위해 쉽고 명쾌하게 쓰거나 편집하는 추세인 듯하다.

　하지만 뭐니 뭐니 해도 전공자의 가장 큰 약점은 이른바 '지식의 저주'다. 칩 히스와 댄 히스의 『스틱!』에서는 심리학자 엘리자베스 뉴턴의 1990년 실험을 소개한다. 연구진들은 피험자를 두 집단으로 나눠 1번 집단에는 노래에 맞춰 테이블을 두드리도록 하고 2번 집단에는 그 노래의 제목을 맞히도록 했더니 2번 집단은 120곡 중에서 2.5퍼센트인 세 곡밖에 맞히지 못했다. 흥미로운 사건은 그 뒤에 벌어졌는데, 1번 집단에 2번 집단이 노래 제목을 몇 퍼센트나 맞혔을 것 같으냐고 묻자 50퍼센트라고 대답한 것이다. 테이블을 두드리는 사람은 자기 머릿속에서 노래를 흥얼거리고 있었으므로 상대방도 그 노래를 듣고 있을 거라고 상상했기 때문이다. 그래서 '어떻게 이걸 모를 수가 있지?'라고 생각하게 된다. 듣는 사람의 막막한 심정을 헤아리지 못하는 것이다. 전공자도 마찬가지다. 자신에게는 너무도 당연한 것이 독자에게는 지극히 생소할 수 있음을 감안하지 못한다. 전공 공부란 암호 해독술을 배우는 것과 비슷하다. 일반인은 감도 잡지 못하는 텍스트를 읽으면서 내용을 파악하고 행간을 읽어내는 기술을 습득한다.

전공자의 글이 쉽게 읽히지 않는 이유 중 하나는 인지 부하가 크기 때문이다. 인간의 단기 기억은 용량의 한계가 있기 때문에 문장을 덩어리로 나누어 처리한다. (통사론 용어를 쓰자면) 트리 구조에서 작은 트리를 완성해가면서 읽을 수 있어야 하는 것이다. 완성되지 않은 트리는 독자의 단기 기억을 점유하기 때문에, 안은문장을 길게 쓰면 앞에 나온 단어를 잊어버려서 다시 처음으로 돌아가야 하는 경우가 있다. 이런 문장을 '정원산책로garden path 문장'이라 한다.[34] 논문은 엄밀성이 중요하기 때문에, 용어와 표현을 한정하다 보면 문장이 덕지덕지 길어지기 마련이다. 이런 글을 읽고 쓰는 데 익숙해지면 그러지 못한 일반 독자와의 소통에 어려움을 겪을 수 있다.

한마디로 전공자는 개떡같이 써도 찰떡같이 알아듣는다. 그렇기에 독자와의 눈높이를 맞추는 것이 여간 힘들지 않다(이를테면 독자에게 생소한 단어에 옮긴이 주를 달지 않고 넘어간다거나). 그런데 여기에는 심리적으로 타당한 이유가 있으니, 동료 연구자에게 기본 개념을 조목조목 설명하는 것은 상대방을 모욕하는 것으로 간주될 우려가 있기 때문이다. 대니얼 데닛의 『직관펌프, 생각을 열다』에 이런 구절이 있다. "전문가가 전문가에게 이야기할 때—분야가 같든 다르든—저지르는 실수는 설명을 덜 한다는 것이다. 더 설명하는 실수는 결코 저지르지 않는다. 이유는 간단하다. 동료 전문가에게 무언가를 꼬치꼬치 자세하게 설명하는 것은 엄청난 모욕(이를테면 '혹시 철자를 불러드려야 하나요?')을 가하는 것이다. 동료 전문가를 모욕하고 싶어 하는 사람은 아무도 없다. 그러니 설명을 더 하기보다는 덜 하는 것이 안전하다."[35]

하물며 전업 번역가도 독자가 모르는 지식, 즉 원문에 대한 지식의 저주에 빠지기 쉽다는 점에서 전공자는 두 겹의 저주에 빠지는 셈이다. 동료 연구자를 대상 독자로 간주하는 논문을 주로 쓰다가 일반인을 대상 독자로 삼는 대중서를 번역하려면 독자의 입장에서 생각할 수 있어야 한다. 하지만 몰랐던 것을 알아내기가 힘든 데 반해 이미 알고 있는 것을 머릿속에서 지워버리기는 불가능에 가깝다. 머릿속의 지식은 하나하나가 아귀가 맞도록 배열되었기에 개념 하나를 체계에서 빼려면 나머지 파라미터를 모두 조정해야 한다. 쉽게 쓰는 것은 결코 쉬운 일이 아니다.

한편 과학 대중서는 독자를 이해시키기 위해 여러 가지 장치를 동원한다. 만일 대중문화의 장치나 언어적 장치(이를테면 말장난)를 동원한다면 전공자가 반드시 더 정확하게 해석하리라고 장담할 수 없다. 번역 경험을 많이 쌓은 전업 번역가가 저자의 의도를 더 올바르게 파악하여 전달할 수도 있는 것이다. 과학 대중서는 과학만 전달하지 않는다. 책에 담긴 재미와 감동을 전달하지 못하면 절반의 성공밖에 거두지 못할 것이다.

서두에서 텍스트는 콘텍스트를 전제한다고 했는데, 과학책이 전제하는 콘텍스트는 과학적 배경지식만이 아니다. 사회적·문화적 배경지식이 과학적 콘텍스트를 둘러싼다. 그래서 과학 대중서를 번역하려면 전공 분야를 깊이 파고드는 것과 더불어 폭넓은 교양을 쌓아야 한다. 전업 번역가가 반드시 교양이 더 많다고 단언할 수는 없지만, 다양한 책을 접하는 것이 그의 업이니만큼 조금이나마 유리한 위치라고 볼 수 있을 것이다.

그럼 대체 누가 번역해야 할까? 글솜씨와 폭넓은 교양과 전공 실력을 겸비한 전공자가 있으면 이상적이겠지만, 그런 사람을 찾기도 힘들 뿐더러 번역을 맡기기는 더더욱 힘들다. 차선책으로 전업 번역가가 일단 번역을 하고 전공자가 감수를 맡는 방법을 많이 쓴다. 나도 이런 식으로 몇 권을 작업했다. 일반인 눈높이에 맞추어 쉽게 쓴 대중서라면 경우에 따라 전업 번역가 혼자서도 번역할 수 있을 것이다.

범위를 넓혀서 바라보자면, 전공자가 자기 분야의 주저를 번역하면서 개념을 정리하고 용어의 올바른 번역을 제시한 뒤에 전업 번역가가 대중서를 가독성 높게 번역하는 분업이 바람직하다고 생각한다.

출처 웹진 〈크로스로드〉, 2015년 3월 114호.
http://crossroads.apctp.org/myboard/read.php?Board=n9998&id=972&time=20180317145549

'항해하다'와 '항호하다'

노승영

제리 데니스가 쓴 『오대호 항해기』는 미국 오대호를 요트로 일주한 이야기다. 오대호를 호수라고 부르는 것은 로키 산맥을 야산이라고 부르는 것과 같다는 말이 있을 만큼 오대호는 여느 호수와 달리 어마어마하게 넓다. 오대호에서는 바다처럼 파도가 일며 수많은 배가 풍랑에 침몰했다. 오대호가 바다와 다른 점은 물이 짜지 않고 싱겁다는 것뿐이다. 그래서 오대호의 이모저모를 묘사할 때는 바다를 묘사할 때와 같은 표현을 써도 대체로 무방하다.

아니, 그렇게 생각한 것은 오산이었다. 번역하는 내내 바다와 호수의 차이 때문에 수시로 골머리를 썩여야 했다. 배를 타고 물 위를 이동하는 것을 영어로는 '세일 sail', 한국어로는 '항해하다'라고 한다(엄밀히 말하면 'sail'은 돛 sail 에 바람을 받아 이동하는 것이어서 '범주帆走 하다'라는 전문용어를 쓰기도 한다. 이에 반해 엔진 동력으로 이동하는 것은 '모터링 motoring', 노를 저어 이동하는 것은 '로잉 rowing'이라고 한다. 이 두 가지를 뭉뚱그려 일컫는 한국어 단어가 있는지는 모르겠다). '항해航海 하다'는 '배 항'과 '바다 해'가 합쳐진 말로 '배를 타고 바다 위를 다니다'라는 뜻이다. 그런데 호수인 오대호를 '항해'하는 것은 모순 아닌가?

처음에는 '배를 타고 호수 위를 다니다'라는 뜻의 신조어 '항호航湖 하다'로 번역하려고 했다. 그런데 KBS 〈웃찾사〉의 '부담스런 거래' 코너에서 면접관(손민혁 분)이 날리던 "이거 억지 아닙니까?"라는 멘트가 떠올랐다. 신조어는 자신이 표현하고자 하는 개념을 일컫는 단어가 없어서 만들어낸 단어로 새로운 문물이 유입되거나 외국어를 번역할 때 주로 만든다. 새로운 문물이나 개념이 앞으로 한국 사회에서 널리 쓰일 것이어서 이를 나타내는 단어를 만들고 "사람마다 해여 수비니겨" 언어생활이 편리해진다면 신조어를 만들어도 좋겠지만 한 번 쓰고 말 단어를 신조어로 만들면 독자가 외면할 것이다. '항호하다'가 앞으로 많이 쓰일 가능성이 있을까? 그렇지는 않을 것 같았다. 하다못해 웃기기라도 하면 너그러이 넘어갈 수도 있겠지만 '항호하다'는 재미도 교훈도 없는 무의미한 신조어라는 생각이 들었다.

한편 표준국어대사전에 수록된 표제어 중에서 '항해하다'와 비슷한 말로는 '항주航走 하다'(배가 물 위를 달리다)와 '주항舟航 하다'가 있다. '운항運航하다'는 '배나 비행기가 정해진 항로나 목적지를 오고 가다'라는 뜻이어서 이번처럼 한 번 여행하는 상황에 쓰기는 힘들다. 문제는 '항주하다'와 '주항하다'가 평소에 잘 쓰지 않는 말이라는 것이다. 번역문에 이런 단어를 쓰면 독자는 '항해하다'를 읽을 때보다 더 오랜 시간 동안 이 단어 위에 시선을 고정하게 되며 단어의 의미를 끄집어내기 위해 더 많은 두뇌 활동을 동원해야 한다. 단어 중에는 쓱 읽고 넘어가도 좋은 것이 있고 곰곰이 곱씹어야 하는 것이 있다. 후자를 써야 하는 경우는 어려운 개념이어서 독자가 정신을 바짝 차려야 하거나, 중요한 개념이어서 독자의 머릿속에 단단히 각인시켜야 할 때다. 그렇지 않은 경우에 낯설고 어려운 단어를 쓰는 것은 독자의 귀한 시간과 에너지를 낭비하는 만행이다.

나의 골머리를 썩인 단어는 이것만이 아니다. '쇼어 shore'를 뜻하는 한국어는 '해안'과 '호안' 둘 다 있으니 상관없지만 '비치 beach'를 일컫는 전문용어는 '해빈海濱'만 있을 뿐 '호빈湖濱'은 없다. 흥미롭게도 영어에서는 해안 지형을 일컫는 용어와 호안 지형을 일컫는 용어가 똑같은 경우가 많은데 한국어에서는 (삼면이 바다여서 그런지는 몰라도) 대부분 '바다 해' 자를 붙인다. 이것은 대상과 특징을 짝지어 두 음절짜리 단어를 즐겨 만드는 한자어의 특성 때문일 수도 있다. 그나저나 '오픈 레이크 open lake'는 사방을 둘러보아도 수평선만 보이는 넓은 호수로, 바다로 치면 '망망대해'다. 그런데 이걸 '망망대호茫茫大湖'로 번역해도 괜찮을까?

'sail'로 돌아가서, 나는 '호수를 항해하다'라는 모순적 표현을 쓰기로 결정했다. 신조어를 만들거나 낯선 단어를 쓰는 것에는 장점보다 단점이 많다고 판단했기 때문이다. 처음에는 '호수'와 '항해'의 조합을 어색하게 느끼던 독자들도 자꾸 읽다 보면 친숙하게 여기지 않을까 하는 기대도 있었다. 하긴 미국에서도 오대호를 '육지 바다Inland Seas'니 '단물 바다Sweetwater Seas'니 하고 부른다지 않는가?

위의 예에서 보듯 영어 단어와 한국어 단어는 일대일로 대응하지 않는다. 『산부인과 의사에게 속지 않는 25가지 방법』에는 "My sister-in-law's obstetrician told her no more than 300 milligrams"라는 문장이 나온다. 영어에서 'sister-in-law'는 형수, 계수, 시누, 올케, 처제, 처형, 동서를 두루 일컫는데 이에 해당하는 한국어 단어는 없다. 그래서 정확히 누구를 일컫는지 알아내야 했다. 그런데 앞뒤 문장을 아무리 읽어봐도 힌트를 얻을 수 없었다. 이럴 때는 저자에게 직접 문의하는 수밖에 없다. "Is her your husband's sister, or your brother's wife?"(그녀는 시누이인가요, 올케인가요?) 그랬더니 "brother's wife"(올케)라는 답장이 왔다. 그래서 위 문장은 "올케네 산부인과 의사는 300밀리그램 이상은 안 된단다"라고 번역했다. 『스토리텔링 애니멀』의 저자 조너선 갓셜은 감사의 글에서 "My mother and father, Marcia and Jon, as well as my brother, Robert, also gave sound advice and encouragement"라고 썼는데, 여기서도 'brother, Robert'가 형인지, 동생인지 알 도리가 없었다. 역시 저자에게 "Is Robert your elder brother, or younger brother?"(로버트가 형인가요, 동생인가요?)라고 묻자 "Younger"(동생)라는 답장이 왔다. 그덕에 "부모님과 동생도 건전한 조언을 제시하고 용기를 북돋워줬다"라고 번역할 수 있었다. 이처럼 한국어는 영어와 달리 친족 관계를 시시콜콜 구분하고 따로따로 명칭을 붙이기 때문에 번역가는 저자가 밝히지 않은 정보까지 알아내야 제대로 번역할 수 있다. 그나마 위의 두 저자는 생존해 있어서 직접 물어보기나 했지 사망한 저자의 경우는 알 방법이 없다. 친족이 유명인이라면 가계도를 검색해서 촌수를 파악할 수도 있지만, 그렇지 않다면 얼버무리거나 오역의 위험을 무릅쓰고 하나를 선택하는 수밖에 없다.

지금이야 번역가들이 이런 수고를 기꺼이 감내하고 있지만 머지않아 영어 'brother'는 '형제', 'sister'는 '자매', 'uncle'은 '아저씨', 'aunt'는 '아주머니', 'nephew'는 '사촌', 'niece'는 '조카'로 무조건 번역하게 될지도 모르겠다. 그러다 보면 한국어의 복잡한 친족 관계기 영어처럼 단순해질지도 모를 일이다. 현실에 맞게 언어가 달라지는 것은 자연스러운 일이지만 이것이 번역가의 (게으른) 선택에 좌우될 수도 있다고 생각하니 왠지 씁쓸하다.

어휘의 대응에서 또 하나 문제가 되는 것은 영한사전에 실린 한국어 뜻풀이가 표준국어대사전의 진부분집합이라는 것이다. 즉, 표준국어대사전에는 실렸지만 영한사전에는 없는 한국어 어휘가 존재한다. 이 단어들은 대응하는 개념이 영어에 없어서 누락된 것이 아니라 영한사전을 만드는 과정에서 상상력의 부족 때문에 실리지 못한 것이다. 영한사전에서 적당한 대역어를 찾지 못했을 때 써먹을 수 있는 편법 중 하나는 한영사전의 영어 뜻풀이에서 해당 단어를 찾아 그 뜻풀이에 해당하는 한국어 표제어를 대역어로 쓰는 것이다. 한영사전의 한국어 표제어가 영한사전의 한국어 뜻풀이보다 더 풍부할 때가 많기 때문이다.

언젠가는 옥스퍼드 영어사전의 모든 영어 표제어와 표준국어대사전의 모든 한국어 표제어를 담은 영한사전과 한영사전이 만들어졌으면 좋겠다. 어쩌면 '항호하다'에 해당하는 단어가 표준국어대사전 귀퉁이에 숨어 있을지도 모르는 일이니까.

출처 《북클럽 오리진》, 2016년 6월 28일.
https://1boon.daum.net/bookclub/trans20160629

'instead of ~ing'와 '대신'

지금 번역 중인 책에 이런 문장이 있다. "Instead of allowing her youngster to ride for a time, the mother reared up and shook herself violently to unseat the baby." 번역 초보자에게 이 문장을 보여주면 대부분 "어미는 새끼가 잠시 올라타게 내버려두는 대신에 일어서서 새끼를 격렬히 흔들어 내리게 했다"라는 식으로 번역한다. 사람마다 표현은 조금씩 다르겠지만 'instead of ~ing'를 '~하는 대신에'로 번역하는 것은 한결같다. 영한사전에서 'instead (of)'를 찾으면 첫 번째 뜻으로 '대신에'가 나오기 때문이다. 좋은 사전이라면 'of' 뒤에 명사가 올 때와 동명사가 올 때를 구분하여 뜻을 다르게 풀이했을 테지만, 중·고등학교 시절 영어 공부를 하면서 이것을 눈치챈 사람은 많지 않을 것이다. 그래서 사람들은 동명사가 올 때에도 사전에서 가장 먼저 나오는 뜻인 '대신에'를 써서 번역한다.

그런데 표준국어대사전을 보면 어미 '-은', '-는' 뒤에 쓰이는 '대신'은 '앞말이 나타내는 행동이나 상태와 다르거나 그와 반대임을 나타내는 말'이라고 풀이하면서 "그녀는 얼굴이 예쁜 대신 마음씨는 고약하다"라는 예문을 실어놓았다. 이 예문의 의미는 '그녀는 얼굴이 예쁘지만, 그 대신 마음씨는 고약하다'는 뜻이다. 즉, 그녀는 얼굴이 예쁘다. 이에 반해 맨 앞 예문에서 어미는 새끼가 잠시 올라타게 내버려두지 '않았'다.

지금까지는 번역 강의할 때 이렇게 설명했는데…… 얼마 전에 『고종석의 문장』에서 흥미로운 문장을 읽었다. "에라스무스는 교회가 지배하는 중세의 미망을 논리적으로 비판하는 대신에 풍자하고 조롱하는 길을 택했다"[36]라는 문장에 문제가 있다며 대안을 제시하겠다기에 '비판하는 대신에'를 '비판하지 않고서'로 고칠 줄 알았더니 오히려 '대신에' 대신 '대신'을 쓰라고 조언한 것이다. 천하의 고종석 선생까지 '대신'을 엉뚱하게 쓸 줄이야! 그런데 트위터 사용자 @papermong 님의 제보로 포털 사이트 다음의 국어사전(고려대 한국어대사전)에서 '대신'을 찾아보니 "2. 어떤 일이 일어나지 않고 딴 일로 바뀌어 일어남"이라는 풀이와 함께 "우리는 이번 일 때문에 절망하는 대신에 새로운 각오를 가졌다"라는 예문이 실려 있었다. 그러니까 다음 국어사전에 따르면 고종석 선생의 문장은 비문이 아니라 한국어 어법에 맞는 올바른 문장이었다. 따라서 'instead of ~ing'를 '~하는 대신에'로 번역해도 문제가 없게 된 것이다. 하지만 이렇게 되면 "A 하는 대신에 B 하다"라는 구조에서 A라는 명제는 참이 될 수도 있고 거짓이 될 수도 있다. 그러면 의존명사 '대신'은 문장의 진릿값에 영향을 미치지 못하는 무의미한 표현으로 전락한다.

그런데 '~하는 대신'은 원래부터 두 가지 의미였을까? 아니면 어떤 계기로 의미가 추가되었을까? 이 용법은 한국어 고유의 것일까? 아니면 일본어 '~する代わりに'에서 왔을까? 앞으로 3주 동안 언어 자료를 조사하여 다음 칼럼에서 나의 추측과 근거를 제시하고자 한다. 함께 고민해주시길.

(3주 뒤)

3주 전 칼럼에서 나는 아래와 같은 가설을 세웠다.

> '~하는 대신'은 원래는 '~하는데, 그 대신'(이하 1번 뜻)의 뜻이었으나("그녀는 얼굴이 예쁜 대신 마음씨는 고약하다") 번역가들이 영어 'instead of ~ing'를 '~하는 대신'으로 번역한 탓에 '~하는 대신'의 뜻이 '~하지 않고서'(이하 2번 뜻)로 변질되었다.

가설을 뒷받침하기 위해 한자 문화권인 중국과 일본의 사례를 찾아보았다. 중국어 번역가 김택규 씨에게 영어 문장에서 'instead of ~ing'가 나오면 중국어로 어떻게 번역하느냐고 물었더니 그는 '与其~不如~'(~하느니 ~하는 것이 낫다)로 한다고 답변했다. 중국어에서 '대신'에 해당하는 단어는 '代替'인데 명사만을 취할 뿐 한국어처럼 '~하는 대신'의 뜻으로 쓰이는 용례는 없었다. 한편 일본어의 'する代(か)わりに'는 '~하는 대신'의 뜻인데 사전의 용례는 모두 1번 뜻이었다. 일본어 번역가 신영희 씨에게도 같은 질문을 던졌더니 일본어에서는 'instead of ~ing'를 '~する代わりに'나 '~しないで'(~하지 않고서)로 번역한다고 했다. 그렇다면 일본어도 한국어와 마찬가지로 번역 때문에 '代(か)わり'의 뜻이 변질된 것 아닐까?

　그런데 한국어 문법론을 전공한 경희대학교 한국어학과 이선웅 교수에게 문의를 했더니 오히려 2번 뜻이 기본적인 뜻이고 그로부터 1번 뜻이 파생되었을 수도 있다는 답변을 주었다. 그러면서 이 문제를 정확히 해결하려면 문헌의 용례를 찾아보라고 조언했다.

　1890년에 출간된 최초의 영한사전인 언더우드의 『한영ᄌ뎐』(영한사전과 한영사전 합본)에서는 'instead'를 '대신'으로 풀이했다. 따라서 그 영향을 받기 이전의 용례에서는 '대신'을 1번 뜻으로만 쓰다가 영한 번역이 활발히 이루어진 뒤에 2번 뜻이 등장했으리라고 추측할 수 있다 그래서 코퍼스 언어학 전문가인 서울대학교 국문학과 박진호 교수의 도움을 받아 문헌을 검색했다. 신소설 『눈물』에 나오는 "내가 이것을 써쥬ᄂᆞᆫ 디신에 너도 니쳥을 ᄒᆞᄂᆞ 드러주어야 지"("내가 이것을 써주는 대신 너도 내 청을 하나 들어주어야지")라는 문장은 나의 추측을 뒷받침했다. 그런데 16세기부터 20세기 초까지의 한 국어 문헌에서 '디신'('대신'의 고어)이 쓰인 문장을 1898개 찾았는데, '관형어 + 대신'의 구조로 이루어진 문장 7개 중에서 5개는 1번 뜻 으로 볼 수 있으나 1898년자 「매일신문」에 실린 "젼 현감 황긔인은 중역ᄒᆞᆯ 디신에 류비 ᄒᆞᆯᄯᅳᆺ으로 봉지ᄒᆞ 다"("전 현감 황기인은 무거운 노동형 을 하는 대신 귀양 보낼 취지로 임금의 뜻을 받들어 시행하였다")는 2번 뜻, 즉 'instead of ~ing'의 뜻으로 쓰였다.

   최초의 영한사전이 출간된 지 8년 만에 '대신'의 뜻이 변질된 것 일까? 최종 판단을 내리려면 20세기 문헌을 검색하면서 추이를 분 석해야 할 텐데 생계형 번역가에게는 무리다. 일단 앞의 문헌 자료 를 http://socoop.net/instead/에 올렸으니 관심 있는 독자는 도전해 보시길!

○
출처 『한겨레21』, 2015년 2월 7일.
http://h21.hani.co.kr/arti/culture/culture_general/38958.html
『한겨레21』, 2015년 3월 5일.
http://h21.hani.co.kr/arti/culture/culture_general/39094.html

메일

노 승 영

2009년에 『슛북』을 번역하던 중이었다. 문장 하나가 영 찜찜했다. 내가 알기로 영화 〈피아노〉(1993)에서는 주인공 에이다 역을 맡은 홀리 헌터가 피아노를 직접 연주했는데, 저자는 피아노를 연주한 배우가 따로 있다고 주장했다. 고민 끝에 어거지로 말을 지어내고 그것도 모자라 옮긴이 주까지 달았다.

원문 | HOLLY HUNTER — 5'2" — won Best Actress for The Piano, although it was a bittersweet victory, as the actor who played the piano had just died in real life.

번역문 | 홀리 헌터(157cm): 〈피아노〉로 여우주연상을 받았으나, 안타깝게도 피아노를 연주한 배우가 얼마 전에 죽었다(속지 말 것! 〈피아노〉에서는 홀리 헌터가 직접 피아노를 연주했다_옮긴이).

그런데 책이 출간된 뒤에 우연히 저자와 연락이 닿았다. 내가 제대로 번역했으리라 자부하면서 위 문장이 무슨 뜻이냐고 물어봤다.

Dear Zach,

THE SHORT BOOK was published in Korea 6 months ago. --;

Anyway, I can't understand the following sentence:

"HOLLY HUNTER — 5'2" — won Best Actress for The Piano, although it was a bittersweet victory, as the actor who played the piano had just died in real life."

I've heard Holly Hunter played piano for herself in THE PIANO and I know she haven't died yet. What is the truth?

친애하는 재크에게

『숏북』 한국어판은 여섯 달 전에 출간됐습니다. --;

그런데 이해 안 되는 문장이 하나 있습니다.

"HOLLY HUNTER — 5'2" — won Best Actress for The Piano,

although it was a bittersweet victory, as the actor who played the piano had just died in real life."

제가 듣기로 영화 〈피아노〉에서 홀리 헌터는 직접 피아노를 연주했으며 제가 알기로 아직 죽지 않았습니다. 진실은 무엇인가요?

이튿날 재크에게서 답장이 도착했다.

Dear Seung Young,

I realize now that that is an incredibly confusing joke the way I wrote it. What I was trying to say was that an actor played the role of the piano, not that an actor actually played music on the piano. Of course, the piano is an inanimate object, and was not an actor performing as a piano, but that is the kind of joke I was making those days.

친애하는 승영에게

생각해보니 무척 헷갈리는 농담이었군요. 제 말뜻은 배우가 피아노를 연주한 게 아니라 피아노 역을 연기했다는 것입니다. 물론 피아노는 무생물이며 배우는 피아노 연기를 하지 않았습니다만, 그게 당시에 제 유머 스타일이었습니다.

그러니까 재크는 'play'라는 단어가 '연주하다'와 '연기하다'의 두 가지 뜻으로 쓰일 수 있음에 착안하여 일종의 말장난을 한 것이다 (영화에서는 에이다가 피아노와 함께 바다에 빠지는데 그녀만 살아나고 피아노는 바닷속에 잠긴다. 따라서 피아노를 연기한 배우는 죽었다). 원문을 엉뚱하게 이해한 것으로 모자라 터무니없는 옮긴이 주까지 달았음을 깨닫고 얼굴이 화끈거렸다. 하지만 이미 엎지른 물이었다.

번역 중인 책의 저자와 메일을 주고받은 것은 이번이 처음이었다. 그 뒤로 저자의 메일 주소를 입수할 수만 있으면 궁금한 것이 생길 때마다 문답을 주고받았다. 번역 인생 10년(?)을 결산하는 의미에서 그동안 주고받은 문답을 정리했더니 총 25명의 저자와 문답을 주고받았고 분량은 약 1000건(질문 1000건, 답변 1000건)에 200자 원고지로 1000여 매에 이르렀다. 내가 저자와 이메일을 많이 주고받는 것을 아는 한 출판사에서 이것들을 모아 책으로 내면 어떻겠느냐고 제안하기도 했는데, 막상 이메일을 추려 보냈더니 그 뒤로 감감무소식이다. 저작권 문제 때문일까? 어쩌면 개인적으로 주고받은 이메일을 공개하는 것이 개인정보 보호 정책에 위배되어서 망설이는지도 모르겠다. 그래도 저자와 주고받은 문답 중 일부를 간추리고 번역하여 내 홈페이지에 올려두었으니 관심 있는 독자는 훑어보길 바란다.

'저자의 죽음'이라는 말이 상식처럼 회자되지만, 나와 버젓이 이메일을 주고받는 상대방이 죽은 저자라는 생각은 들지 않는다. 하지만 저자 중에는 정말로 죽은 사람들도 있다. 그런 경우에는 아무리 궁금한 것이 있어도 물어볼 수가 없으니 혼자서 머리를 싸매는 수밖에 없다. '저자의 죽음'이라는 말의 뜻은 텍스트의 해석에 대한 권위가 (저자가 아니라) 독자에게 있다는 것이지만, 번역에서는 이를 곧이곧대로 받아들이면 안 된다. 상당수 오역은 옳고 그름의 문제이기 때문이다. 저자의 의도와 나의 해석이 다르면 나는 창조적 해석을 한 것이 아니라 틀린 해석을 한 것이 된다. 물론 저자가 잘못 알았거나 오타를 낸 경우도 가끔 있는데, 이런 잘못을 알려주면 저자들은 솔직히 인정하고 무척 고마워한다.

저자 중에서 답변을 가장 성의 있게 해주는 사람은 교수들이다. 평소에 학생들에게 질문을 많이 받아서 그런지 번역가의 질문에도 자상하게 답해준다. 메일 주소를 알아내기도 쉽다. 소속 대학교 홈페이지에 메일 주소가 올라와 있기 때문이다. 번역을 계기로 세계적인 석학들과 이메일을 주고받은 것은 뜻밖의 소득이었다.『직관펌프, 생각을 열다』의 저자 대니얼 데닛은 나의 엉뚱한 질문에도 참을성 있게 차근차근 설명해주었으며『왜 인간의 조상이 침팬지인가』의 재러드 다이아몬드도 궁금한 문장 하나를 명쾌하게 가르쳐주었다.『촘스키, 희망을 묻다 전망에 답하다』의 노엄 촘스키에게도 메일을 보낸 적이 있는데, 외국에 나가 있어서 5개월 뒤에나 돌아온다고 하기에―비서가 대신 답변한 듯하다―포기하고 스스로 해결했다.『로드사이드 MBA』는 경영학과 교수인 마이클 매지

오, 폴 오이어, 스콧 셰이퍼 세 사람이 공저한 책인데 셋에게 동시에 메일을 보내면 가장 먼저 확인하는 사람이 답장을 보냈다.

SNS를 적극적으로 활용하는 저자도 질문에 친절하게 답해준다. 저자 소유의 계정으로 연락해 내 메일 주소를 알려준 다음 메일로 소통하는데, 이런 저자들의 특징은 질문을 보내자마자 답변이 돌아오는 경우가 많다는 것이다. 메일 맨 아래에는 대개 "Sent via Blackberry"나 "Sent from my iPhone"이라고 쓰여 있다. 이 저자들도 나처럼 스마트폰을 끼고 사나 보다. 심지어 어떤 저자는 휴가 중에도 답장을 보내줬다. SNS를 하지 않는 저자의 경우에도 저자 홈페이지나 책 홈페이지를 방문하면 양식을 입력하여 이메일을 보낼 수 있게 되어 있다. 대부분의 저자는 자신의 취지가 외국 독자들에게도 정확하게 전달되기를 바라기 때문에 번역가의 질문을 반가워하고 애매한 문장은 쉽게 풀어 써주기도 한다.

반면에 매우 비협조적인 저자도 있다. 아무리 검색해도 이메일 주소를 알 수 없고 에이전시에 문의해도 감감무소식인 저자가 있는가 하면 다음 책을 쓰느라 바빠서 답변해줄 시간이 없으니 알아서 번역하라고 말하는 저자도 있었다. 『미래는 누구의 것인가』의 저자 재런 러니어가 그런 사람이었다. 문장이 까다로워서 번역하느라 어찌나 애를 먹었던지 다시는 이 사람 책을 번역하지 않겠노라고 단단히 마음먹었는데 후속작 『가상현실의 역사』까지 덜컥 맡고 말았다. 이 책을 번역해보니 『미래는 누구의 것인가』는 약과였다! 이번에도 저자의 도움 없이 혼자 힘으로 모든 문제를 해결해야 했다. 하지만 디지털 문명을 꿰뚫어보는 그의 탁견을 번역하는 일은 힘든 만큼 보람이 있으니 앞으로도 작업 의뢰가 들어오면 눈 딱 감고 맡지 않을까 싶다.

번역가라면 스스로의 힘으로 원문을 해석하여 표현해야지 저자에게 의지하는 것은 구차하다고 생각할 수도 있겠지만, 대부분의 질문은 몰라서가 아니라 미심쩍기 때문에 한다. 나의 해석이 틀린 경우는 열 번 중 한 번 정도다. 하지만 그 하나의 오역을 저지르지 않을 수만 있다면 열 번의 질문으로 저자를 귀찮게 하고 시간을 투자할 가치가 있다. 질문의 출발점은 번역가인 내가 틀릴 수 있음을 인정하는 것이다. 때로는 질문이 나의 무식을 드러내기도 한다. 한 번은 저자에게서 '이렇게 쉬운 표현은 주변의 영어 원어민에게 물어보라'는 식의 답장을 받은 적도 있다(어찌나 망신스럽던지!). 하지만 대부분의 저자는 언어적·문화적 차이로 인해 번역가가 오독할 수 있음을 충분히 감안하고 배려한다.

물론 책에 따라서는 저자에게 물어보지 않는 것이 더 나은 경우도 있다. 특히 문학 작품은 번역가가 한국어의 한계와 가능성에 맞추어 원작을 재구성해야 하기에 옳고 그름을 따지는 것이 무의미할 때도 많다. 소설 작업을 주로 하는 조영학 번역가는 저자에게 질문을 몇 번 보내봤지만 답장을 받은 적은 한 번도 없다고 했다. 자신이 하고 싶은 말이 텍스트에 전부 담겨 있고 원문에서 더할 것도 뺄 것도 없다고 생각하는 저자라면 "당신의 문장이 이해되지 않아요"라고 말하는 번역가가 괘씸할지도 모르겠다. 하지만 번역가는 그런 저자가 야속하다.

저자에게 질문한다고 해서 번역가가 저자에게 종속되는 것은 아니다. 최종 판단은 번역가의 몫이기 때문이다(물론 책임도 번역가의 몫이다). 번역계에서는 '저자의 의도'라는 말이 일종의 금기어처럼 되어버렸지만 저자의 의도는 분명히 존재한다. 그것이 절대적 권위를 가지지 않을 뿐이다. 저자의 의도는 문장의 의미를 파악하기 위한 좋은 참고 자료다. 그리고 번역가에게는 가능한 한 모든 자료를 이용할 의무가 있다. 따라서 저자의 의견을 물을 수 있다면 묻는 것이 낫다. 어쩌면 저자와 번역가는 한국 독자에게 최상의 글을 선사하기 위해 협력하는 동업자가 아닐까?

○
출처 〈북클럽 오리진〉, 2017년 1월 13일.
https://1boon.daum.net/bookclub/58674aa2ed94d200015258a9

'Fuzon Chung'을 찾아서

~~~~~~~ 노승영 ~~~

"May I speak to Fuzon Chung?"(Fuzon Chung 씨 바꿔주시겠어요?)

"Hold on, please."(잠깐만 기다리세요.)

2008년, 크레이그 벤터의 자서전 『게놈의 기적』을 번역할 때의 일이다. 크레이그 벤터는 미국의 유전학자로, 미국 정부에서 주도한 인간게놈프로젝트에 참여하여 2000년에 인간의 전체 유전체를 해독했다. 이 책의 한국어판 149쪽에서 크레이그 벤터가 아드레날린 수용체를 분리하고 분자 구조를 알아내려고 박사후 연구원 'Fuzon Chung'을 영입하는 장면이 문제였다. Fuzon Chung. 이름을 보니 중국계인 것 같은데 중국어를 로마자로 표기하는 방법인 한어병음

자모와 웨이드식 로마자 중 어느 것에도 들어맞지 않아서 어색하지만 그냥 로마자 철자를 그대로 읽어 '푸존 충'으로 표기했다. 아니나 다를까 나중에 편집자가 교정지를 보내면서 이름이 이상하다고 지적했다. 안 그래도 찜찜하던 터라 이 사람의 정체를 알아내고 말겠노라고 마음먹었다.

'Fuzon Chung'은 이 책에 딱 한 번 등장하는 단역이었는데 다행히 참고문헌에 그의 논문 정보가 실려 있었다. 문제는 논문에 필자의 이메일이 없었다는 것이다. 설상가상으로 논문에 표시된 소속 기관의 홈페이지를 찾아보니 그는 이미 퇴사한 뒤였다. 인터넷에서 그가 쓴 다른 논문을 뒤져 미시간대학교 병리학과에 재직 중이라는 사실을 알아냈다. 병리학과 전화번호부에서 전화번호를 찾은 뒤에 미국 시간으로 오전이 될 때까지 기다렸다가 전화를 걸었다. 기다림 끝에 드디어 'Fuzon Chung'과 연결되었다!

'Fuzon'은 자신이 책에 등장하는 그 사람이 맞다며 한자 이름을 이메일로 보내주었다. 그는 대만 출신이었으며 원래 이름은 '鍾富榮'이었다. 한국어 한자 발음으로는 '종부영', 국립국어원 외래어 표기법대로 읽으면 '중푸룽'이다. 'Fuzon'은 영어식 이름을 따로 지은 것이었으며 그는 중국어 이름보다 영어식 이름으로 불리길 원했다(그는 "저는 '푸룽'보다는 '푸전'이 좋습니다. 더 드문 이름이니까요"라고 말했다). 그래서 '푸전'으로 표기했는데, 이름을 영어식으로 표기하면서 성만 중국어식으로 두기가 이상해서 '청'으로 표기했다.[37] 한국어판이 출간되고 나서 푸전에게 증정본을 보냈는데 책에서 자기 이름을 찾았다고 연락해왔다("보내주신 책 149쪽에서 제 이름을 찾았습니다. 반갑고 놀라웠습니다!").

　책을 읽고 이해하는 것과 하등의 관계가 없지만 무엇보다 까다롭고 시간이 오래 걸리는 것이 고유명사 표기다. 푸전 청의 발음을 확인하는 데도 며칠이 걸렸다. 고유명사 표기에 공을 많이 들여야 하는 것은 사소한 실수가 번역가의 무식함을 폭로하기 때문이다. 'Chopin'을 '초핀'으로 표기했다가는 단순히 'Chopin'을 잘못 표기한 사람'이 아니라 '쇼팽도 모르는 사람'이 된다. 이따금 내가 영어식으로 엉뚱하게 표기한 이름을 편집자가 옳게 고친 것을 볼 때마다 얼굴이 얼마나 화끈거리던지! 그러니 번역가는 올바른—적어도 식자층에서 통용되는—표기를 찾기 위해 애쓰지 않을 수 없다. 하지만 이것은 쉬운 일이 아니어서 국립국어원 외래어 표기법 용례에 있는 이름이면 그대로 따르면 되지만—물론 미국 영화배우 레오나르도 디카프리오를 '리어나도 디캐프리오'로 표기해야 할 때는 세 번쯤 망설이게 된다—그렇지 않다면 백과사전(다음 백과에서 제공하는 브리태니커 백과사전을 주로 이용한다), 발음사전(독일에서 출간된 『두덴 발음사전』을 쓰는데 얼마 전에는 영국 고유명사 발음을 찾으려고 『British Pronunciation Dictionary』도 장만했다), 인터넷 서점(교보문고와 국립중앙도서관 홈페이지에서 검색한다), 신문 기사, 발음 사이트(현지인이 녹음한 발음을 들려주는 forvo.com)를 뒤지고 그것으로도 안 되면 동영상을 검색하거나 마지막으로 외래어 표기법 규칙을 적용한다.

규칙을 적용하는 일은 골치 아픈 작업이다. 국립국어원의 외래어 표기법 규칙을 살펴보면 철자와 표기 사이의 규칙이 꽤 일관된 것을 알 수 있다. 따라서 규칙을 알고리즘으로 만들어 자동화하면 규칙을 일일이 따져보는 수고를 덜 수 있다. 그래서 외래어 철자만 입력하면 표기를 알 수 있도록 외래어 표기법 규칙 알고리즘을 이용한 웹 서비스를 구축하고 싶어져서 펄Perl이라는 프로그래밍 언어를 이용하여 〈읽어봐〉[38]라는 사이트를 만들었다. 그런데 공교롭게도—실은 고맙게도!—얼마 지나지 않아 이보다 훨씬 훌륭한 사이트가 등장했다. 파이썬Python이라는 프로그래밍 언어로 구축되었으며 이름은 〈한글라이즈〉[39]다. 〈읽어봐〉 개발은 당연히 중단되었다. 나는 〈한글라이즈〉를 애용한다. 그러고 보니 몇 년 전부터 방법이 하나 늘었는데, 그것은 신견식 씨에게 물어보는 것이다(자세한 내용은 3부 '신견식 씨에 대하여' 참고).

우리가 외래어 표기법을 지키는 이유는 외국어 인명이나 지명을 정확하게 불러주어 꽃으로 만들기 위해서가 아니라 우리끼리 소통하기 위해서다. 정확한 표기보다 중요한 것은 발음하기 쉬운 표기, 즉 한국어 음운 체계에 맞는 표기다. 각 언어권은 자기네 음운 체계에 맞도록 외래어를 수용했다. 이를테면 영어 이름 '존John'은 그리스어 '야니Γιάννη', 독일어 '요한Johann', 덴마크어 '한스Hans', 헝가리어 '야노시János', 아일랜드어 '숀Sean', 프랑스어 '장Jean', 이탈리아어 '조반니 Giovanni', 스페인어 '후안 Juan', 포르투갈어 '주앙 João' 등으로 철자와 발음이 제각각이다. 우리가 '존 폰 노이만'이라고 부르는 사람을 영국에서는 '존 본 노이먼', 독일에서는 '요한 폰 노이만', 헝가리에서는 '너이만 야노시 러요시'라고 부른다. 이 나라들은 전부 자기네 식으로 이름을 바꿔 부르는데 왜 우리만 원음대로 부르려고 전전긍긍하는 것일까?

신해혁명 이후 중국 인물의 이름을 중국어 발음대로 표기하는 정책(이를테면 '毛澤東'을 '모택동'이 아니라 '마오쩌둥'으로 표기하는 것)에 사람들이 거부감을 느끼는 한 가지 이유는 중국어 발음이 한국어 음운 체계와 맞아떨어지지 않기 때문이다. 일본 인명의 경우는 저항이 비교적 덜한데 아마도 식민 지배를 겪으면서 일본어의 음운 체계에 친숙해졌기 때문이 아닐까 싶다.

푸전 칭의 사례에서 보듯 사람 이름의 정확한 발음을 찾는 것은 여간 힘든 일이 아니다. 원음주의의 문제점은 친분이 있거나 유명한 사람의 이름이 아닌 경우에는 원음을 알기가 곤란하다는 것이다. 유명한 사람의 이름은 최대한 비슷하게 불러주면서 장삼이사의 이름은 아무렇게나 부른다면 그 또한 일종의 차별 아닐까?

고유명사 표기에서는 정확성보다 통일성이 더 중요하다. 이를테면 『통증 연대기』의 저자 멜러니 선스트럼의 이름을 교보문고 사이드에서 검색하면 전작 『미완의 천국, 하버드』가 검색되지 않는다. 같은 저자이지만 '멜라니 선스트롬'으로 등록되었기 때문이다(점 하

나가 이렇게 중요하다). 구글 검색에는 한글 표기가 달라도 올바른(통용
되는) 표기를 유추하여 추천하는 기능이 있지만, 인터넷 서점을 비
롯한 많은 데이터베이스에서는 정확한 표기를 입력하지 않으면 검
색이 되지 않는다. 뒤르켐, 뒤르케임, 뒤르켕, 뒤르깽, 뒤르카임, 뒤
르크하임 등으로 불리는 'Émile Durkheim'은 국립국어원에서는
'뒤르켐'으로 표기하지만 한국사회이론학회에서는 '뒤르케임'으로
부른다. 인터넷 검색을 위해서만이라도 표기를 통일해주면 안 될까?

　고유명사의 발음을 찾으려고 인터넷을 뒤질 때면 이게 뭐하는 짓
인가 싶을 때가 있다. 하지만 쪼잔함 없이는 완벽함도 없는 법이다.

○
출처 『한겨레21』, 2014년 12월 4일.
http://h21.hani.co.kr/arti/culture/culture_general/38484.html

신견식 씨에 대하여

노승영 ~~

신견식 씨를 처음 알게 된 것은 2012년 여름 무렵이다. 그전부터 온라인 카페에서 'Waga Jabal'이라는 필명으로 활동하며 일찍이 번역가들 사이에 명성이 드높았지만 나는 페이스북 친구를 맺으면서 비로소 그의 존재를 알았다. 「경향신문」 2014년 3월 18일 자 기사에서는 신견식 씨를 이렇게 소개한다.

번역가 신견식 씨(41)는 여러 외국어를 해독할 수 있는 '언어 괴물'이다. 그가 해독할 수 있는 언어는 영어, 프랑스어, 독일어, 이탈리아어, 스페인어, 포르투갈어, 네덜란드어, 스웨덴어, 핀란드어, 덴마크어, 노르웨이어, 그리스어, 일본어, 중국어, 라틴어 등 대강 헤아려도 15개

199

가 넘는다. 프랑스에서 불문학을 공부한 조동신 북21 해외문학팀장은 '실제로는 아마 20개쯤 될 것'이라며 '더 놀라운 것은 현대 프랑스어나 현대 스페인어뿐만 아니라 중세 프랑스어나 중세 스페인어처럼 해당 언어의 옛 형태까지 해독할 수 있다는 점'이라고 말했다.**40**

그는 지금도 새로운 언어를 배운다고 한다.

번역을 하다 보면 의외로 시간을 많이 잡아먹는 작업이 외래어 고유명사 표기다. 나는 국립국어원 외래어 표기법 용례와 규칙, 표준국어대사전, 브리태니커 백과사전, 신문, 잡지, 독일의 『두덴발음사전』, 포보Forvo 등의 발음 사이트 등을 참고하지만 원하는 표기를 찾을 때보다 찾지 못할 때가 더 많았다. 외래어 표기법 규칙조차 정해지지 않은 아랍어 등의 언어는 영어 발음을 참고하여 주먹구구식으로 표기하는 수밖에 없었다. 그러다 신견식 씨를 알게 된 뒤로는 '질문 있습니다'로 시작되는 메시지를 뻔질나게 보낸다. 그때마다 그는 명쾌한 설명과 함께 올바른 표기를 알려준다. 나는 그에게 '번역계의 귀인貴人'이라는 별명을 붙였다.

어릴 적부터 사전을 수집하고 읽는 것이 취미였던 신견식 씨는 한국외국어대학교 서반아어과와 서울대학교 대학원 언어학과를 나왔으며 지금도 사전과 언어학 논문을 읽는 것이 취미다. 신견식 씨가 첫 저서의 원고를 탈고하고 며칠만 좀 쉬어야겠다고 글을 올렸기에 "설마 사전이나 논문 읽으면서 쉬시는 건 아니죠?"라고 농

반진반 댓글을 달았는데 "그것만 하는 건 아닙니다"라는 진지한 답변이 올라왔다. 그의 부인은 한술 더 떠서 "저희 집에 감시 카메라 다신 줄"이라고 덧붙였다. 대개는 취미가 일이 되면 더는 취미로 즐길 수 없게 되는데 그에게 언어는 여전히 일이자 취미다.

언어에 친숙한 사람 중 일부는 외국어 발음을 (자신이 듣기에) 소리 나는 대로 표기하려는 경향이 있다. 이를 원음주의라 한다(국립국어원의 외래어 표기법도 원음주의를 기반으로 하지만 한국어 사용자가 발음하기 쉽도록 표기에 쓰는 자모의 개수를 제한한다). 이를테면 프랑스의 수도를 '파리'가 아니라 '빠리'나 '빠히'로 표기하는 식이다. 그런데 신견식 씨는 외국어 발음에 대한 지식이 풍부한데도 원어 발음보다는 한국어 사용자끼리의 소통을 더 중요시한다. 『노르웨이의 나무』를 번역하다가 노르웨이의 벽난로 회사 'Jøtul'을 '예툴'과 '요툴' 가운데 어떤 것으로 표기하는 게 옳은지 물었더니 그는 이렇게 답변했다. "'요툴'로 통용되면 발음 차이도 별로 없으니 그렇게 써도 되겠죠."

신견식 씨는 블로그에 언어와 관련된 글을 꾸준히 올리다 이제는 페이스북[41]으로 활동 무대를 옮겼는데, 표기법과 어원을 소개하는 것과 더불어 각국 언어의 발음을 이용한 언어유희도 곧잘 구사한다. 주옥같은 글을 온라인에서만 읽고 잊어버리는 것이 안타까워서 단행본으로 출간되었으면 좋겠다고 생각하던 차에 『콩글리시 찬가』라는 책이 나왔다. 그동안 콩글리시를 비판하고 올바른 영어 단어를 쓰자는 책은 많았지만 이와 반대로 영어 강박에서 벗어나 콩글리시를 어엿한 한국어로 받아들이자고 주장하는 책은 『콩글리시 찬가』가 처음이 아닌가 싶다. 콩글리시는 틀린 영어이고 '오렌지'는 정확한 발음이 아니라고 생각하는 사람은 언제까지나 영어 앞에서 주눅 들 수밖에 없다. 하지만 콩글리시는 엄연한 언어 현상이며 국제 무대에서 한국의 위상이 더욱 높아지면 콩글리시 단어가 잉글리시 단어를 제칠지도 모를 일이다(5부 '단어 공부'에서 보듯 번역가에게 콩글리시는 오역을 유도하는 악당이지만).

그는 단행본 번역보다는 기술 번역을 주로 하지만 스웨덴 작가 헨닝 망켈과 오사 라르손 등의 소설을 원어에서 번역하는가 하면 최근에는 헝가리 통역사 롬브 커토의 『언어 공부』를 번역 출간하기도 했다. 이 책에는 온갖 언어가 등장하기 때문에 나라면 번역할 엄두도 내지 못했을 것이다.

인터넷 공간에는 실력이 없으면서도 자신을 번드르르하게 포장하여 인기를 얻는 사람들이 있는가 하면 자신을 드러내지 않고 조용히 내실을 닦다가 뒤늦게 빛을 발하는 사람들도 있다. 신견식 씨는 후자의 대표적인 인물이다. 그동안 그가 걸맞은 대접을 받지 못하는 것이 마음에 걸렸는데 저서 출간을 계기로 많은 사람에게 진면목이 알려지기 바란다.

그가 나와 동갑내기라는 것은 진작 알고 있었지만 2016년 12월 23일에 열렸던 번역가 송년회에서 비로소 말을 트기로 했다. 우리의 관계가 동료에서 친구로 바뀐 뒤에도 나는 여전히 뻔질나게 질문하고 그는 자상하게 답해준다. 그와 내가 동시대의 번역가여서 다행이다.

　덧붙여 한국어 어원에 학술적 관심이 있는 분들에게는 2012년에 타계한 이남덕 전 이화여자대학교 교수의 『한국어 어원 연구』를 추천한다. 홍윤표 전 연세대학교 교수의 『살아 있는 우리말의 역사』는 국립국어원 소식지 「새국어소식」에 연재하던 글을 모은 것으로 학문적 근거를 갖췄으면서도 읽기 쉽다.

출처 〈북클럽 오리진〉, 2016년 10월 11일
https://1boon.daum.net/bookclub/translation20161011

고마운 사람들

노 승 영

『게놈의 기적』을 번역할 때였다. "With the help of the Korean scientist C. Y. Jung, I would apply this approach to gauge the size of the receptor proteins we were attempting to isolate"라는 문장을 옮겨야 하는데 한국인 과학자 C. Y. Jung의 한글 이름을 제대로 써주고 싶어서 이분이 저자 크레이그 벤터와 함께 쓴 논문을 인터넷에서 찾아 메일 주소를 알아내 연락을 시도했다. 다행히 답장이 왔다.

Dear Mr. 노승영

Yes, I am the one cited by J. Craig Venter's autobiography, the book I understand you are translating. My Korean name is 정

찬용. Craig and I have published several research articles and co-edited a monograph "Target-Size Analysis Of Membrane Proteins" while he was in Buffalo.

노승영 씨에게

네, 제가 (선생께서 번역하고 계신) J. 크레이그 벤터의 자서전에 언급된 사람 맞습니다. 제 한국식 이름은 정찬용입니다. 크레이그와 저는 몇 건의 연구 논문을 공동으로 발표했으며 그가 버펄로에 있을 때 「Target-Size Analysis Of Membrane Proteins」 논문을 공동 편집했습니다.

그는 버펄로대학교에서 근무하는 정찬용 교수였다. 연락이 닿은 김에 유전체학의 용어나 개념을 설명해줄 만한 사람이 없겠느냐고 물었더니 경희대학교 김성수 교수를 소개해주었다. 직접 찾아가 궁금한 점을 물어보고 조언을 얻었다. 또한 김성수 교수는 서울대학교 서정선 교수를 소개해주었다. 서정선 교수는 크레이그 벤터와 친분이 있었으며 책의 추천사를 써주었다. 이분들의 도움이 없었다면 번역하는 데 훨씬 애를 먹었을 테고 오류도 많이 범했을 것이다. 맨 위에서 언급한 문장은 "나는 한국인 과학자 정찬용의 도움을 받아, 이 방법을 적용하여 우리가 분리하고자 하는 수용체 단백질의 크기를 측정했다"로 번역했다.

『측정의 역사』를 번역할 때는 본문에 루마니아 태생의 독일 소설가 헤르타 뮐러가 쓴『숨그네』가 인용되었는데 마침 한국어판이 있어서 살펴보다가 의문점이 생겨 번역가 박경희 선생에게 문의했다. 답장을 읽어보니 번역가의 단어 선택은 내가 생각했던 것보다 훨씬 많은 고민 끝에 탄생한 결과물이었다. "'Hungerengel'의 번역은 원래 같은 글의 '숨그네'나 '심장삽'처럼 '배고픈천사'가 더 정확합니다. 그 당시 이 문제로 편집부와 토론도 있었는데 '배고픈 천사'라고 하자는 것은 제 의견이었어요. 추상성을 약간 떨어뜨리는 게 너무 어렵게 느껴지는, 헤르타 뮐러의 첫 글을 접하는 독자들에게 독서의 어려움을 조금 덜어줄 거라 생각했거든요. 또 'Hunger-'라는 단어의 형용사적인 면을 근거로 하기도 했고요. 이 글에서 배고픈 것은 주인공만이 아니에요. 전체 맥락을 보면 '배고픈 천사 = 적 = 내 안의 적 = 나 = 인간 = 바닥을 모르는 인간의 욕망'이기도 합니다. '배고픔'은 선악을 구별할 수 없는 '삶의 속성'인 거죠." 박경희 선생의 번역을 신불리 오역으로 단정하고 달리 번역했다면 전체 맥락과 동떨어진 엉뚱한 번역문을 만들어낼 뻔했다. 결국 나의 판단과 번역가의 의견을 종합하여 인용문 번역을 적절하게 다듬을 수 있었다.

『제로 성장 시대가 온다』에서는 저자가 월가 금융 위기를 언급하면서 '레버리지'의 기본 개념을 설명하는데 이해하기가 쉽지 않아 투자 전문 번역가 이건 선생에게 도움을 청했다. 이튿날 답장이 왔다. "레버리지는 요즘 금융 분야에서 자주 쓰는 표현으로서, 그냥 레버리지라고 표기할 때도 많습니다. 풀이하자면 부채 비율을 높인다는 뜻입니다. 예컨대 사업에 필요한 자금이 100일 때, 100을 모두 자기 돈으로 투입할 수도 있지만, 예컨대 50을 대출받으면 자기 돈은 50만 넣으면 됩니다. 사업이 성공하여 큰 이익을 거두면, 얼마 안 되는 대출금 이자만 갚으면 나머지 이익이 모두 자기 몫이므로 투자한 자기 돈 50에 대한 수익률이 매우 높아집니다. 반면에 실패하여 손실이 발생하면, 대출금 이자까지 손실에 더해지므로 투자액 50에 대한 손실률이 훨씬 커집니다." 자상한 설명 덕에 레버리지와 수익률의 관계를 이해할 수 있었다.

『측정의 역사』에 비트루비우스의 『건축십서』가 인용되었는데 균제와 비례의 개념이 명확하지 않아서 『고전 건축의 시학』을 번역한 조희철 선생에게 이메일을 보냈다. 선생은 "균제는 비트루비우스가 말한 공통의 크기unit를 바탕으로 한 구성 방식을 기본으로 하는데, 그 지향점은 결국 작품의 전체적인 통일성unity, 완결성, 균형 잡힌 구성을 만들어내는 것입니다. 따라서 리드미컬하게 시각적으로 패턴을 부여하는 방식, 전체 윤곽을 잡기 위해 외곽부를 강조하는 방식, 여러 가지 수사적 기법 등도 확장된 의미의 균제 방식에 속합니다(제가 번역한 『고전건축의 시학』 균제 편에 소개되어 있습니다). 그러다 보니 좀 모호하거나 뭔가 신비로운 방식이 있는 것처럼 사용되기도 하는 것 같습니다"라는 답변과 함께 참고 자료를 보내주었다. 그 덕에 번역의 실마리를 찾을 수 있었다.

『그림자 노동』을 번역할 때는 저자 이반 일리치의 『이반 일리치와 나눈 대화』, 『과거의 거울에 비추어』 등을 번역한 권루시안 선생의 홈페이지를 참고했다. 그는 일리치를 번역하면서 번역한 용어를 표로 정리해두었는데 그 덕에 손품을 훨씬 줄일 수 있었다.[42]

『트랜스휴머니즘』에 블라디미르 나보코프의 『Pale Fire』 첫 행이 언급되었는데, 마침 나보코프의 책을 문학동네에서 출간을 준비 중이라는 첩보를 입수했다. 담당 편집자에게 이메일을 보내 번역문을 받았는데 아리송한 구절이 명쾌하게 해석되어 있어서 요긴하게 활용했다.

한 권 한 권 번역할 때마다 많은 사람에게 도움을 받는다. 위에 인용한 사례는 빙산의 일각에 불과하다. 번역하다가 궁금한 점이 있으면 해당 분야의 전문가에게 조언을 청하는데 요즘에는 트위터와 페이스북이 있어서 연락을 취하기도 간편해졌다.

구문 분석이나 숙어 같은 언어 문제는 번역가 커뮤니티에 글을 올려 동료 번역가들에게 의견을 청하기도 한다. 질문을 올리려고 글을 다듬는 와중에 스스로 답을 찾아버리는 경우도 많다. 요즘은 아예 트위터와 페이스북의 내 계정에 질문을 올리면 '트친'과 '페친'이 친절하게 댓글로 답을 알려주기도 한다. 이를테면 제임스 조이스의 『율리시스』에 "scrotumtightening sea"라는 구절이 어떻게 번역되었는지 궁금해서 트위터에 질문을 올렸더니 @Rekki 님이 자신의 책을 펼쳐 "불알을 단단하게 하는 바다"라고 알려주었다. 모차

르트가 작곡을 의뢰받았다가 취소당하여 미완성 상태로 폐기한 작품이 무엇인지 몰라서 페이스북에 질문을 올리자 줄리아 님이 오페라 〈자이데〉인 듯하다는 의견을 올려주었다. 번역가는 섬이 아니다. 물론 스스로도 최선을 다해 고민하고 검색해야겠지만 때로는 전문가든 동료 번역가든 독자든 다른 사람에게서 도움을 받을 수도 있다.

나는 여전히 질문한다. 최근에 번역한 에릭 와이너의 『천재의 발상지를 찾아서』에 "The Athenians matured because they were challenged on all fronts"이라는 문장이 인용되었다. 저자는 니체가 한 말이라는데 과문한 나는 처음 듣는 문장이어서 '고싱가 숲'이라는 블로그[43]를 운영하고 최근 『비극의 탄생』을 출간한 김출곤 선생에게 문의해 『유고(1869년 가을~1872년 가을)』에 실린 문장이라는 답장을 받았다. 해당 책을 확인하니 "아테네인들이 능숙했던 이유는 모든 측면에서 요구되었기 때문이다"라고 번역되어 있었다. 도무지 출전을 찾을 수 없어서 저자가 착각한 게 아닐까 생각하기까지 했는데 드디어 발을 뻗고 잘 수 있게 되었다.

번역서에는 대부분 저자의 '감사의 글'이 실리는데 집필에 도움을 준 사람들과 가족에게 감사하는 경우도 있지만 원서 출판사에나 편집자에게 감사를 표하는 경우도 많다. 그렇다면 한국어판에는 한국 출판사에나 편집자에게 감사를 표하는 글이 실려야 하지 않을까? 만일 그런 글이 실린다면 번역가인 나도 쓰고 싶은 말이 있다. 감사의 글을 쓰게 해준다면 번역에 도움을 준 사람들을 그때그때 언급할 수 있을 테지만, 지금은 이렇게 기회가 닿을 때마다 틈틈이 고마움을 표하는 수밖에.

○
출처 〈북클럽 오리진〉, 2017년 8월 31일.
https://1boon.daum.net/bookclub/trans20170830

스크린셀러 뒷담화

박산호

　영화는 시작부터 충격이었다. 빨간 소품만 하나 두른 풍만한 여인들의 나신이 화면 한가득 출렁대는 것 아닌가? 순간 헉 하고 숨을 들이켰다. '소설에는 이런 장면이 없었는데…….' 영화는 가슴골이 살짝 드러나는 녹색 드레스 차림의 여주인공이 누군가를 하염없이 기다리는 장면으로 막을 내렸다. 극장을 나서는 관객들이 술렁였다. "뭐야? 이게 끝이야?" 저마다 한마디씩 했다. 허무해 보이는 결말에 수긍하지 못하거나 뭔가 미진하다는 표정들이었다. 그들 등에 대고 이렇게 말하고 싶었다. "이해가 안 되면 원작 소설을 읽어보세요! 영화보다 더 깊고 풍부하고 근사하니까요. 읽어보면 금방 이해할 수 있어요!"

이 영화는 바로 〈녹터널 애니멀스〉(2016). 내가 번역한 소설 『토니와 수잔』을 원작으로 한 작품이다. 번역을 하다 보면 이렇게 영화로도 제작되는 소설을 맡을 때도 있다. 신이 날 것 같은가? 꼭 그렇지만은 않다. 영화 제작 소식이 들릴 때마다 불안과 기대감이 함께 몰려온다. 이유는 두 가지다.

첫째는 번역서를 기획할 때쯤에야 뒤늦게 영화 판권이 팔린 경우다. 이럴 때는 개봉하기까지 여유가 있기 때문에 마감 압박은 덜하다. 하지만 정작 영화가 개봉됐을 때 책은 잊히고 말 가능성이 크다. 물론 영화가 개봉하면서 원작 소설도 덩달아 재조명받아 판매로 이어지는 선순환을 누릴 때도 있다. 하지만 어디까지나 영화가 흥행했을 때의 이야기다. 그렇지 않으면 책은 다시 망각의 늪으로 빠져든다.

반대로 영화가 개봉되는 시기에 맞춰 번역서가 출간되는 경우도 간혹 있다. 그럴 때는 무엇보다 시간에 쫓기기 십상이다. 일정은 빠듯하고 그 와중에 오역을 피해야 한다는 압박감으로 스트레스는 평소의 배가 된다.

다른 한편으로는 번역가로서 기대감에 들뜨기도 한다. 나와 씨름했던 책 속의 세계와 인물들이 대형 화면에 어떻게 옮겨질지 궁금해진다. 반대로 글로는 멋지기만 했던 원작이 어이없이 왜곡되거나 형편없이 그려지진 않았을까 걱정되기도 한다.

〈녹터널 애니멀스〉는 그런 불안감이 상대적으로 덜했다. 감독이 바로 패션 하우스 구찌의 수석디자이너 출신인 톰 포드 아닌가! 그의 첫 영화 〈싱글 맨〉(2009)의 아름다움에 이미 매료됐던 나는 이번에도 그를 믿어 의심치 않았다. 독특한 액자식 구성의 문학적인 심리 스릴러 『토니와 수잔』을 누구보다 근사하게 화면에 옮겼으리라 믿었다.

아니나 다를까, 번역을 마무리하던 중에 베니스 영화제에서 톰 포드가 심사위원 대상을 받았다는 소식까지 들려왔다. 그의 솜씨를 극장에서 확인하고 감탄했다. 현실과 허구라는 두 세계가 화려하고 감각적이면서도 정교하게 교직돼 있었다. 물론 아쉬움도 없진 않다. 관객들의 반응은 이해할 만하다. 두 시간 가까운 시간에 일정 화면이라는 공간적 한계까지 가진 영화가 원작의 폭과 깊이를 어찌 다 담아낼까. 아무래도 작가가 품은 깊은 메시지를 제대로 전달하는 데는 책이 한 수 위다. 소설을 각색한 영화의 이런 숙명은 대개는 피하기 어렵다.

〈녹터널 애니멀스〉는 내가 번역한 소설 중에 영화화된 열한 번째 작품이다. 영화 〈스노든〉(2016)도 2017년에 국내에 개봉됐다. 세계를 누비는 첩보원들의 활약상을 그린 소설 『레드 스패로우』는 〈레드 스패로〉(2018)라는 이름의 영화로 관객들을 찾았다. 지금 한창 영화로 제작 중인 것들도 있다. 작가 매튜 퀵의 감동적인 드라마를 번안한 『러브 메이 페일』이 그런 경우다.

이미 영화로 만들어진 작품들을 보면 결과는 다양하다. 원작에 너무 충실한 나머지 오히려 맥이 빠진 것도 있고, 핵심을 잘 살려내면서도 창의적으로 재해석해 원작과는 또 다른 맛을 선사한 영화도 있다.

소설의 한계를 넘어 재미를 극대화한 영화도 있었다. 〈퍼시픽 림〉(2018)이 그랬다. 이 작품은 번역 과정부터 사뭇 달랐다. 할리우드에서 영화 제작을 먼저 시작한 후 개봉에 맞춰 동시 출간할 목적으로 작가를 고용해 소설을 썼다. 그러니까 각본이 먼저고 그걸 각색한 소설을 내가 번역한 것이다.

번역부터가 호락호락하지 않았다. 외계에서 온 초대형 괴물 카이주와 지구를 지키는 거대 전투로봇 예거들의 대결을 그린 이야기이다 보니 발을 차거나 펀치를 날리는 동작의 묘사가 많았다. 이걸 하나하나 여러 문장으로 박진감 넘치게 풀어 옮기자니 생각 이상으로 까다롭고 어려웠다.

게다가 SF 소설이다 보니 영어 사전에도 없는 용어들이 여기저기 난무했다. 우리말로도 새로 만들어야 해서 작업 내내 머리를 쥐어뜯었다. 그 고생 끝에 개봉 후 극장에 가서 영화를 보는 순간 멍해져 버렸다. 실감 나는 문장으로 묘사하려고 그렇게나 애썼던 전투 장면들이 스크린에서는 호쾌한 주먹질과 발길질로 '상황 끝'이었다. 아, 글로는 묘사할 수 없는 스케일이라는 것이 있구나 하는 자괴감마저 들었다.

꽤 히트를 친 좀비 영화 〈월드워Z〉도 빼놓을 수 없다. 원작 소설

『세계 대전 Z』부터가 영화를 능가하는 스토리와 구성미를 갖춘 수작이었다. 좀비 바이러스가 삽시간에 전 세계로 퍼져 인류가 멸종위기에 처했을 때 각국의 대처 상황을 다큐멘터리 형식으로 쓴 이 소설은 좀비라는 소재로 인간의 욕망과 공포를 예리하게 그려냈다는 평을 들었다. 제작에도 참여한 주연 브래드 피트는 느릿느릿 움직이는 좀비에 기동성을 부여하고 벌떼 같은 군중 장면으로 관객 동원에도 성공했다.

못내 아쉬웠던 작품들도 있다. 공산국가 옛 소련에서 일어난 어린이 연쇄 살인 사건을 소재로 한 『차일드 44』는 소설로는 큰 사랑을 받았지만 영화는 흥행에 실패했다. 각색이 다소 허술했고, 작품 속 비중이 큰 여주인공도 캐스팅이 아쉬웠던 탓 아닌가 싶다.

〈존은 끝에 가서 죽는다〉(2012)는 다른 이유에서 아쉬웠다. 원작 소설은 괴물과 인간이 평행우주를 번갈아 드나들며 벌이는 블랙 코디미로 B급 정서를 토대로 한 작품이었다. 결국 극장에는 오르지 못하고 IP TV로 풀린 영화를 봤다. 날아다니는 콧수염이라든가 도끼로 목이 잘린 인간이 되살아나 비틀거리며 돌아다니는 장면을 보며 혼자 얼마나 키득댔는지 모른다. 아직 마이너에 가까운 내 취향과 대중의 취향 사이에 벌어진 큰 틈을 확인하고는 얕은 숨을 내쉬기도 했다.

언젠가 어느 국내 작가가 자신의 소설이 영화로 나온 것을 극장에서 보다가 중간에 나왔다는 글을 읽은 적이 있다. 자기가 그린

주인공과 영화 속 주인공이 너무 달라서 황당했기 때문이라고 했다. 이해가 간다. 비록 작가는 아닌 번역가이지만 내가 옮긴 소설이 영화로 나오면 매번 가슴이 뛴다. 원작과 무엇이 같고 무엇이 달라졌을까 궁금해하며 극장을 찾아가서 하나하나 뜯어본다. 놀라기도 하고 실망도 하고 어느 순간 뿌듯하기도 한다. 미우나 고우나 이 작품이 세상에 빛을 보는 데 나도 일조했다는 혼자만의 다독임이라고나 할까? 좋든 나쁘든 그 역시 나의 분신인 셈이다. 1000만 분의 1일지라도.

출처 〈북클럽 오리진〉, 2017년 2월 9일.
http://1boon.kakao.com/bookclub/translation20170209

저주받은 걸작들

번역을 한 지 햇수로 20년이 가까워오니 그간 출간된 책을 꽂아 두는 책장이 하나로도 부족해 두 개를 차지하게 됐다. 번역가에게 자신이 번역한 책은 자식과 같은 존재이고 그런 면에서 '열 손가락 깨물어 안 아픈 손가락은 없다'는 말을 적용할 수 있을지도 모르지만…… 거짓말이다. 난 아이가 하나밖에 없어서 잘 모르겠지만 능히 짐작할 수 있듯이 아이가 둘만 있어도 더 예쁘고 마음 가는 자식이 있다고 한다(대부분의 부모들이 실토했다).

배 아파서 낳은 자식도 그럴진대 번역한 작품이 다 마음에 든다고는 할 수 없다. 번역가로 어느 정도 경력이 쌓이다 보면 어떤 장르와는 안 맞을 수도 있고, 작가의 문체나 이야기 전개가 영 껄끄

러울 수도 있다. 또 책을 만드는 과정에서 출판사와 마찰이 생겨 관심이 덜 가는 작품들도 나오게 마련이다. 그런가 하면 그야말로 한 땀 한 땀 수를 놓는 심정으로 고심을 거듭해 단어 하나하나를 선택해 만든 작품도 있다. 그런 작품이 대중적으로 인기를 끌거나 눈 밝은 독자들의 열화와 같은 성원을 얻는다면 번역가로서 그보다 더 큰 보상은 없다(번역료 빼고).

반면 그런 보석 같은 작품이 별다른 주목을 받지 못하고 무수한 신간들 속에 파묻혀 사라지거나, 독자들에게 오해를 사거나 하면 두고두고 아픈 자식으로 남는다. 내게도 그런 작품이 몇 개 있다.

그중 가장 먼저 꼽게 되는 작품은 바로 『내 인생은 로맨틱 코미디』다. 2007년 4월에 출간됐으니 한국에 소개된 지 벌써 10년도 넘은 이 에세이는 로맨틱 코미디 영화의 교과서와도 같은 〈해리가 샐리를 만났을 때〉(1989)의 시나리오를 썼고 〈시애틀의 잠 못 이루는 밤〉(1993), 〈유브 갓 메일〉(1998) 등의 영화를 감독한 노라 에프런의 작품이다. 이 영화들이 낯선 젊은 독자들은 유튜브에 멕 라이언이 오르가즘 연기하는 장면을 검색해보시길 추천한다. 멕 라이언의 연기도 일품이지만 이처럼 귀엽고 섹시한 장면을 쓴 노라 에프런의 감각 또한 엿볼 수 있다.

이 에세이는 노라 에프런이 나이 들어서 좋지 않은 점을 써내려간 이야기다. 책을 펼치면 첫 장부터 폭소가 터진다. 마흔이 넘어서부터 맛이 가는 목주름을 어떻게든 가리기 위해 여자 친구들끼리

만날 때마다 스카프를 하거나 터틀넥을 입고 나오는 모습이 서글프다는 내용을 눈물 나도록 웃기게 쓰는데 그 필력은 지금 봐도 눈부시다. 나이 들어 늘어지는 목주름이 싫고, 핸드백과 상극이라는 이야기에서는 마치 내 이야기인 줄 알고 깜짝 놀라기도 했다. 30대 중반에 이 에세이를 번역할 때도 나이가 들어갈수록 미모 관리할게 점점 늘어난다는 말에 고개를 끄덕이며 공감했는데 10년이나 지난 지금은 더욱 처절하게 공감하게 돼 경악스럽다.

노년에 대한 이야기라고 해서 점잔을 빼며 인생의 지혜와 연륜에 대해 일장 연설을 늘어놓을 거라는 편견을 한 방에 날려버리는 이 귀엽고 유쾌 상쾌한 할머니 감독의 이야기는 안타깝게도 소수의 독자들에게만 사랑받았다. 에세이의 주요 독자층이 20, 30대 여성이라는 점을 생각하면 그다지 공감이 되지 않았을 수도 있고, 어쩌면 제목이나 표지가 내용과 어울리지 않았을지도 모르겠다. 아무튼 내 번역 인생 대표작으로 꼽을 수 있는 이 작품은 별 반향을 일으키지 못한 채 절판되고 말았다. 지금도 무척 아쉬운 일이다. 요즘처럼 젊은 노인들(이 무슨 역설이란 말인가?)이 대세인 시대에 잘 맞는 에세이일 텐데. 쩝.

두 번째 작품이야말로 이 글의 제목인 '저주받은 걸작'이란 말에 가장 잘 맞을지도 모르겠다. 바로 『콰이어트 걸』이다. 이 소설은 한국에서 『스밀라의 눈에 대한 감각』으로 공전의 히트를 친 스웨덴 작가 페터 회가 두 번째로 발표한 작품으로 처음 출판사에서

의뢰를 받았을 때 기대와 우려가 교차됐다. 전작의 번역에 대해 워낙 말이 많았던 터라 나 역시 난해하기로 소문난 페터 회의 작품을 잘 번역할 수 있을지 여러모로 걱정스러웠기 때문이다. 그래도 페터 회의 매력에 저항할 수 없었기 때문에 고민하다가 결국 받았는데 결과적으로 지금까지 번역한 책 중에 가장 욕을 많이 먹은 작품이 됐다.

그 당시 몇몇 독자들에게 혹독한 비난을 받으면서도 몹시 억울했던 점이 있다. 페터 회가 스웨덴어로 쓴 이 작품을 미국 번역가가 번역했고, 내가 그 영역본을 한국어로 옮겼다. 문제는 그 미국 번역가가 번역을 아주 엉망으로 해놔서 나 역시 어떻게 손을 쓸 수가 없는 상태였다는 점이다. 그 사정을 아마존에 들어가서야 알게 됐다. 처음에 『스밀라의 눈에 대한 감각』을 번역한 미국 번역가의 번역은 굉장히 유려하고 좋았는데 어찌된 일인지 원작자인 페터 회는 그 번역을 무척 싫어했다고 한다. 그래서 두 번째 소설은 번역가를 교체해달라고 요구해서 다른 번역가를 고용해 출판했는데 막상 영어권 독자들은 이게 도대체 무슨 소리인지 모르겠다고 불평해놓은 것이다. 그런 리뷰들을 아마존에서 읽고 안도의 한숨을 내쉬었던 기억이 난다.

『콰이어트 걸』의 작품의 배경은 덴마크 코펜하겐이다. 세계적으로 유명한 서커스 광대이자 바흐의 광팬인 카스퍼 크론이 작품의 주인공이다. 그는 사람이 내는 소리와 음조를 듣고 성격을 파악할 수 있는 특별한 능력을 가졌다. 이처럼 예술가이면서 초능력자였지만 도박에 빠져 탈세를 하게 되고, 자신과 똑같은 능력을 지닌 아이들을 보호해달라는 의뢰를 미스터리한 수녀들에게 받게 되면서 본격적인 사건이 시작된다. 가까운 미래에 홍수로 도시의 일부가 가라앉은 코펜하겐을 배경으로 펼쳐지는 이 이야기에는 바흐의 음악, 자동차 경주, 지진, 영화, 예술, 음향과 같은 다양한 분야의 전문적 지식들이 나오는데 번역을 마치고 사실 여부를 확인하던 중에 원문에 나온 지식들이 다 틀렸다는 것을 발견하고 식은땀을 흘렸다. 이것이 작가의 실수인지 미국 번역가의 실수인지 알 길은 없었다. 그렇다고 스웨덴어 원문을 대조할 능력도 없었다. 결국 내가 해결할 수 있는 범위에서 정정했지만 그것 때문에 오역을 했다는 비난을 받고 한참 동안 마음고생을 했다. 불완전한 텍스트로 작업했지만 페터 회가 그려낸 침묵과 마법의 세계는 지금도 환상적일 정도로 아름답다. 그래서 더욱 안타깝다.

　세 번째이자 마지막 작품은 아카데미상을 수상하고 전 세계적으로 흥행한 〈실버라이닝 플레이북〉(2012)의 작가 매튜 퀵이 10대 소녀을 주인공으로 쓴 『용서해줘, 레너드 피콕』이라는 소설이다. 처음 의뢰를 받았을 때 〈실버라이닝 플레이북〉의 작가가 쓴 작품이란 말을 듣자마자 수락했고, 책을 읽으며 〈실버라이닝 플레이북〉보다 100배는 더 좋다고 느꼈다. 『용서해줘, 레너드 피콕』은 부모 없이 혼자 살면서 친구라고는 옆집에 사는 노인 월트 밖에 없는 고등학생 레너드의 이야기다. 옛날 영화들, 담배, 스카치와 벗 삼아 살아가는 월트 덕분에 레너드 역시 흑백 영화의 아름다움에 매료돼 둘은 종종 험프리 보가트가 주연한 영화의 대사를 주고받으며 서로의 마음을 읽는다. 2000년대에 험프리 보가트의 대사로 우정을 쌓아가는 노인과 소년이라니, 이 얼마나 근사한 관계인가? 번역하면서 즐거워 꺅 소리를 질렀던 기억이 지금도 생생하다.

레너드는 세금을 내지 않기 위해 외국으로 도망간 아빠, 디자이너라는 커리어 때문에 뉴욕으로 가버린 엄마 때문에 혼자 고독하게 사는 것이 너무 괴로워 생일이 되면 가장 친했던 친구를 죽이고 자살하기로 결심한다. 이 소설은 그의 생일 하루 동안 일어나는 일을 다루는데 누구에게도 생일 축하 인사 한 번 받지 못하는 레너드의 고독과 상처가 너무 아파서 여러 번 눈물을 흘렸다. 이 소설에서는 동성애자이자 아이들의 마음을 누구보다 잘 헤아리는 멋진 교사 실버맨이 나와 감수성이 예민하고 선량한 레너드를 도우려 애쓴다. 마치 〈죽은 시인의 사회〉(1989)의 키팅 선생님을 떠올리게 하는 실버맨 선생님의 멋진 말들을 번역하면서 계속 밑줄을 칠 수밖에 없었다. 순수한 눈으로 세상의 모순과 위선적인 면들을 묘사하는 레너드의 말을 읽을 땐 마치 『호밀밭의 파수꾼』의 홀든을 보는 느낌이 들기도 했다.

피상적이고 얄팍하고 무미건조한 현대사회의 인간관계와 너무나도 형식적이고 무성의한 교육 시스템을 통렬하게 풍자하는 이 소설이 출간됐을 때 전국의 모든 교사와 학생 들이 읽었으면 좋겠다고 생각했다. 하지만 그건 어디까지나 내 바람이었고, 결국 그것으로 그쳤다.

그동안 번역한 작품들 중에 추천하고 싶은 책을 꼽으라면 언제나 세 손가락 안에 이 작품들이 들어간다. 떠올릴 때면 항상 마음 한쪽이 아픈 책들이다. 이 지면을 빌려 이들을 이야기하게 돼 기쁘다.

번역가의 친구들

번역가의 우정

~~~~~~~~~~~ 노 승 영 ~~~

2016년 7월 21일, 고려대학교 번역과레토릭연구소 주최로 세미나가 열렸다. 나는 '작가-번역가 커플을 찾아서', 배수아 번역가는 '번역의 체험과 실험', 류재화 번역가는 '파스칼 키냐르의 번역 체험, 리코프론'이라는 제목으로 강연을 했다. 거기서 한 번역가를 만났는데 명성은 익히 들었으나 직접 만난 것은 처음이었다. 강연과 뒤풀이가 끝나고 따로 커피를 마시는 자리에서 나눈 대화의 주제는 그가 최근에 번역한 책이었다. 그는 까다로운 표현을 우리말로 옮기고 수많은 용어를 일일이 대응시키느라 애먹은 사연을 구구절절 읊었다. 초면이니 가벼운 덕담이나 나눌 법도 한데 이렇게 솔직하게 속내를 드러내는 것이 의아했다. 그와 헤어지면서 비로소 깨달았다. 그의 주위에는 이런 이야기를 나눌 동료가 없었음을. 고통에 공감하고 노고를 알아줄 사람을 그동안 만나지 못했음을(이제는 막역한 사이가 된 그 번역가는 고려대학교 불문학과의 조재룡 교수다).

번역가들은 첫 만남에서도 서로 탐색하거나 분위기를 예열할 필요가 없다. 상대방이 지금 무엇을 하는지, 무엇 때문에 힘든지, 무엇을 갈망하는지 잘 알기 때문이다. 한마디로 동병상련의 정을 느끼는 것이다. 동료 간의 유대감이 끈끈한 직업군이 많지만 번역가는 그중에서도 유별나다. 평상시에 거의 접촉이 없고 늘 혼자 일한다는 것을 고려하면 더욱 놀랍다.

번역은 고독한 작업이다. 하루 종일 홀로 컴퓨터를 들여다보며 원고와 씨름해야 한다. 작가들은 문단이나 동료 작가들과 교류하는 경우가 많지만 번역계에는 '역단譯壇'이라는 것이 없다. 가장 큰 이유는 번역에 입문하는 데 문턱이 없다는 것이다. 번역은 자격 조건이 없으며 학교에서 영어를 배운 대한민국 국민은 누구나 잠재적 번역가다. 또한 오로지 번역 결과로만 자신을 입증해야 하기에 서로 밀어주고 끌어줄 이유도 없으며, 그럴 수도 없다. 그래서 번역가는 끼리끼리 인맥을 쌓아야 할 필요성이—적어도 실용적 관점에서는—별로 없다. 마당발 번역가여서 유리한 점은 동료들에게 일거리를 많이 소개해줄 수 있다는 것이 전부다.

번역가들은 서로에게 경쟁심을 느끼지 않는다. 물론 실력이 뛰어나고 높은 평가를 받는 번역가를 부러워할 수는 있겠지만 상대방을 누르고 올라설 이유가 전혀 없다. 번역은 일한 시간에 비례해 대가를 받는 직업이며 대가의 편차가 크지 않기 때문이다. 어느 정도 궤도에 오른 번역가들의 번역료 차이는 기껏해야 200자 원고지 한 매당 500~1000원에 불과하다. 게다가 1년에 작업할 수 있는 원고 분량에 한계가 있어서 아무리 욕심을 부려도 열 권 이상 번역하기는 힘들다(대개는 여섯 권 이내가 고작이다). 최고가 되어봐야 금전적 보상이 보잘것없었기에 굳이 남보다 잘나기 위해 안간힘을 쓸 필요가 없다. 과거의 자신보다 뛰어나기만 하면 된다.

번역가들은 '을의 연대'라 이름 붙일 만한 묘한 유대감을 느낀다. 이들은 생계를 온전히 책임지지 못한다는 자괴감, 저자로 인정받지 못한다는 열패감, 언제라도 오역 시비가 제기될 수 있다는 불안감, 마감에 대한 압박감 등을 공유한다. 그래서 잘난 체하는 사람이 없고 다들 겸손하며 공감 능력이 뛰어나다. 번역 경험은 '근거 없는 자신감'을 치료하는 명약이다.

선배 번역가들은 평생 외로웠을 테지만 요즘 번역가들은 SNS 덕분에 몸은 골방에 처박혔어도 온라인에서 활발히 교류할 수 있다. 번역가들은 말이 아니라 글로 수다를 떨기 때문에 직접 만나보면 '이렇게 과묵한 사람이었나?' 하고 놀랄 때가 많다. 물론 묵언 수행에서 갓 풀려난 사람처럼 입을 다물 줄 모르는 사람도 있다. 온라인에서 친해지면 이따금 오프라인에서 만나기도 한다. 1년에 한 번 곱창을 먹는 모임이 있는데—올해는 규모가 커져서 편집자와 평론 가까지 참석했다—이 정도만 해도 충분히 활력소가 된다.

근처에 사는 번역가들끼리 1년에 몇 차례 등산을 하는데, 굳이 높은 산을 오르지 않아도 마음이 편하다. 파주의 명산 심학산과 고양의 명산 고봉산을 번갈아가며 오르는데, 산책하는 기분으로 한 시간가량 걷고 나서 점심이나 저녁을 함께 먹는다. 그래도 번역가에게는 꽤 큰맘 먹고 치르는 행사다. 처음에는 '고양·파주 번역가 등산 모임'을 줄여 '고파번등'이라고 명명했으나 저술가와 출판사 대표, 시인이 합류하면서 이름을 뭐라고 바꿔야 하나 고민 중이다.

그런가 하면 온라인 교류에는 또 다른 장점이 있다. "이 문장이 영 안 풀리는데 어떻게 해결하면 좋을까?"라는 질문을 작가끼리 주고받는다는 것은 상상도 할 수 없는 일이겠지만 번역가끼리는 일상이다. 번역가들은 단어의 의미, 문장의 구조, 외래어 표기 등 온갖 질문을 던지고 성의껏 답해준다. 상대방의 오역을 지적하는 것은 실례가 아니라 선행이다. 공개적으로 꼬집어 면박을 준다면 이야기가 다르겠지만, 어지간해서는 개인적으로 알려주고 만다. 번역을 해본 사람은 터무니없는 실수를 저지르기가 얼마나 쉬운지, 문장 하나를 다듬는 데 얼마나 골머리를 썩여야 하는지 알기 때문이다. 위에서 언급했듯 상대방을 깎아내린다고 해서 나의 위상이 높아지는 것도 아니다. 원문이라는 가시밭길을 헤치고 나아가는 동료를 돕는 것에 만족할 뿐 어떤 대가도 바라지 않는다.

이웃집에 소설가가 산다. 그가 소설만 썼다면 나는 그와 가까워지지 못했을 것이다. 하지만 그가 소설'도' 썼기에—번역가로서의 정체성을 분명히 드러내기에—동료 번역가로서 교류를 이어갈 수 있었다. 이따금 동료 번역가에게 책을 선물할 때 '同志에게'라고 쓰는데, 이때야말로 '동지'라는 단어를 원래 의미에 가장 가깝게 쓰는 때다. 우리는 서로를 깊이 알고 아끼니까.

출처 《북클럽 오리진》, 2016년 11월 9일.
https://1boon.daum.net/bookclub/trans20161108

편집자와 나

박산호

    얼마 전 한 편집자와 책이 출간된 기념으로 만나 함께 식사를 하고 차를 마셨다. 상당히 난해한 책이었던지라 세상에 나오기까지 고생도 꽤 했지만 독자들의 반응이 호의적이어서 우리는 뿌듯하고도 기분 좋은 피로감에 젖어 그 책에 대한 이야기를 나눴다. 그러고는 별다른 화제가 생각나지 않아 편집자에게 이런 질문을 던져봤다. "어떨 때 일하는 게 가장 즐거워요?"

    나는 편집자가 애정하는 작가의 책을 작업하거나, 예상보다 작업하는 책이 마음에 들었거나, 세간의 화제가 될 작품을 작업할 때 즐겁다고 하지 않을까 하는 종류의 대답을 기대했다. 그만큼 편집자라는 직업을 잘 몰랐다. 오랜 경력을 자랑하는 베테랑 편집자라고 밝히면 누구나 놀랄, 경쾌한 단발머리에 말간 얼굴의 편집자는 이렇게 대답했다. "같이 일하는 사람들과 잘 맞을 때요." 여기서 말하는 같이 일하는 사람이란 작가, 번역가, 표지와 내지 디자이너 외에도 한 권의 책이 나오기까지 관여하는 무수한 사람을 가리킬 것이다. 그 대답을 듣는 순간 허를 찔린 느낌이었다.

흔히 편집자라고 하면 영화나 드라마에서(물론 자주 출현하진 않지만) 보이는 전형적인 이미지, 즉 대부분 한 손에는 담배를, 다른 손에는 빨간 펜을 들고 원고를 교정하며 격렬하게 기뻐하거나 혹은 화를 내고 가끔은 박장대소하는 모습을 떠올리기 십상이다. 나도 마찬가지였다. 편집자의 그 한마디에 머릿속을 덮은 안개가 한 꺼풀 걷히는 느낌이었다.

그날 편집자와 헤어지고 집으로 돌아가는 길에 그동안 일하면서 만난 무수한 편집자들을 떠올렸다. 나는 그들에게 같이 일하기에 좋은 번역가였을까? 작가, 번역가와 편집자의 이상적인 관계란 어떤 것일까? 좋은 편집자란 어떤 사람일까? 그렇게 꼬리에 꼬리를 무는 의문 속에서 번역가라는 암담한 내 경력에 불을 밝혀주고 미로 같은 출판계에서 나를 이끌어준 고마운 편집자들과, 불쾌하거나 황당한 추억을 남기고 스쳐간 극소수의 편집자들이 차례로 떠올랐다.

제일 먼저 떠오른 편집자 A는 새파란 초보 번역가 시절에 만난 사람이다. 운 좋게 내 첫 번역서가 자기 계발서 부문에서 베스트셀러에 올라 한동안 그 출판사와 밀월 관계였는데 A는 바로 그 출판사에서 일하는 편집자였다. 경제·경영서 담당이었던 A가 내게 책을 한 권 의뢰했을 때 의욕만 앞서고 능력은 턱없이 부족하면서도 나는 그 책을 덥석 맡았다. 결국 결과물은 만족스럽지 않았다. 나는 최종 원고를 보내면서 이 출판사나 편집자 A와의 인연은 여기까지겠다고 서글프게 예감했다. 그런데 A는 참 대단한 편집자였다. 원고를 읽은 A는 내 번역의 오류와 단점을 조목조목 짚은 긴 메일을 보냈다. 내가 크게 상처받지 않도록 최대한 배려하면서도 다시는 그런 실수나 게으름을 피우지 못하게 하는 명문이었다. A는 그 출판사를 떠난 후에도 다른 편집자들에게 나를 소개해줬다고 한다. 나는 그 사실을 몇 년이 지나서야 알고 감동했다. 뛰어난 실력과 인품을 겸비한 A는 다른 곳에서도 승승장구하다 독립해서 지금은 멋진 출판사를 운영하고 있다.

나를 스릴러 소설의 세계로 이끌어준 전설 같은 편집자들도 있다. 편의상 B와 C라고 부르겠다. 이들은 초보 번역가인 나의 무엇을 보고 그랬는지 모르겠지만 처음부터 큰 작품들을 의뢰했다. 오역이 나와서 독자들이 비난하는 메일을 보냈을 때도 감싸주면서 계속 일을 준 덕분에 번역 인생 최고의 출세작인 『세계 대전 Z』를 번역하는 행운을 누렸고, 기라성 같은 스릴러 소설가들의 작품을 무수히 번역할 수 있었다. B와 C는 지금도 장르 소설이라는 척박한 세계를 지키며 여러 작가들과 번역가들을 지원하고 있다. 이 두 편집자를 보며 출판뿐 아니라 인생에 대해서도 많이 배웠다.

일하다 보니 실력도 실력이지만 인간적인 매력에 끌려 친해진 편집자들도 있다. 종잇밥 먹는 인연으로 얽힌 우리는 기회가 생길 때마다 같이 밥을 먹거나 차를 마시며 책과 인생에 대한 이야기를 나눈다. 밤낮 없이 일하느라 동네 친구가 거의 없는 내가 그나마 바깥세상과 접하며 현실 감각을 유지할 수 있게 도와준 사람들은 주로 편집자들이었다. 무엇보다 책에 대한 애정이란 공통의 관심사 덕분에 우리는 매번 비슷하지만 다른 대화를 통해 같이 성장했다. 지금도 여전하다.

반면 황당하거나 불쾌했던 추억도 있다. 작업 중인 책에 대해 몇 가지 질문을 메일로 보냈다가 자신이 근무하는 출판사에 대해 편집자가 고민과 불평을 토로한 답장을 받은 적이 있다. 놀란 나는 장단을 맞춰야 할지 아니면 그러지 말라고 충고를 해야 할지 고민하면서 최대한 중립적이고 모호하게 답장을 쓰느라 진땀을 흘렸다.

또 처음에 계약을 위해 만났을 때는 깜짝 놀랄 정도로 친절하게 해줘서 감격했는데 원고를 넘기고 난 후에는 연락을 딱 끊고 출간된 책조차 보내주지 않았던 경우도 있다. 내 원고가 별로여서 나를 박대하나 하는 생각에 잠을 못 이루기도 했지만 성심성의껏 작업했던 원고라 그럴 리는 없었다. 출판사 사정을 모르는 분들을 위해 설명하자면 번역가는 자신이 작업한 책이 나오면 출판사로부터 다섯 권에서 열 권 정도 증정본을 받는다. 그런데 책이 출간됐다는 연락도 없고, 증정본도 안 온 것이다. 결국 책을 보내달라고 지금 생각해도 비굴할 정도로 간절하게 메일을 쓰자 선심 베푸듯 달랑 한 권을 보내 얼마나 황당했던지.

또 한번은 원서를 받아서 작업을 시작했는데 당초 예상보다 원고가 너무 난해해서 작업 기간을 연장해달라고 요청했던 적이 있다. 편집자는 마지못해 그러라고 하더니 연기된 마감 날까지 매일 독촉 메일을 보내 식은땀을 흘리며 작업을 하기도 했다.

이렇듯 편집자와 작가는 원고만 주고받으면 될 것 같지만 의외로 단순하지 않다. 『홍차를 주문하는 방법』이라는 재미있는 에세이를 보면 본업이 철학 교수인 작가는 매번 원고를 제때 넘기지 않아(문제의 원고는 마감을 2년이나 넘겼다고 한다. 맙소사!) 신경쇠약에 걸리기 직전인 담당 편집자에게 어차피 안 올 원고 포기하고 요양이나 다녀오라는 내용의 편지로 에세이의 한 꼭지를 할애하기도 한다. 원고를 하염없이 미루는 작가의 마음과, 원고를 받지 못해 애가 타는 편집자의 마음이 둘 다 이해돼서 웃음도 나고 안타깝기도 했다.

〈중쇄를 찍자!〉라는 일본 드라마에서는 마감을 제때 지키지 않는 만화가들 때문에 집으로 쳐들어가 원고가 나올 때까지 기다리는 편집자들의 애환이 나오기도 했다. 영화 〈지니어스〉(2016)는 작가와 편집자의 관계를 아주 아름답고 슬프게 그렸다. 미국의 유명한 출판사 스크리브너의 명편집자 맥스 퍼킨스는(어니스트 헤밍웨이, 스콧 피츠제럴드의 소설을 편집했다) 수많은 출판사에서 퇴짜를 맞고 찾아온 무명 작가 토마스 울프의 천재성을 알아보고 그의 장황한 원고를 다듬어 『천사여, 고향을 보라』라는 걸작을 탄생시킨다. 울프는 자신이 피땀을 쏟아부은 소설을 난도질하는 퍼킨스에게 분노하지만 그만큼 그의 능력을 믿기에 그를 따른다. 한편 울프의 글을 사랑하는 퍼킨스는 자신이 하는 일이 그의 작품을 망치는 것은 아닌지 끝없이 회의한다. 두 사람을 보며 작가와 편집자의 애증 어린 관계를 다시 한번 생각해볼 수 있었다.

번역가로 60권이 넘는 책을 작업하고, 영어 책도 두 권 쓰면서 만난 편집자들을 생각해봤다. 날 데뷔시키고, 키워주고, 밀어줬던 편집자들. 나만큼, 아니, 나보다 책에 더 큰 열정과 애정을 가지고 계약 과정부터 책이 나올 때까지 전력을 다한 편집자들. 초고가 나오고 교정지가 오가는 과정에서 가끔은 한쪽이 섭섭해하거나, 불쾌해하거나, 오해가 생길 때도 있지만 그래도 책에 대한 애정 하나로 서로 양보해가며 좋은 책이 나오기 위해 협력하는 관계가 바로 작가, 옮긴이와 편집자의 관계 아닐까?

나 역시 즐겁게 일할 때가 언제인지 생각해보니 우선 작품이 좋고, 나와 작가의 문체가 잘 맞으며, 그다음은 역시 나를 잘 이해하고 마음이 맞는 편집자와 작업할 때였다. 토마스 울프는 자신을 미국 문단의 기린아로 만들어준 퍼킨스를 저버리고 떠나지만 중병에 걸려 짧은 인생을 마무리하는 최후의 순간 퍼킨스에게 편지를 쓴다. 울프가 죽은 뒤 배달된 편지를 받은 퍼킨스가 흐느껴 우는 장면에서 나 역시 울컥했다. 영화의 제목은 '지니어스', 즉 천재인데 울프와 퍼킨스 둘 중 누가 천재인지 명확하게 밝히지 않는다.

나는 무수한 독자들의 영혼을 사로잡은 울프만큼이나 그의 재능을 일찌감치 알아보고 기나긴 원고를 다듬은 퍼킨스 역시 천재였다고 생각한다. 그런 의미에서 오래전에 나를 데뷔시켜주고 키워준 과거의 편집자들과, 날 존중해주고 이해해주는 현재 편집자들에게 감사하는 마음을 보낸다. '타인은 지옥'이라는 사르트르의 말처럼 마음 맞는 편집자와 일하는 곳이 바로 천국이니까.

○
출처 〈북클럽 오리진〉, 2017년 6월 8일.
http://1boon.kakao.com/bookclub/trans20170608

번역가와 편집자

노승영 ～～～

편집자는 첫 독자라고들 한다. 하지만 이 독자는 내가 오역이나 오타를 저지른 것이 없나 눈에 불을 켜고 찾아볼 뿐 아니라 걸핏하면 내 문장을 자기 멋대로 뜯어고치는 사람이다. 심지어 옳게 번역한 문장을 틀리게 고치기도 한다. 지금까지도 이해가 안 되는 편집 방침 중 하나로, 두 문장을 하나로 합친답시고 '...ㄴ데'로 연결하는 것이 있다. 이를테면 "레일 위에 동전을 올려놓기도 했다. 기차가 지나가면 동전은 납작하게 짜부라졌다"라는 문장을 "레일 위에 동전을 올려놓기도 했는데, 기차가 지나가면 동전은 납작하게 짜부라졌다"로 바꾸는 식이다. 그럴 바에는 차라리 '...ㄴ데'를 '두 문장을 이유 없이 연결하는 연결어미'로 정의하시든가! 편집자에게 수모를 당할 때마다 '내가 지금은 이렇게 모욕을 감수하지만 언젠가 OOO 번역가처럼 실력을 인정받고 이름이 널리 알려지면 내 원고에 절대 손 못 대게 할 거야'라며 이를 갈았다.

번역을 갓 시작했을 때는 옮긴이 교정이라는 절차가 있는 줄도 몰랐다. 번역 원고를 보내면 나머지는 출판사가 다 알아서 하는 줄 알았다. 그러다 2008년에 처음으로 출판사에서 교정지라는 것을 보내왔다. 제롬 케이건의 『정서란 무엇인가』를 번역할 때였다. 본문 디자이너가 진짜 책처럼 근사하게 조판하여 A3 용지에 인쇄한 교정지는 …… 빨·간·펜·으·로·도·배·가·되·어·있·었·다. 나의 터무니없는 오역과 오타에 얼굴이 화끈거렸고, "이 문장이 이해되지 않아요"라는 편집자의 문구에는 분노가 치밀었다. 그런데 편집자가 '이해되지 않는다'며 표시해둔 문장은 대부분 나 자신이 원문을 제대로 이해하지 못한 채 번역한 문장이었다. 알몸을 들킨 것처럼 부끄러웠다. 몸을 가리려고 옷을 걸쳤는데 실은 투명 비닐로 만든 비옷이었다고나 할까?

일부이기는 하지만, 분명히 제대로 이해하고 번역했는데 지적받은 문장도 있었다. 그럴 때면 기고만장하여 원문을 들이대며 조목조목 따졌다. 그 뒤로도 교정지를 받을 때마다 호승심에 불타 편집자들과 설전을 펼쳤다(심지어 전화를 걸어 언성을 높인 적도 있다). 편집자가 문장을 오독하여 고친 부분을 원래 번역문으로 되돌려놓을 때는 가학적 쾌감까지 느꼈다. 급기야 '저 편집자는 문장을 많이 고치지 않으면 무능력자로 낙인찍힐까 봐 일부러 쓸데없는 것까지 고치는 거 아냐?' 하고 생각하기도 했다. 근거 없는 자신감으로 가득 찬 시절이었다.

그러다 편집의 고수들을 만나기 시작했다. 똑같은 내용을 전달하면서도 내 문장보다 더 유려한 문장을 써내는 사람들이 있었다. 어떤 편집자는 원문을 대조하지도 않고서 '이건 이렇게 번역하는 것이 옳지 않을까요?' 하며 의견을 제시했는데 확인해보면 그의 의견이 정확한 경우도 많았다. 미처 몰랐던 표현을 배우기도 했다. 이를테면 '가령'과 '예를 들면'만 쓰다가 '이를테면'을 쓰게 된 것도 모 편집자 덕분이다. 편집자에게서 배울 점이 있다고 생각하면서부터 '내가 어떻게 썼느냐'가 아니라 '상대방이 어떻게 읽었느냐'에 신경이 쓰이기 시작했다. '편집자가 이해하지 못한 것이 아니라 내가 이해시키지 못한 것 아닐까?', '이 글을 누구보다 꼼꼼히 읽었을 편집자가 이해하지 못했다면 어떤 독자도 이해하지 못할 텐데 원문을 들이대며 내가 옳다고 주장하는 것이 과연 의미가 있을까?' 하는 생각이 들기 시작했다. 그러면서 차츰 편집자를 경쟁자에서 동업자로 여기기 시작했다.

그런가 하면 원고에 거의 손을 대지 않는 편집자도 있다. 최종 원고를 넘긴 지 한 달 만에 책이 출간되기도 한다. 내 번역을 높이 평가해주는 것은 고맙지만 경우에 따라서는 '이래도 되나' 싶을 때도 있다. 나도 인간인지라 얼마든지 실수를 저지를 수 있기 때문이다.

아니나 다를까 출간 이후에 오타와 오역이 꽤 많이 발견되어 체면을 구긴 적도 있다(재쇄 찍을 때 전부 고치긴 했지만). 하지만 나를 믿어주는 편집자와 작업을 할 때면 그 믿음에 보답하고 싶어서 더 꼼꼼한 자세로 번역하게 된다.

"내 원고에는 절대 손 못 대!"라고 말할 수 있는 번역가가 되고 싶다는 생각은 오래전에 버렸다. 그런 자부심이 멋있어 보이긴 하지만, 원고를 못 고치게 하는 저자나 번역가 때문에 편집자들도 속앓이를 하겠구나 하는 생각이 들었기 때문이다. 물론 번역가와 편집자의 의견이 끝끝내 대립하면 누가 최종 판단을 내리느냐를 놓고 힘겨루기가 벌어진다. 번역가는 책 표지에 이름이 실리는 대가로 문장에 대한 모든 책임을 지기 때문에—이게 정당한가는 논란의 여지가 있지만—그에 걸맞은 결정권을 가지는 것이 맞다고 보지만, 최종 원고를 넘기는 순간 원고에 대한 권리는 번역가에게서 편집자로 넘어가는 것이 아닌가 싶기도 하다. 칼로 두부 자르듯 명쾌하게 정리할 수 있는 문제는 아니다. 분란이 생길 때마다 양측에서 지혜와 너그러움을 발휘하여 해결하기를 바랄 뿐.

편집자는 번역가를 꼬박꼬박 '선생님'이라고 부르며 떠받들고 번역 계약서를 보아도 번역가가 '갑'이고 출판사가 '을'이지만, 옮긴이 교정을 하다 보면 편집자가 갑이고 내가 을인 듯한 기분이 들 때가 있다. 실제로 기술 번역 업계에서는 번역을 의뢰하는 회사가 '클라이언트'(갑)이고 번역가는 '납품 업체'(을)다. 중간에 번역 (중개) 회사를 끼고 일한다면 번역 회사는 하청업체, 번역가는 재하청업체라고 볼 수도 있겠다. 납품 업체는 기한을 엄수하고 품질 기준을 충족하고 클라이언트의 요구를 웬만하면 들어줘야 한다. 출판 번역계에서는 이 사실을 노골적으로 드러내지 않지만, 편집자가 교정지에 쓰는 문구 중에는 갑의 태도를 은연중에 드러내는 것도 있다. 그런 문구를 접한 번역가는 으레 발끈할 것이다. 그런데 번역가와 편집자의 관계는 작가와 편집자와의 관계와도 다르고, 클라이언트와 납품 업체와의 관계와도 다르다. 공동의 목표를 위해 협력하는 관계. 그래서 '동업자'라는 표현이 적절하다고 생각한다.

번역가가 편집자의 교정에 대해 가장 흔히 느끼는 불만은 번역가의 의도를 이해하지 못한 채 문장을 멋대로 고친다는 것이다. 작가의 의도를 존중하는 편집자라면 번역가의 의도도 존중해야 마땅하니 말이다. 하지만 여기에는 두 가지 측면이 있다. 편집자가 번역가를 이해하지 못한 것일 수도 있지만 번역가가 편집자를 이해시키지 못한 것일 수도 있다. 분명한 사실은 편집자가 이해하지 못하면 독자도 이해하지 못할 가능성이 크다는 것이다. 반대로 편집자의 의도가 번역가를 고민에 빠뜨리기도 한다. 편집자가 어떤 의도로 고쳤는지 모른 채 무턱대고 반박했다가 창피를 당할 수도 있기 때문이다.

모든 사람에게는 의도가 있고 모든 글에는 오해의 소지가 있다. 번역가가 틀렸을 수도 있고 편집자가 틀렸을 수도 있다. 틀린 것을 발견해 바로잡으면 그뿐이고, 그 경험으로 성장할 수 있다면 좋은 일이다.

원고에 손대지 않는 편집자와 배울 점이 있는 편집자 중에서 하나를 고르라면, 예전에는 전자를 골랐겠지만 지금은 후자와 더욱 함께 일하고 싶다. '…ㄴ데'로 문장을 합쳐도 괜찮다. 이제는 나도 종종 그러니까.

○
출처 『한겨레21』, 2014년 9월 15일.
http://h21.hani.co.kr/arti/culture/culture_general/37872.html

나의 사랑하는 사전

〜〜〜〜〜 노 승 영 〜〜

　번역가는 사전을 섬기는 족속이다. 사전이 하는 말이라면 콩으로 메주를 쑨다고 해도 믿는다. 약간 과장을 섞어 말하자면, 번역가가 하는 일은 원서의 단어를 자국어 사전에 나오는 단어로 바꿔 적절히 배열하는 것이 전부다. 기초 문법을 익히고 사전을 장만하기만 하면 누구나 번역가가 될 수 있다. 번역가의 문턱이 지긋지긋하게 낮고, 번역을 지망하는 사람이 지긋지긋하게 많고, 번역료가 지긋지긋하게 오르지 않는 것은 이 때문이다. 물론 '적절히 배열'하는 것은 쉬운 일이 아니다. 번역가가 된다는 것과 좋은 번역가가 된다는 것은 다른 문제다.

　사전이 좋으면 번역도 좋아진다. 번역가에게 좋은 사전은 뭐니 뭐니 해도 뜻풀이(대역어)가 많은 사전이다. 사전 찾는 일의 8할은 수많은 대역어 중에서 가장 알맞은 단어를 고르는 것이기 때문이다. 사전에서 마음에 드는 대역어를 찾지 못하면 번역가의 고뇌는 기하급수적으로 늘어난다. 이때 적당히 타협하여 아무 대역어나 쓰는 것을 '영혼 없는 직역'이라 하고, 아무 말이나 떠오르는 대로 갖다 붙이는 것을 '아몰랑 의역'이라 한다.

번역가의 임무는 원문을 단순히 이해하는 것이 아니라 그것을 번역문으로 표현하는 것이다. 따라서 번역가가 사전을 찾는 것은 대부분 단어의 의미를 몰라서라기보다 그 단어를 어떤 단어로 대체해야 좋을지 알기 위해서다. 관건은 가장 정확한 의미를 찾는 것, 그리고 가장 자연스러운 의미를 찾는 것이다(5부 '단어 공부'의 '공기' 개념 참고). 번역을 하다 보면 아는 단어도 사전을 찾아야 할 때가 많다. 내가 미처 생각하지 못한 적확한 대역어가 있을지도 모르기 때문이다. 그래서 (번역가를 위한) 사전에는 대역어가 많아야 한다.

번역을 처음 시작했을 때는 아래아한글 워드프로세서에 내장된 한컴사전을 즐겨 쓰다가, 인터넷 시대가 활짝 열린 뒤로는 야후 사전의 빨간 펜 기능을 애용했다. 영어 단어 위에 빨간 펜 커서를 올리면 뜻풀이를 보여주는 미니 사전이었는데 야후가 몰락하면서 서비스가 중단되어 아쉽게도 더는 쓸 수 없게 되었다. 지금은 네이버 영한사전을 쓴다. 네이버에서 독자적으로 구축한 것이 아니라 기존 종이 사전을 출판사별로 합쳐놓은 것으로, 내가 가장 좋아하는 것은 동아출판이라는 이름의 동아 프라임 영한사전이다. 이유는 아까 말했듯이 대역어가 가장 많기 때문이다. 번역가용 사전은 질보다 양이니까.

스마트폰에서는 다음 영한사전을 쓴다. 단어마다 대표적인 뜻풀이를 강조하여 보여주기 때문에 대개의 경우 시간과 노고가 훨씬 절약된다. 번역이 아니라 독해를 위해서라면 다음 사전이 더 나을 수도 있다. 하지만 내가 진짜 바라는 영한사전은 번역가를 위한 특수한 사전이다. 표준국어대사전에 실린 표제어를 전부 실어서 번역가로 하여금 더욱 풍부한 어휘를 구사하게 해주는 사전, 지금까지 출간된 모든 번역서를 조사해 번역가들이 찾아낸 대역어(번역가의 영업 비밀!)를 실은 사전, 'of course'의 대역어로 '물론'뿐 아니라 '물론이다'도 수록한 사전(즉, 품사와 문장성분에 구애받지 않는 사전). 누군가 얼개를 짜면 번역가들이 참여해 이런 사전을 온라인으로 구축할 수 있을 듯한데 아직은 막연한 구상에 머물러 있다. 그래도 언젠가 번역가를 위한 사전을 꼭 만들고 싶다.

번역 경력이 늘면서 뜻밖에 국어사전을 찾는 횟수가 상대적으로 많아진다. 영한사전에 실린 단어의 의미가 내 짐작과 일치하는지 국어사전에서 확인하고 싶기 때문이다. 영한사전에는 있지만 국어사전에는 없는 단어도 많다. 대개는 일한사전의 뜻풀이를 영한사전에 그대로 옮겨왔기 때문일 것이다.[44] 나는 국어사전 중에서 표준국어대사전을 쓰는데, 이것은 국가 기관인 국립국어원의 권위를 등에 업기 위해서다. 그런데 꼭 쓰고 싶은 대역어에 '비표준어'라는 표시가 달렸으면 갈등하게 된다. 표준국어대사전에 실린 생경한 한자어를 써야 할까? 북한어나 비표준어이긴 하지만 아름다운 우리말을 써야 할까?

영어 '플루크fluke'에는 '고래의 꼬리지느러미처럼 끝이 갈라진 꼬리'라는 뜻이 있는데, 영한사전의 대역어는 '(끝이 갈라진) 고래 꼬리'가 고작이다. 그런데 표준국어대사전에는 '짝지꼬리'라는 표제어가 있고 뜻은 '끝이 두 가닥으로 갈라진 꼬리'로 '플루크'와 딱 맞아떨어진다. 문제는 북한어라는 것이다. 북한어를 써도 되는지 국립국어원에 물어보니 "표준어를 쓰는 것을 권장한"다는 답변이 돌아왔다. 대응하는 표준어가 없는 경우에는 어떻게 하느냐고 물으니 풀어서 쓰는 수밖에 없단다. 이럴 거면 북한어를 왜 실어놓은 거냐고. 어쨌거나 소심한 나는 '꼬리발'이라는 신조어를 만들었다.『미친 국어사전』에서 보듯 표준국어대사전은 개선할 여지가 많다. 표세어와 뜻풀이를 뜯어고쳐야 할 것이 한두 개가 아니다. 하지만 언어 소통을 위해서는 기준이 필요하기 때문에 사전을 무시해서는 안 된다. 존중하되 비판하라.

번역을 하다가 인터넷 접속이 끊기는 것은 재앙이다. 이따금 국립국어원 홈페이지가 먹통이 될 때가 있는데 그때도 무척 초조하다. 표준국어대사전을 확인하지 않으면 찜찜해서 번역 진도가 나가지 않는다. 그래서 거금을 주고 표준국어대사전 스마트폰 앱을 설치했다. 그러다 보니 이제는 스마트폰으로 온라인에 글을 올릴 때도 일일이 표준국어대사전에서 맞춤법을 확인해야 안심이 된다. 형식에 집착할 시간에 내용을 좀 더 고민해야 하는데, 번역 경력이 쌓일수록 점점 소심해지는 듯하다.

즐겨 참고하는 유일한 종이 사전은 독일에서 나온 『두덴 발음사전』이다. 외국 인명이나 지명 표기가 국립국어원 외래어 표기법 용례에도 없고, 브리태니커 백과사전에도 없고, 신문이나 잡지에도 없으면 『두덴 발음사전』을 펼친다. 다섯 번에 한 번은 발음을 찾을 수 있다. 여기에도 없으면 다른 발음 사이트를 뒤져야 하는데 이때부터 검색 효율이 급격히 떨어지기 시작한다. 가장 번역답지 않은 일에 가장 많은 시간을 소비하게 되는 것이다. 이럴 바에야 외래어는 그냥 원어로 표기하고 편집자에게 알아서 고치라고 해버릴까?

사전 취급을 받지 못할 때가 많지만 〈위키백과〉는 번역가의 귀한 친구다. 물론 누구나 편집하고 수정할 수 있다는 한계 때문에 전적으로 신뢰할 수는 없다. 그래서 〈위키백과〉는 정보 검색의 출발점으로 활용하고 그 밖의 자료를 통해 사실을 확인해야 한다. 하지만 번역을 〈위키백과〉 이전과 〈위키백과〉 이후로 나누는 것이 일리가 있을 만큼 〈위키백과〉의 영향력은 막강하다. 요즘은 검색하다 보면 〈나무위키〉라는 사이트로 곧잘 연결되는데 이곳은 믿을 만한지 아리송하다. 공짜로 편리하게 쓸 수 있는 정보가 많아지는 것은 좋은 일이지만 더불어 정보의 수준이 낮아지고 있지 않은지 우려된다.

번역가에게 정보는 (대역어 수와 달리) 양보다 질이 중요하기 때문이다.

사전은 뇌의 연장이다. 모든 정보를 머릿속에 담아두는 것은 비효율적이므로 우리는 사전을 기억의 대용으로 쓴다. 문제는 머리 바깥의 뇌가 제때 업데이트되지 않는다는 것이다. 그나마 종이 사전은 꾸준히 개정판이 나왔지만 온라인 사전은 오히려 정체되는 듯하다. 전문가가 해야 할 일을 네티즌에게 떠넘기는 것 같기도 하다. 공짜이니 이것만도 감지덕지하며 써야 하는 것일까? 이용자 참여만으로는 한계가 있다. 『검색, 사전을 삼키다』의 저자 정철 씨처럼 사전에 헌신하는 사람들이 많아지길, 또한 그들이 제대로 된 대접을 받길 바란다.

○
출처 〈북클럽 오리진〉, 2017년 3월 16일.
https://1boon.daum.net/bookclub/trans20170316

번역가의 장비

노승영

"좋은 목수가 연장 탓을 하지 않는 것은 애초에 좋은 연장을 쓰기 때문이다."(작자 미상)

번역은 원서와 영한사전만 갖추면 할 수 있는 일이지만—요즘은 노트북 한 대만으로도 할 수 있다—각종 도구를 활용하면 효율을 부쩍 끌어올릴 수 있다.

우선 디스플레이부터 살펴보자. 내가 쓰는 18인치 모니터는 원서의 PDF 파일과 번역 툴, 브라우저를 동시에 띄우면 화면 공간이 부족하다. 동료 번역가 중에는 27인치 모니터를 쓰는 사람도 있다. 이 정도면 A4 문서도 원래 크기대로 볼 수 있다. 대형 모니터를 세로로 돌려 아래아한글 문서를 전체 화면으로 띄워놓은 사진을 봤는데 얼마나 부럽던지. 가끔 12인치 노트북으로 작업할 때면 창을 전환하느라 정신이 없다. 적어도 노트북 받침대를 쓰거나 외부 모니터를 연결하지 않으면 거북목증후군에 걸릴지도 모른다.

두 번째는 키보드. 경험상 키보드에 가장 관심이 많은 직종은 프로그래머인데—키보드 동호회 사이트에 가보면 프로그래머가 가장 많고 활동도 활발하다—번역가도 만만치 않은 듯하다. 일하는 시간 내내 키보드에 손을 올려놓아야 하기 때문에 오타가 적고 손이 덜 피로한 키보드를 찾는다. 컴퓨터를 사면 따라오는 번들 키보드는 멤브레인 아니면 펜타그래프 방식이지만, 키감을 따지는 이들 중에는 (구닥다리 주제에 값도 비싼) 기계식 키보드를 고집하는 사람이 많다. 기계식 키보드는 일반적으로 체리 사에서 제작한 스위치가 들어가는데 종류에 따라 짤깍짤깍 소리가 나거나(청축) 딸깍 하고 걸리는 느낌이 난다(갈축). 이 덕에 키가 눌리는지 여부를 확실히 알 수 있다. 아무 느낌이 없는 스위치(적축)는 (키를 끝까지 누르지 않는) '구름 타법'을 구사하는 사람들이 주로 쓴다. 궁극의 키감을 추구하는 사람들은 정전용량 무접점 방식의 키보드를 쓴다. 가격이 비싸지만 중독되면 벗어나지 못한다고 한다. 나도 해피해킹이라는 정전용량 무접점 키보드가 하도 맘에 들어서 색깔별로 장만한 적이 있다. 하지만 최종적으로 정착한 키보드는 키네시스 어드밴티지라는 인체 공학 키보드다. 가운데가 벌어진 채 자판이 좌우로 나뉘고 손가락 길이에 맞게 가운데 부분의 자판이 움푹 들어간 대형 키보드인데 처음 보는 사람들은 우주선 조종간 아니냐고 묻기도 한다. 마음에 꼭 드는 키보드이지만 단점이 하나 있으니, 일단 적응하면 딴 키보드를 쓰지 못한다는 것이다.

세 번째는 마우스. 번역가치고 오른손 손목이 성한 사람은 많지 않을 것이다. 마우스를 쓰느라 손목이 비틀어져서 반복사용긴장성손상증후군, 일명 손목터널증후군에 걸린 탓이다. 그래서 어떤 번역가는 손가락으로 볼을 굴리는 트랙볼을 쓰기도 하고, 세워 잡는 버티컬 마우스를 쓰기도 한다. 손목 보호대를 차고 일하는 번역가도 있다. 나는 마이크로소프트에서 만든 무선 버티컬 마우스를 쓴다. 하도 오래 써서 휠이 먹통이 됐길래 새 제품으로 교체받아서 계속 쓰는 중이다. 고장 나면 똑같은 제품을 살 예정이다.

네 번째는 책상과 의자. 책상은 높이가 관건이다. 책상이 낮으면 등과 목이 굽고 손목이 뒤로 꺾여 삭신이 쑤신다. 반대로 책상이 높으면 팔과 목이 긴장된다. 나는 거금을 주고 높낮이가 조절되는 책상을 장만했다. 요즘이야 스탠딩데스크가 흔하지만 예전에는 서서 일한다고 하면 다들 신기하게 여겼다. 서서 일하면 허리가 자연스러운 곡선을 이루기 때문에 척추에 무리가 덜 가서 좋다. 그래도 오래 서 있으면 무릎이 아파 한 시간씩 앉았다 섰다 하면서 자세를 바꿔준다. 의자는 등받이가 없는 것이 좋다는 말을 들어서 무릎을 약간 꿇고 앉는 제품을 샀는데, 한때 지하철에서 광고하던 제품보다는 값싼 모방품으로 소설가 황정은 씨도 같은 의자를 애용한다는 말을 듣고 반가웠다.

다섯 번째는 번역 툴. 번역 회사에서 일감을 받아 기술 번역을 하는 사람은 CAT, 즉 컴퓨터 보조번역 Computer-Aided Translation 도구에 익숙할 것이다. 나는 SDLX라는 프로그램을 쓴다. 원서와 번역 원고를 문장 단위로 비교하면서 작업하는 것이 가능하고 과거에 번역한 문장도 참고할 수 있어 유용하다.[45] 구글에서 제공하는 '구글 번역사 도구함'은 웹에서 사용하기 편리하다. 이런 도구를 쓰면 원문과 번역문 데이터베이스를 구축할 수 있다. 번역가들이 서로의 데이터베이스를 참고하며 작업한다면 번역 수준을 높이고 오역을 줄일 수 있을 것이다. 번역가의 필수품인 옥스퍼드 영어 사전 OED 은 연간 이용료가 215파운드(약 36만 원)인데 대학 도서관에서 구독한다면 동문회원으로 가입해 쓸 수 있'었'다. 얼마 전에 대학 도서관 홈페이지에 들어갔더니 동문회원에게 더 이상 이 서비스를 제공하지 않는다는 청천벽력 같은 소식이 올라와 있었기 때문이다. 단어의 의미를 성확히 파악하고 적절한 번역어를 찾으려면 어원과 시대별 용례를 알아야 하기에 지금은 꿩 대신 닭으로 온라인 어원 사전[46]을 참고하고 있다.

그밖에 꼭 필요하지는 않지만 있으면 좋은 장비 몇 가지를 추천한다. 필기 가능한 전자책 단말기는 원고를 퇴고할 때 요긴하다. 요즘은 아이패드에서도 아이펜슬이라는 기기로 필기할 수 있지만 퇴고하는 며칠 내내 눈부신 화면을 들여다보면 눈이 아리고 눈물이 난다. 번역 초기에는 스캐너와 문서 재단기를 애용했다. 작두처럼 생긴 문서 재단기로 종이책을 '썰어서' 스캐너로 읽어 PDF 파일로 만들면 컴퓨터 화면에 원서를 띄워놓고 작업할 수 있어서 편하다. 아직도 많은 번역가가 종이책을 컴퓨터 옆에 펼쳐놓고 작업하지만 자칫 방심하면 문장 몇 개나 문단을 송두리째 빼먹을 수도 있다. 모르는 단어가 나왔을 때 일일이 자판으로 입력하는 것도 번거로운 일이다. 요즘은 아마존 전자책을 문서 파일로 변환하는데 이 편법이 언제까지 통할지 모르겠다. 아마존에서 개인 용도의 DRM 해제를 지금처럼 계속 눈감아주기만 바랄 뿐.

이게 전부다. 번역가의 장비는 소박하다. 컴퓨터는 워드프로세서와 브라우저만 잘 돌아가면 충분하다. 원서와 노트북만 달랑 들고 동네 카페에 가서 작업하는 번역가도 많다. 번역가가 업그레이드해야 할 것은 머릿속이다. 장비의 효율성은 뇌의 효율성을 따라가지 못한다.

출처 『한겨레21』, 2015년 1월 16일.
http://h21.hani.co.kr/arti/culture/culture_general/38809.html

영국에 이어 내 몸매까지 점령한 홍차

박산호

소설을 번역하다 보면 여러 가지 상상에 빠진다. 가끔은 소설의 배경인 곳에서 작업을 하면 번역도 더 잘될 텐데 하고 푸념도 한다. 실제로 그렇게 하는 번역가도 있다. 국내에서도 대단한 사랑을 받은 베르나르 베르베르의 소설 『개미』를 우리말로 옮긴 이세욱 번역가가 그렇다. 그는 작품을 번역할 때마다 배경이 된 나라로 가서 몸소 분위기를 파악한다는 기사를 봤다. 아, 부럽다. 나 같은 생계형 번역가들에게는 '그림의 떡'이다.

하지만 간혹 그런 떡이 입안으로 떨어지는 경우도 있다. 몇 년 전, 영국에서 대학원을 다닐 때였다. 그곳에서 영국 스릴러 소설 『콜드 그래닛』의 번역을 의뢰받았다. 유학 생활에 어느 정도 적응한 무렵이었다. 덕분에 그 책을 번역하면서 작품 속 분위기와 상황에 절절히 공감했다. 특히 두 가지가 그랬는데 바로 시도 때도 없이 추적추적 내리는 비와, 차를 입에 달고 일하는 경찰이었다.

『콜드 그래닛』에 등장하는 경찰들은 자신들이 홍차의 나라 소속임을 웅변한다. 유가족에게 피해자의 사망 소식을 전할 때도, 사건 용의자를 조사할 때도 늘 차를 홀짝인다. 차와 곁들여 먹는 케이크나 비스킷도 꽤 자주 나온다.

만일 내가 영국에서 생활하지 않았으면 빈번하게 등장하는 그것들을 의아하게 여겼거나 무심히 지나쳤을 것이다. 그런 영국의 차 문화에 눈뜨기까지는 나름 상당한 대가(?)를 치러야 했다. 사정은 이렇다.

나는 영어 소설 번역가로서 예전부터 영국에서 공부를 하고 싶었다. 유학이 성사되어 갔을 때 그곳 문화를 실컷 누려볼 작정이었다. 그 첫걸음이 홍차였다. 로마에서는 로마법을 따르라는 말처럼 영국에서는 커피가 아닌 홍차를 마시자고 결심했다. 게다가 영국의 가을은 청명한 한국의 날씨와는 달리 오후 서너 시만 되면 컴컴해지면서 소리 없이 음산하게 비가 내렸다. 그럴 때는 커피보다 뜨겁게 끓인 차가 더 잘 어울렸다. 처음부터 그랬던 것은 아니다. 입에 익숙하지 않은 홍차는 쓰기만 했다. 그래서 영국인들처럼 차에 비스킷을 곁들이는 습관이 들었다. 영국 사람들은 차를 마실 때 숏브레드라는 버터 맛이 듬뿍 나는 비스킷이나 갓 구운 스콘을 달콤한

크림과 곁들여 먹는 경우가 많다.

나도 어느새 그런 모습을 닮아갔다. 아침마다 아이를 등교시킨 후에는 학교 앞 단골 독일 빵집에서 알프스 소녀 하이디처럼 뺨이 불그스레하고 튼튼한 체격의 아가씨가 파는 달콤한 과일 파이나 케이크를 한 조각씩 사서 차와 함께 먹으며 논문을 읽거나 번역을 했다. 지인들 집에서도 큼지막한 티 포트에 담은 차와 더불어 직접 구운 케이크나 비스킷을 내는 경우가 많았다.

그렇게 홍차와 더불어 스콘과 비스킷과 케이크 사랑에 빠져 반년이 지났다. 가을과 겨울이 지나고 봄이 와서 사슴들이 뛰노는 리치먼드 공원에 산책을 하러 갔는데 무릎이 아파 걸을 수가 없었다. 원인이 뭘까 생각해보다 체중계에 올라갔다. 경악했다. 만삭 직전의 몸무게였다! 물론 임신은 아니었다.

어설픈 홍차(보다는 비스킷)와의 연애는 그것으로 끝이 나고 다시 커피와의 열애가 시작됐다. 혹독한 다이어트였다. 홍차가 그리웠다. 이미 나는 홍차의 마력에 사로잡힌 지 오래였다.

그 후로도 소설과 영화에서 영국인의 홍차 사랑이 보이는 장면을 접하면 옛 추억이 생각나 웃음이 난다. 가령 맨부커 상을 두 번이나 수상한 힐러리 맨틀이 쓴 단편 「마거릿 대처의 암살」이라는 소설이 있다. 여기에도 대처 총리를 죽이려고 가정집에 숨어든 암살범에게 인질로 잡힌 주부가 홍차를 끓이는 장면이 나온다. 암살범은 그녀와 이야기하다 "한 잔 더"를 주문하면서 이번에는 "설탕도" 부탁한다.

좀비 영화 〈28일 후〉에도 홍차가 등장한다. 군인들이 살아남은 민간인들을 데리고 기지로 돌아가면서 "차 끓일 물을 올려놓으라고 연락했다"며 안심시킨다.

영국인의 홍차가 국민 음료가 된 계기는 1662년 영국 왕 찰스 2세와 포르투갈 공주 브라간사의 캐서린 사이의 결혼이 시작이었다. 캐서린 공주는 지참금으로 인도 뭄바이 땅과 함께 일곱 척의 배에 가득 실은 설탕과 차 한 덩어리를 가져왔다. 자신이 쓰기 위해서였다. 공주는 차를 마실 때 쓰는 다기, 다완 같은 것들도 가져와 영국 왕실에 소개했다. 차 문화는 귀족 사이에 퍼졌고 이어 시민들도 귀족을 따라 하면서 영국 전체로 빠르게 확산됐다.

영국은 차 문화를 제 것으로 만들면서 '애프터눈 티 Afternoon tea'라는 전통을 추가했다. 당시 영국 귀족들은 아침을 푸짐하게 먹고 점심은 빵, 말린 고기, 과일 따위로 간단하게 때웠다. 저녁은 여덟 시쯤에야 만찬을 먹었는데 중간에 허기를 달래려고 오후 세 시에서 다섯 시쯤 샌드위치나 구운 과자를 곁들여 차를 마시기 시작한 문화가 지금까지 이어진다.

차 tea 는 19세기 영국 서민들까지 사로잡았다. 홍차는 노동자들이 하루 일을 마치고 술집에서 일당을 써버리던 악습에서 구제해 준 좋은 음료로 생각됐다. 하루 15~16시간 노동해야 했던 이들은 어른 아이 할 것 없이 일하는 중간중간 설탕을 넣은 따끈한 홍차로 칼로리를 보충했다. 그렇다 보니 영어에는 'tea'라는 단어가 다양한 표현으로 녹아들어 있다. 취향이나 기호에 맞는 물건이나 사람을 가리킬 때 'cup of tea'라고 한다. 예를 들어 "Rooney Mara is not my cup of tea"라고 하면 "루니 마라는 내 취향의 배우가 아니야"라는 뜻이다. 'beef tea'는 '쇠고기 수프'인데 환자들에게 주는 보양식이고, 'tea towel'은 부엌에서 쓰는 마른 행주를 가리킨다. 찻잎을 담아두는 통은 'tea caddy'고 하는데 예전에는 차가 금은만큼이나 귀해서 찻잎을 담아두는 통도 거북 껍질 같은 값비싼 소재로 제작된 것들이 많았다.

이제는 영국 유학 시절도 다 추억이 되었다. 지금은 학교 앞 독일 빵집의 과일 케이크를 사먹을 수도 없고, 인터넷을 뒤져 산 저렴한 쿠폰으로 호텔에서 귀족처럼 애프터눈 티를 마실 일도 없다.

물론 시도 때도 없이 추적추적 내리던 그곳의 비는 조금도 그립지 않다. 하지만 사방을 휘감던 어둠 속에서 쏟아지던 비를 보며 한없이 우울해지던 마음을 달래준 차 맛은 결코 잊을 수 없다. 지금도 영국 소설이나 영화 속 인물이 차를 마시며 담소하는 장면을 읽을 때면 그때 그 느낌이 되살아난다. 은은한 영국 티의 흔적이 이토록 오래 내 곁에 머물 줄이야. 그때는 몰랐다.

○
출처 〈북클럽 오리진〉, 2016년 9월 6일.
http://1boon.kakao.com/bookclub/57ccf85b6a8e510001f0293e

슬럼프를 통과하는 몇 가지 방법

뒤늦게 다시 공부를 하겠다고 영국 대학원에 들어가 삽질하던 시절, 오래전에 인연을 맺고 친자매처럼 지내는 언니의 집에서 1년을 살았다. 영국에 정착한 지 10년이 훨씬 넘은 언니는 전부터 소문난 요리 솜씨를 발휘해 마켓에서 한국과 일본의 퓨전 요리를 판매하는 식당을 한다. 그래서 같이 사는 동안 언니가 일하는 모습을 자주 봤다. 언니는 아침에 일어나 커피를 마시며 간단하게 아침을 먹고, 요일에 따라 대형 슈퍼마켓에 가서 장을 보거나 집까지 배달된 새우, 연어 혹은 돈까스용 고기나 카레 소스를 준비하는 일을 했다. 새우를 손질하는 날은 네다섯 시간씩 서서 몇 박스에 달하는 새우의 껍질을 까 커다란 판 위에 한 마리씩 늘어놨다. 돈까스를 하는 날은 우선 달걀 물을 대량으로 만든 다음, 돼지고기를 돈까스용 고기 틀로 눌렀다가 칼로 썰어서 빵가루를 입혔다. 그럴 때 나는 일하는 언니 옆에서 차를 마시며 간밤에 인터넷에서 본 한국 드라마 이야기나 아이들 이야기를 하며 웃곤 했다.

그렇게 수다를 떨다가 2층 내 방으로 올라와 번역을 하려고 앉으면 한숨이 나올 때가 있었다. 언니가 하는 일은 몸을 써서 하는 육체노동이다. 식재료를 손질하고, 장을 보고, 식당에 출근해 우동을 만들고, 설거지를 하고, 돈까스와 연어를 튀기고, 카레를 끓인다. 몸이 천근만근 무거울 때도 있을 테고, 유난히 까다롭거나 무례한 손님과 부딪혀 기분 상하기도 할 것이며, 날씨가 좋지 않은 날에는 일하러 나가고 싶지 않을 때도 있을 것이다. 그래도 일단 움직이기 시작하면 하게 되고, 그러다 보면 일하기 싫었던 마음도 차차 사라진다고 했다.

그런 일과 달리 번역이란 책과 컴퓨터를 마주한 채 영어 텍스트와 한판 씨름을 해서 한글로 옮기는 것이다. 하고 싶지 않아도, 별 관심이 없어도 일단 몸을 쓰다 보면 무의식적으로 하게 되는 육체노동과 달리 번역은 텍스트를 이해하는 힘과, 그것을 글로 옮길 표현력과, 이 일을 하겠다는 결연한 마음가짐이 필요하다. 그런데 가끔은 아무리 읽고 읽어도 원문이 지독하게 어려워서 내용이 눈에 들어오지 않거나, 어떻게 표현해야 할지 오리무중에 빠지거나, 책이 너무 두꺼워 시작부터 압도되거나, 그날따라 머리가 지독하게 아프거나, 아니면 그날따라 날씨가 너무 좋아 책상 앞에 있는 것이 고통스러울 때가 있다. 그냥 아무 이유 없이 일하기 싫은 날도 있다. 그럴 때는 컴퓨터를 열어놔도 인터넷을 하릴없이 배회하는 지옥이 시작된다. 그렇다. 슬럼프가 온 것이다!

이렇게 슬럼프가 와버리면 약이 없다. 어떻게든 마감을 맞춰야 하고, 내가 마감하기만을 기다리는 호랑이 같은 편집자가 눈을 부라리는 빡빡한 일정이 아닐 경우에는 무턱대고 원고를 붙잡고 있는 것이 오히려 독이 될 때도 있다. 일은 일대로 못 하고 안 하면서 하염없이 책상 앞에 앉아 불편하기 그지없는 마음으로 인터넷을 돌아다니다 하루가 저물면 몸은 뻐근하고 스트레스는 더 쌓여간다. 그래서 여러 해의 경험을 바탕으로 슬럼프 대처법을 몇 가지 만들었다.

첫 번째 방법은 무작정 밖으로 탈출하는 것이다. 일도 안 되는데 방에 틀어박혀 원고만 잡고 있으면 폐소공포증 비슷한 갑갑함이 느껴진다. 그럴 때는 하던 일 다 내려놓고 나가야 한다. 나는 일이 안 된다 싶으면 일단 인터넷으로 근처 극장들을 다 검색해보고 괜찮은 영화를 골라 보러 간다. 운 좋게 걸어서 10~15분 정도 거리에 극장이 두 개나 있는 동네에 사는 덕분이다. 그렇게 평일 오전에 사람도 별로 없는 극장을 전세 낸 듯 만끽하며 영화를 본다. 영화가 끝나면 근처 식당가에서 기분에 따라 가장 맛있어 보이는 음식을 먹는다. 재미있는 영화로 정신적인 허기를 달래고 맛난 음식으로 배를 채우면 다음 코스는 서점이다. 충동구매로 책을 사들여 집이 무너질 지경인 것은 몰라라 하고 요새 나온 신간이나 궁금했던 책을 한참 돌아본다. 구경하다 보면 두 시간 정도는 금방 사라진다. 이렇게 놀다 오는 길에 장까지 봐서 귀가하면 종일 번역만 했을 때보다 더 피곤하다. 이런 식으로 컴퓨터 방은 들어가지도 않고 며칠을 내리 놀면 일을 안 했다는 죄책감과 함께 마감에 대한 공포가 슬럼프를 이기는 순간이 온다.

두 번째 방법은 사람들을 만나는 것이다. 번역을 집중적으로 할 때는 장보기 같은 바깥 외출도 최대한 줄이고 특히 사람 만나는 약속은 잡지 않는다. 일을 하다 머리가 아플 때 잠깐 쉬는 것은 괜찮지만 밖에 나가서 한두 시간씩 보내면 작업 리듬이 깨져서 그날 작업 일정을 망치는 경우가 많다. 과학 전문 번역가로 명성이 높은 김명남 번역가의 하루 일과를 『지식의 표정』이란 책에서 읽고 수도승 같다고 감탄한 적이 있다. 그는 아침 여섯 시에 일어나려고 노력하고, 하루에 여덟 시간 작업을 고수하고, 하루에 한 시간쯤 산책하는 것 외에 남는 시간은 모두 이튿날 작업할 원고를 읽거나 재미 혹은 공부를 위해 책을 본다고 한다.

사실 번역가로서 효율적으로 살아가려면 이처럼 텍스트와 책을 중심으로 살아야 한다. 그러니 좀처럼 사람들과 약속을 잡기도 쉽지 않고, 기껏 모임을 만들어도 마감을 앞둔 급박한 일정 때문에 취소하는 일도 빈번하다(덕분에 우정이나 연애가 깨진 번역가들도 많다).

나는 책을 한 권을 끝내고 마음의 여유가 생기면 약속을 잡는 편인데 슬럼프가 오면 약속을 몰아서 잡기도 한다. 집이 있는 일산에서 서울로 나가기가 쉽지 않아 한 번에 모임을 두 개 정도는 할 수 있게 일정을 잡고 평소에 만나지 못했던 사람들과 실컷 수다를 떨고 술도 한잔한다. 그렇게 서재에만 틀어박혀 곰팡내가 날 것 같은 영혼을 환기해주면 다시 일할 의욕도 살아난다.

마지막 방법은 가장 극단적인 방법이면서 동시에 효과가 큰 방법으로 빚을 지는 것이다. 빚이라니 황당하겠지만 대부 업체에서 돈을 빌리라는 소리는 아니다. 평소 사고 싶었던 물건을 과감히 지르거나 하고 싶었던 일을 해버리는 것이다. 그런 식으로 '묻지 마 쇼핑'에서 일대일 필라테스 강습 10회, 눈이 튀어나올 만큼 비싼 겨울 코트, 해외여행 항공권을 지르기도 했다. 그렇게 평소와는 다른 단위로 돈을 쓰면 더럭 겁이 난다. 다음 달 카드 값은 또 어쩌려고 이런 사고를 쳤지?!

사실 이 방법은 몇 년 전에 읽은 어느 일본 만화가의 에세이에서 빌려왔다. 작가가 동료 만화가에게 슬럼프를 어떻게 극복하느냐고 묻자 빚이 있으면 된다는 명쾌한 대답이 돌아왔다. 당시 작가는 한국 돈으로 10억의 빚을 지고 있었다. 이 정도로 따라 할 생각은 없지만 일단 평소에 생각도 하지 못한 단위의 지출을 하고 나면 공포와 함께 그동안 슬쩍 풀렸던 나사가 조이는 느낌이 들면서 어느새 슬럼프가 사라지는 것을 느낀다. 물론 그 카드 값을 메우려고 일하다 보면 다시 슬럼프가 찾아오겠지만. 그래도 이렇게 슬럼프와 슬럼프 사이, 마감과 마감 사이를 파도 타듯 하나씩 해결해가면서 살아가는 것이 일상 아니겠는가?

　단, 무슨 수를 써도 번역이 하기 싫다면 단순한 슬럼프가 아니라 직업을 잘못 선택한 것일 수도 있으니 마음을 진지하게 들여다보자.

번역가를 꿈꾸는 당신에게

원석을 보석으로 탈바꿈하는 번역 기획

노승영

번역을 하다 보면 '이 책을 우리나라에 반드시 소개하고야 말겠어!' 하는 생각이 들 때가 있다. 자기만의 전문 분야나 좋아하는 작가가 있다면 당연히 욕심나는 책이 많겠지만 나같이 닥치는 대로 번역하는 전방위 번역가에게도 특별히 마음 가는 책이 있다. 그럴 때 어떻게 저작권을 확인하고 출판사에 소개해야 할까? 어떻게 해야 출판사에서 내가 소개한 책을 출간하기로 결정하고 나에게 번역을 맡길까? 2006년에 출판 번역을 시작해 12년 차에 접어드는 지금까지 수십 권의 책을 출판사에 소개했는데, 그중 다섯 권이 출간되었으며 한 권이 저작권 계약을 눈앞에 두고 있다. 이제껏 번역해서 출간된 책이 예순한 권이니까 8퍼센트가량 되는 셈이다. 번역 경력이 쌓이면 번역가가 출판사에 책을 제안하는 것이 아니라 출판사에서 이미 저작권 계약을 끝낸 책의 번역을 의뢰하는 경우가 많아진다. 그러니 굳이 기획에 신경 쓰지 않아도 먹고사는 데 지장이 없을 수 있지만, 출판사 입장에서는 경력이 오래된 번역가의 추천과 조언이 더더욱 간절할 수밖에 없다. 무엇보다 내가 고르고 번역해 독자에게 소개한 책은 자식처럼 남달리 애정이 간다. 만일 번역에 갓 뛰어든 초보 번역가라면 출판사에 자신의 실력을 알릴 기회가 절실할 것이다. 기획은 출판사와 안면을 트는 좋은 방법이다. 직업 군인 출신의 동료 번역가 박수민 씨는 군사 분야 서적을 기획해서 출판사에 투고했다. 기획서가 채택되지는 않았지만 출판사에서 다른 책의 번역을 맡겨 번역에 입문했다. 그 뒤에도 이 분야의 책을 꾸준히 번역하다가 최근에 출판사를 차려 독자들에게 좋은 반응을 얻고 있다.

그렇다면 책은 어떻게 발굴해야 할까? 가장 좋은 방법은 '꼬리에 꼬리 물기'다. 번역하는 책이든 그냥 읽는 책이든 그 책에 인용된 책들을 유심히 살펴본다. 저자는 해당 분야의 전문가이므로 그가 강조하거나 중요하게 다루는 책은 그 분야에서 인정받는 책일 가능성이 크다. 여건이 된다면 그런 책들도 읽으면서 자기 나름대로 책목록을 만들어본다. 이렇게 하면 그전까지는 잘 모르는 분야였더라도 어느새 남부럽지 않은 전문가가 될 것이다. 또한 마음에 드는 책이 있으면 그 저자가 쓴 다른 책을 읽고 정기적으로 아마존에서 그 저자의 이름을 검색한다. 동료 번역가 한 명은 좋아하는 저자들의 목록을 만들어놓고 신간이 나올 때마다 출판사에 소개하는데 곧잘 출간으로 이어진다. 아니면 출판사 위주로 책을 찾을 수도 있다. 큰 출판사의 책은 이미 독점 에이전시를 통해 국내 출판사에 소개되었을 가능성이 크므로 독특한 색깔을 가진 작은 출판사들을 눈여겨보라. 이런 곳을 찾았다면 홈페이지에 들어가서 출간 목록과 출간 예정 목록을 훑어본다(국내 에이전시와 친분이 있다면 외국 에이전시에서 보내오는 카탈로그를 참고할 수도 있다).

　출판사 중에는 번역가에게 주제를 제시하며 책을 찾아달라고 적극적으로 요청하는 곳도 있다. 내가 몸담은 번역가 모임인 펍헙번역그룹도 이런 요청을 자주 받는다. 출판사가 주제별로 책을 찾고 싶다거나 시리즈를 계획했다면 초기 단계부터 번역가들과 협업하는 것이 효과적이다.

　꼬리에 꼬리를 무는 기획의 예를 하나만 들어보겠다. 피터 싱어의 『동물과 인간이 공존해야 하는 합당한 이유들』을 번역하는데 책에 실린 헨리 스파라의 「운동가를 위한 열 가지 지침」이 눈에 들어왔다. 아마존에서 검색해보니 피터 싱어가 쓴 헨리 스파라 평전(『Ethics into Action』)이 영어판으로 출간되어 있었다. 일단 책을 주문해 배송받은 뒤 트위터에 책 소개를 올렸다. 하지만 이미 국내 출판사에서 저작권을 산 뒤였다. 그런데 그 출판사에서 이 책에 관심을 가진 번역가가 있다는 사실을 알고서 내게 번역을 의뢰했다. 일정이 맞지 않아서 번역을 맡지는 못했지만 이렇게 생각지도 못한 곳에서 기회가 찾아오기도 한다. 이 책은 『모든 동물은 평등하다』라는 제목으로 출간되었다.

이따금 생각지도 못한 경로로 보석 같은 책을 찾기도 한다. 일전에 트위터 지인 한 분이 리처드 하인버그의 신작이 나왔다며 쪽지를 보냈다. 하인버그는 『파티는 끝났다』, 『미래에서 온 편지』 등으로 이미 국내에 알려진 저자인데 이번에 경제성장이 종말을 맞았다는 내용의 책을 출간한 것이다. 『미래에서 온 편지』를 출간한 부키 출판사에 연락했더니 책에 관심이 있다며 자세한 검토서를 보내달라고 했다. 마침 출판사에서 기존 저자들의 신작을 찾던 차에 내가 연락을 한 것이다. 출판사에서 애정을 가진 저자였고 주제도 시의적절하여 계약이 성사되었다. 이렇게 해서 나온 책이 『제로 성장 시대가 온다』이다.

마음에 드는 책을 찾았다면 그다음 순서는 저작권을 확인하는 것이다. 이 책이 우리나라에 시사하는 바가 있는지, 논쟁을 일으킬 수 있는지, 잘 팔릴지 등의 여부는 저작권이 이미 팔렸다면 나와 상관없는 이야기다. 기획 경험이 없는 사람이 가장 저지르기 쉬운 실수는 저작권을 알아보지 않고 검토서까지 썼다가 나중에 헛물을 켜는 것이다. 저작권을 확인하는 가장 간편한 방법은 국내 에이전시에 문의하는 것이지만 에이전시는 대체로 번역가를 상대하지 않으므로 답을 얻기 힘들다. 이런 경우에는 해당 책의 출판사 홈페이지에서 저작권 담당자의 연락처를 찾아 메일을 보낸다. 경험상 외국 출판사는 문의에 적극적으로 답해준다. 한국에 저작권이 팔렸는지, 독점 에이전시가 있다면 어느 곳인지 알아둔다. 나머지 절차는 출판사와 에이전시 사이에 이루어지는 문제이므로 번역가가 관여할 필요는 없다.

이와 관련하여 국내 에이전시에서 번역가를 대상으로 저작권 확인 서비스를 제공해주면 좋겠다는 생각이 든다. 이 서비스만으로 수익을 내기는 힘들겠지만 번역가가 엄선한 책이 실제 계약으로 이어지면 에이전시에도 도움이 된다. 검토용 책을 받아서 전해주는 것까지는 바라지 않지만, 적어도 저작권 계약 여부와 어느 곳에서 독점했는지 정도만이라도 쉽게 알 수 있었으면 한다.

책이 아무리 맘에 들더라도 한국에서 출간할 만한 가치가 있는가(또는 수지가 맞는가)는 별개 문제다. 물론 우리가 당면한 현실과 맞아떨어지지 않더라도 가치 있는 책이 존재하지만(이를테면 고전) 대개는 이 책이 현재 담론에 기여하는가, 새로운 담론을 이끌어내는가, 사람들의 가려운 곳을 긁어주는가를 고민해야 한다. 예전에 『The Social Behavior of Older Animals』이라는 책을 출판사에 소개한 적이 있는데 당시에는 반응이 전혀 없었다. 그러다 「한겨레」의 〈늙는다는 건, 자연의 오류 아닌 다양한 삶의 전략〉이라는 기사에서 "야생의 노화는 최근 학계의 관심사 중 하나가 됐다"[47]라는 문구를 접하고는 이 문구와 더불어 검토서를 출판사에 보냈더니 여러 곳에서 관심을 보였다. 한 출판사는 나름의 콘셉트를 잡고 이 책이 그에 맞는지 문의하기도 했다. 평소 원서를 많이 읽고 자기만의 목록을 만들어두면 그때마다 적절한 책을 찾아낼 수 있을 것이다.

출판사에서 번역가에게 검토서를 의뢰하는 경우에는 대개는 책만 달랑 보내는 것이 보통이다. 어떤 이유에서 그 책을 골랐는지, 어떤 점을 중점적으로 읽기를 바라는지 소통하는 경우는 거의 없다. 기껏해야 에이전시의 소개 자료를 첨부하는 정도다. 요구 사항을 미리 알려주면 그 부분만 읽을까 봐 그러는 것일까? 경험상 출판사에서 무언가 요청하는 것이 있으면 더 정신을 차려서 책을 읽게 된다. 검토서를 요식 행위로 생각하는 것이 아니라면 의뢰할 때부터 적극적으로 번역가와 의견을 교환하고 소통하는 것이 좋겠다.

책 자체가 한국의 현실과 맞아떨어지는가와 별개로 책 속에서 그런 주제를 뽑아낼 수 있는가도 생각해야 한다. 이를테면 『Thinker, faker, spinner, spy』라는 책은 정치권과 기업의 언론 조작 실태를 파헤친 책으로, 당시 대선을 거치며 입에 오르기 시작한 '스핀닥터'라는 용어가 본문에서 눈에 띄었다. 신문과 잡지에서 '스핀닥터'라는 말이 종종 보였지만 국내에서는 이 문제를 중점적으로 다룬 책이 아직 출간되지 않은 터였다. 그래서 '스핀: 언론 조작과 민주주의의 위기'라는 제목을 달고 책을 소개했다. 다행히 책에 관심을 보이는 출판사가 있어서 번역과 출간으로 이어졌다. 이 책은 『스핀닥터: 민주주의를 전복하는 기업 권력의 언론 플레이』라는 제목으로 출간됐다. 애초의 기획 콘셉트가 제목 선정에까지 반영되어 좋은 결과를 낳은 사례다.

　시사적이지는 않지만 주제 자체가 흥미로워서 선택한 책도 있다. 『5000 Years of Popular Culture』라는 책은 우리가 흔히 아는 대중문화의 정의를 확장해, 인쇄술이 발명되기 전에도 대중문화가 엄연히 존재했다고 주장하는 책이다. '대중문화' 하면 대중매체와 떼려야 뗄 수 없는 관계일 텐데 어떻게 근대 이전에 대중문화가 있었다고 주장하는지 궁금했다. 그래서 책을 읽기 시작했고 저자의 주장에 타당성이 있다고 판단해 출판사에 책을 소개했다. 이 책은 『대중문화 5000년의 역사』라는 제목으로 출간되었다.

　어떤 책은 출판사가 바뀌는 우여곡절을 겪기도 한다. 짝퉁, 표절, 모방 등을 두루 일컫는 복제 행위를 문화적·철학적으로 조명한 『In Praise of Copying』은 펍헙에이전시 이문성 전 실장이 추천한 책인데 동서고금을 종횡무진하는 책이라 읽기에 결코 만만하지 않았지만 그만큼 흥미진진했기에 검토서를 써서 출판사에 소개했다. 모 출판사에서 책에 관심을 보여 저작권 계약까지 성사되었는데 해가 바뀌도록 소식이 없다가 시장성이 낮아 출간을 포기하겠다고 연락이 왔다. 번역하기가 무척 까다로울 것이 틀림없었기에 내심 잘됐다는 생각도 있었는데, 다른 출판사에서 책을 출간하기로 했다. 이렇게 해서 출간된 책이 『복제 예찬』이다.

　나는 펍헙에이전시와 교류하고 있어서─지금은 대표를 맡고 있다—주로「펍헙 뉴스레터」라는 소식지를 통해 책을 소개한다. 하지만 거래하는 출판사가 점차 늘면서 출판사의 성격에 맞는 책을 소개하려고 한다. 평소에 출판사 기획 담당자나 편집자와 소통하면서 출판사에서 어떤 책을 찾는지 알아두면 기획 성공률이 부쩍 높아진다. 물론 에이전시에서 정기적으로 수많은 책을 소개하지만 번역가는 좀 더 객관적인 시각으로 꼼꼼하게 책을 분석한다는 장점이 있다. 이와 관련하여 꼭 대학에서 전공하지 않았더라도 자신의 전문 분야를 구축하는 것이 유리하다. 한 권의 책을 소개하는 것에 그치지 않고 이 책의 공시적·통시적 맥락과 가치, 해당 분야 전문가와 대중의 평가를 함께 소개하면 훨씬 높은 신뢰감을 준다. 편집자가 책과 저자에 대해 물었을 때 답할 수 있게끔 지식을 쌓아두기 바란다.

번역에 입문하는 동기는 다양하겠지만, 자기가 좋아하는 책을 자기 손으로 소개하고 싶다는 바람도 한몫할 것이다. 이런 번역가에게 기획이란 꿈을 실현하는 행복한 경험이다. 내가 처음으로 기획해 출간된 책은『뉴요커』의 만평가 재커리 캐닌의『숏북』으로, 키 작은 사람들의 애환을 다루면서도 용기를 심어주는 책이다(저자도 160센티미터의 단신이다). 책을 읽으면서 저자의 재치와 유머에 감탄해 꼭 번역하고 싶었다. 미국식 유머로 한국 독자를 웃기는 것이 결코 쉽지 않았지만 직접 고른 책이니만큼 열심히 번역했다. 지금도 애착이 가는 책이다.

마지막으로, 출판사가 번역가와의 관계를 돈독하게 유지하는 것도 중요하다. 번역가에게는 좋은 책을 발견했을 때 가장 먼저 생각나는 출판사가 있게 마련이다. 단지 친분만이 아니라 개성을 유지하면서 평소에 번역가의 의견에 귀를 기울여주는 출판사에 먼저 책을 소개하고 싶은 것이 인지상정이다. 이런 점에서 출판사와 번역가는 번역 작업이 시작되기 전부터 협력 관계를 유지하는 것이 바람직하다. 물론 번역가에게도 자신이 고른 책을 소개할 만한 출판사가 있다면 행복할 것이다. 지금 눈에 들어온 이 책은 어느 출판사에 소개해볼까?

출처 『한국의 출판기획자』(기획회의 편집위원회 엮음, 한국출판마케팅연구소, 2014)

검토서부터 써보라

언제부터인지 모르겠지만 글쓰기 교실, 책 쓰기 교실이 여기저기 생겨나면서 인기를 끄는 현상 이면에는 은퇴한 회사원들이 제2의 커리어로 작가를 꿈꾸며 수강하는 것이 이유 중 하나라는 말을 들었다. 출판계에 몸담고 살면서 한국의 열악한 독서율과 참혹한 도서 구매율에 절망하는 나로서는 놀라운 이야기였다. 한번은 친구와 그 주제에 대해 이야기를 나눴다.

"왜 그럴까? 못다 이룬 문학청년 혹은 문학소녀의 꿈을 이루기 위해 뒤늦게 파이팅하는 걸까?" 내 질문에 친구는 지극히 현실적인 대답을 했다. "생각해봐. 은퇴하거나 회사 잘리고 나서 다른 일을 하려면 일단 돈이 들어. 치킨집, 카페, 분식집 모두 초기 비용이

어마어마하게 든다고. 그런데 글을 쓰는 건 컴퓨터 한 대만 있으면 되잖아. 그것도 아쉬우면 그냥 원고지에 쓰면 되고. 작가처럼 돈 안 드는 직업이 어디 있니?"

나는 고개를 끄덕이며 수긍할 수밖에 없었다. 다만 작가가 되기 위해 돈이 안 드는 것만큼 작가로 살아남는 것도 미션 임파서블이 란 것은 계산에 안 넣은 것일까 하는 의문은 여전히 남았지만.

작가를 예로 들었지만 번역가라는 직업에도 비슷한 현상이 있었 다. 몇 년 전에 번역가가 되는 법을 주제로 한 책이 나왔다. 그때 광 고에 번역을 하면 월수입이 300만~400만 원은 된다는 내용이 있 었다. 그 책이 상당히 잘 팔렸던 이유에는 이 300만~400만 원이라 는 문구가 한몫했을 것이다. 물론 그때 책을 샀던 독자들이 다 번 역가가 되지는 않았을 것이다. 번역가가 그 후로 대폭 늘어났다는 말은 들어본 적이 없으니까.

번역가가 되고 싶다면 작가처럼 컴퓨터 한 대만 있으면 된다. 물 론 번역하려고 하는 외국어와 국어 실력은 기본이다. 그다음으로 중요한 점은 책에 대한 애정이다. 뻔하지만 정말 중요한 말이다. 하 루 종일 책을 붙들고 한 문장, 한 문장 씨름하며 옮기는 일을 하는 데 책을 좋아하지 않는다면 도저히 버틸 수 없지 않겠는가? 그런 면에서 나는 운이 좋다. 책이 놓아준 징검다리를 건너다 번역가가 된 셈이니까.

난생처음 책을 만난 것은 일곱 살 때였다. 계몽사 외판원으로 일하시던 아버지가 집에 100권짜리 계몽사 전집을 들여놓으셨다. 처음 잡은 책이 『집 없는 아이』였다. 그때까지 밖에 나가서 친구들과 놀거나 TV를 보면서 무료하게 시간을 보내던 나는 '활자로 이루어진 세계가 이렇게 재미있구나!' 하는 충격을 받았다. 그 만남을 시작으로 책이라는 종교의 신도가 됐다.

계몽사 문고 덕분에 책의 세계로 들어갔지만 그때만 해도 책이 귀한 시절이었다. 그래서 친구 집에 놀러 가면 내가 읽을 만한 책이 있는지부터 살펴봤다. 빌려오고 싶어 마음을 졸이다가 결국 소심한 성격 때문에 물어보지 못하고 돌아온 적도 많다. 엄마는 그런 내 마음을 알고 형편이 닿는 한 책을 사주는 데 돈을 아끼지 않으셨다.

지금도 기억에 남는 장면이 있다. 고향인 순천에서 살다가 느닷없이 경기도 성남에 가서 1년 정도 단칸방에서 살던 시절이다. 엄마는 그때 시장에서 장사를 하셨지만 장사란 것이 늘 그렇듯 신통치 않았다. 어느 날 가게에 엄마와 함께 있는데 신문 광고가 눈에 들어왔다. 청소년 소설 전집 50권짜리 광고였다. 우리 집 형편을 아는 나는 목록을 읽고 또 읽으며 신문지만 쓰다듬었는데 그 모습을 엄마가 보셨는지 며칠 후 그 전집이 집으로 배달됐다. 책을 받은 기쁨보다 엄마가 그 돈을 마련하기 위해 얼마나 애를 쓰셨을지 생각하니 마음이 아팠다.

그렇게 책에 대한 애정이 깊어졌다. 중학교에 들어가면서부터 학교 공부를 하느라 바빠 어렸을 때처럼 맘껏 책을 읽을 수는 없었지만 그래도 완전히 놓지는 못했다. 고등학교에 들어가 사춘기가 시작됐을 때는 남달라 보이고 싶은 마음에 의식적으로 어렵고 두꺼운 책을 들고 다녔다. 헤밍웨이의 『무기여 잘 있거라』, 펄벅의 『대지』, 헤르만 헤세의 소설들을 그때 읽었고 니체와 릴케를 비롯한 유럽의 지성인들을 매료시킨 팜므 파탈 루 살로메를 알게 된 것도 그 무렵이었다.

대학교에 들어가서도 책에 대한 애정 때문에 문학 동아리에 들어갔다가 책을 제대로 읽는 방법을 배우고 세미나를 했다. 가장 인상 깊었던 것은 카뮈를 중심으로 한 실존주의 세미나였다. 그때는 실존주의 철학이 사는 데 쓸모없다고 생각하면서도 열심히 공부했는데, 요즘 번역하는 소설의 기본 철학으로 다시 만났다. 인생은 정말이지 모를 일투성이다.

영어 책은 대학교 4학년 때 뉴질랜드로 어학연수를 가서 처음 읽었다. 영어 공부를 하기 위해 잡은 원서가 스티븐 킹의 공포 소설 단편집이었다. 그때는 스티븐 킹이 누군지도 몰랐다. 그저 영미인들이 장거리 비행을 할 때 가져가는 책 1위라는 광고 문구에 혹했다. 그렇게 펼친 원서의 맛은 굉장히 색다르고 근사했다. 두 번째 신세계가 열린 셈이다. 그 후로 읽기 쉬운 탐정 소설과 로맨스 소설을 주야장천 읽어댄 덕분에 영어 실력이 일취월장했다.

이렇게 책을 따라오면서 만들어진 독서 체력은 번역가로 일할 때 큰 도움이 됐다. 번역가가 되려면 출판사가 의뢰하는 검토서를 최대한 많이 써봐야 한다. 검토서는 원서의 출간 여부를 결정하기 위해 출판사에서 검토할 때 필요한 자료를 말한다. 번역가는 출판사가 의뢰한 원서를 읽고 일정한 양식에 따라 검토서를 작성해서 출판사가 출간 여부를 판단하는 데 도움을 준다. 검토서에는 작가 소개, 줄거리와 주제, 핵심 문장 등 감동적인 부분이나 소위 '셀링 포인트'가 될 만한 부분을 고른 발췌 번역, 독자 예측과 아마존 독자평 같은 내용이 들어간다.

그동안 다진 독서 체력 덕분에 줄거리를 일목요연하게 정리하고, 책을 읽을 때 눈에 들어온 감동적인 문장이나 작가가 말하고자 하는 핵심 포인트를 발췌해 번역하는 일이 어렵지 않았다. 독자 입장에서 이 책의 어떤 점이 매력적이고, 어떤 장단점을 가졌는지 생각해서 쓰는 일도 즐거웠다. 아마존에 들어가서 별을 몇 개나 받았는지, 리뷰는 얼마나 달렸는지, 그중 가장 많이 읽힌 리뷰는 무엇인지 해외 독자들의 반응을 살펴보는 재미도 쏠쏠했다.

검토서도 많이 써봐야 실력이 는다. 그렇게 쓰다 보면 좋은 책을 고르는 안목도 단련된다. 애정을 담아 쓴 검토서가 통과돼 책이 계약되고, 그 책을 번역하는 보람도 크다. 나는 운 좋게도 첫 번째로 쓴 검토서가 통과돼 그 책을 번역했고 그 책이 또 운 좋게 자기 계발서 부문 베스트셀러 순위에 꽤 오래 오르기도 했다. 그런 행운은 그동안 읽어온 무수한 책 덕분이 아닐까?

그러니 번역가를 꿈꾸는 이들에게 검토서를 쓴다는 전제로 연습해보기를 추천한다. 처음부터 원서로 도전하기는 힘드니 국내서를 한 권 골라 써보자. 내가 이 책을 원서로 읽고 출판사에게 출간을 권유하거나 반대하는 내용을 쓴다고 생각하면 막연히 책을 읽는 것과는 다른 시각이 생길 것이다. 설사 번역가가 되지 않더라도 하나의 사물을 다양한 각도에서 분석하고 해체해보는 것은 분명히 유익한 경험이다.

요즘은 검토를 그리 많이 하지 않지만 가끔 출판사에서 매력적인 원서를 제시하며 검토를 의뢰할 때는 흔쾌히 수락한다. 그 책이 운 좋게 성사돼 작업할 수 있다면 좋은 것이고, 그러지 못한다 해도 남들은 읽지 못하는 근사한 책을 만났다는 기쁨을 맛볼 수 있다. 누구보다 먼저 좋은 책을 읽고 나만의 언어로 풀어내 독자들에게 소개하는 기쁨을 음미하고자 하는 사람에게 번역가는 좋은 직업이다. 보수와 직업의 안정성을 떠나 좋아하는 일로 하루의 대부분을 보낼 수 있다는 것 역시 인생이 선사하는 행운 중 하나다. 그러니 좋아하는 책을 번역하며 살아가고 싶다면 일단 검토서부터 써보시길.

출처 《북클럽 우리진》 2017년 11월 9일.
http://1boon.kakao.com/bookclub/trans20171109

단어 공부

노승영

2005년에서야 번역을 시작한 것이 얼마나 다행인지 모른다. 만일 10년 전인 1995년에 번역가의 꿈을 꾸었다면 얼마 안 가서 좌절했을 것이다. 그 이유는 바로 사전이다. 검색 서비스 회사 야후의 한국 법인 야후 코리아가 설립된 것이 1997년인데, 여기서 영한사전 서비스를 제공하면서 비로소 '웹사전'이라는 것이 보편화되었다(워드프로세서 아래아한글에 영한사전이 도입된 것은 1994년에 발표된 한/글 2.5 버전부터다). 그 이전에는 단어의 뜻을 찾고 싶으면 종이 사전을 들추거나 전자사전의 자판을 눌러야 했다. 모르는 단어가 많으면 단어 찾는 시간이 기하급수적으로 증가한다. 그러니 기억력이 나빠서 단어를 통 외우지 못하는 나 같은 사람은 번역가가 될 엄두도 못

냈을 것이다. 책 한 권 번역하면서도 이미 사전에서 찾은 단어를 다시 찾고 또 찾는 경우가 부지기수다. 한글 맞춤법도 그때그때 새로 찾아봐야 한다(이를테면 '생각건대'가 맞는지 '생각컨대'가 맞는지 늘 헷갈린다). 사전을 수시로 찾아봐야 하기 때문에 번역을 의뢰받으면 일단 전자 원고를 구한다. 출판사에 요청하여 PDF 파일을 받거나, 아마존에서 킨들 전자책을 구입하여 변환하거나, 인터넷에서 검색하거나, 그것도 안 되면 책을 재단해 스캔한다. 이렇게 전자 원고를 입수하면 영어 단어를 찾을 때 일일이 타이핑하지 않고 더블클릭하여 복사 및 붙여넣기만 하면 되니 편리하다.

인터넷이 등장하기 전, 특히 구글 검색 서비스가 등장하기 전의 선배 번역가들은 틀림없이 르네상스적 지식인이었을 것이다. 아무런 자료 없이 오로지 원서와 영한사전만으로 번역을 해내려면 모든 배경지식이 머릿속에 담겨 있어야 할 테니 말이다. 하지만 요즘은 수많은 정보가 인터넷에 담겨 있으니 지식을 머릿속에 넣어두기보다는 정보가 어디에 있는지, 어떤 검색어를 입력해야 원하는 정보를 찾을 수 있는지 아는 것이 더 중요하다(물론 머릿속에 아무것도 없으면 어느 정보를 어디서 찾아야 할지 막막할 테지만). 아마 나는 작업 시간의 절반은 인터넷과 책을 뒤지면서 자료를 찾는 데 쓸 것이다.

흔히들 '영어 공부' 하면 단어 공부를 생각하지만 투입 시간 대비 효과가 가장 적은 것이 단어 공부다. 물론 어느 정도 어휘력을 갖추지 않으면 문장을 읽는 것 자체가 불가능하지만,[48] '22000'이니

'33000'이니 하는 제목이 붙은 책들에 실린 단어 중에서 여러분이 평생 한 번이라도 접하는 단어가 몇 개나 될까? 경험상 영한사전에 1번 뜻만 나와 있는 희귀 단어(대체로 철자가 길고 복잡하다)는 미리 암기해두는 것보다 그때그때 사전에서 찾는 것이 더 효율적이다. 물론 알아둔다고 해서 나쁠 것은 없지만—아니, 틀림없이 더 좋을 테지만—단어 암기에만 치중하면 어휘 못지않게 번역에 중요한 교양과 문화적 뉘앙스, 전문 분야에 대한 지식을 쌓을 시간이 모자랄 수 있다.

번역가에게 외국어 어휘력이 중요한 것은 두말할 필요가 없다. 하지만 한국어 어휘력도 그에 못지않게 중요하다는 사실을 간과하는 사람이 의외로 많다. 한국어 어휘력이 부족하면 영한사전에 실린 단어만 줄기차게 쓰게 된다. 하지만 한국어 어휘 중에서 영한사전에 뜻풀이로 실린 단어는 일부에 지나지 않는다. 영어 단어를 모르는 경우에는 사전을 찾으면 되지만 한국어 단어를 모르는 경우에는 자신이 모른다는 사실조차 모르는 것이기에 아예 찾을 도리가 없다. 『번역의 탄생』 126~127쪽, 165~168쪽, 224쪽, 298~305쪽, 365~368쪽, 386쪽에는 영한사전에 실리지 않은 뜻풀이가 정리되어 있는데 이 중에서 몇 개나 맞힐 수 있는지 테스트해보기 바란다.

한국어 어휘력이 부족한 사람의 문제 중 하나는 공기共起, collocation를 제대로 맞추지 못한다는 것이다. 공기란 특정한 단어 쌍이 늘 함께 나타나는 것을 일컫는다. 이를테면 '쓰다'와 '신다' 둘 다 '착용하다'를 뜻하지만 '모자'는 '쓰다'와, '신발'은 '신다'와 함께 쓰인다. 공기를 맞추지 못하면 문장이 어색해진다. 번역투의 상당수가 바로 이 때문에 생긴다. "Another ant joins the attack"이라는 문장을 별 생각 없이 번역하면 "다른 개미가 공격에 참가한다"가 되겠지만 그보다는 '공격에 합류한다' 혹은 '공격에 동참한다'라고 하는 것이 자연스럽다. 공기의 정보는 사전에서 찾을 수 없기 때문에 이것을 자연스럽게 구사하느냐의 여부는 번역가의 한국어 어휘력에 달렸다.

앞서 희귀 단어를 암기하는 것보다 사전에서 찾는 것이 효율적이라고 말했는데 그 이유는 대부분 철자와 의미가 (문맥과 상관없이) 일대일로 대응하기 때문이다. 'pneumoconiosis'는 어떤 문맥에서 쓰이든 '진폐증'이다. 설령 번역가가 이 단어를 몰랐더라도 사전에서 찾아 그대로 써주면 된다. 그런데 자주 쓰는 단어는 문맥에 따라 의미와 용법이 다르며 번역도 그때그때 다르게 해야 한다. 이런 단어는 사전의 뜻풀이를 기계적으로 외우기보다 책이나 영화, 드라마를 보면서 문맥 속에서 체득하는 것이 효율적이다.

미리 익혀두면 좋은 단어 유형은 두 가지다. 첫째는 관용 표현이다. 지금 읽는 구절이 관용 표현인지 아닌지 모르면 사전을 찾아야 할지 문자 그대로 번역해야 할지조차 판단할 수 없기 때문이다. 『새의 감각』을 번역하다가 "a huntin' shootin' fishin' gasbag"이라는 표현이 나오기에 "사냥하고 총 쏘고 낚시하는 허풍쟁이"라고 번역한 뒤 혹시나 해서 저자한테 물었더니 'huntin' shootin' fishin''은 'very much a "type" of person'(전형적인 인물)을 뜻하는 관용 표현이라고 알려주었다. 아마도 '사냥, 총쏘기, 낚시'가 야외 활동의 대명사로 통하기 때문인 듯하다. 그래서 '순 허풍쟁이'로 번역했다. 『세상의 종말에서 살아남는 법』을 번역할 때는 "Rugged individualism is all well and good, but it takes more than one man to defend a retreat" 이라는 문장을 "개인의 독립과 자립을 강조하고 외부의 간섭에 반대하는 개인주의는 바람직하고 효과적이지만, 은신처를 방어하는 것은 혼자 힘만으로는 안 된다'라고 옮겼는데, 알고 보니 'all well and good'은 관용 표현이었다. '좋기는 하나 완벽하게 만족스럽지는 않다'라는 뜻이다. 이것을 몰랐던 탓에 '바람직하고 효과적이다'라는 억지 번역을 할 수밖에 없었다. 관용 표현은 최대한 많이 익혀두되 번역하다가 조금이라도 미심쩍은 문장이 나오면 사전을 찾아보는 것이 최선이다. 이럴 때면 영어 원어민 번역가가 부럽다.

알아두면 좋은 두 번째 단어 유형은 가짜 친구다. 형태가 같지만 뜻이 다른 단어를 일컫는 말로, 우연히 형태가 같은 경우도 있고 외래어로 정착되면서 뜻이 달라진 경우도 있다. 『번역의 탄생』에서는 'columnist'와 '칼럼니스트'를 예로 든다. 우리말 '칼럼니스트'는 시사 문제를 주로 다루지만—하긴 요즘은 연애 칼럼니스트도 있더라만—영어 'columnist'는 '연예부 기자'라는 뜻으로도 쓰인다. 겉보기에 같다고 해서 그대로 번역하면 오역하기 십상이다. 서양 언어들은 철자가 비슷한 단어가 많기 때문에 가짜 친구에 특히나 조심해야 하는데—이로 인한 오역도 잦다—영어와 한국어는 가짜 친구가 그다지 많지는 않지만 외래어의 토착화와 이른바 '콩글리시'로 인한 오해를 조심해야 한다.

논지를 부각하느라 일부러 과장된 표현을 썼지만 사실 단어는 언어 공부에서 무엇보다 중요한 요소다. 거칠게 말하면 어휘와 문법이야말로 언어의 전부 아니겠는가? 번역가 입장에서 보면 뉘앙스와 문화 등의 비언어적 요소조차 어휘에 녹아 있는 셈이다. 우리가 하는 일은 이 텍스트를 저 텍스트로 바꾸는 것일 뿐이니까. 중요한 것은 균형 감각이라는 것을 잊지 말자.

출처 『한겨레21』, 2014년 12월 26일.
http://h21.hani.co.kr/arti/culture/culture_general/38664.html

번역가의 영어 공부

박산호

영어 번역가로 20년 가까이 일하다 보니 영어를 잘하는 방법에 대한 질문을 종종 받는다. 사실 영어 공부에 왕도는 없다. 잊을 만하면 한 번씩 나와서 베스트셀러 목록에 오르는 새롭고 기적적인 영어 공부법은 영어를 유창하게 하고 싶은 사람들의 환상을 충족해주는 읽을거리일 뿐 문제에 대한 해답은 되지 못한다. 그래도 굳이 방법이 궁금한 사람들을 위해 영어로 밥벌이를 하고 살면서 쌓은 노하우를 몇 가지 풀까 한다.

우선 영어 공부에 대한 일반적인 오해를 푸는 것부터 시작하자. '영어 잘하는 법'이라고 하면 대부분 단 하나의 묘약이 있을 것이라고 생각한다. 몇 개의 문장으로 말한다든가, 빈도순으로 정리한 단어를 암기한다든가, 책 한 권을 몽땅 외우면 된다는 해법 말이다. 하지만 본격적으로 공부를 시작하려면 영어 공부에는 영어 독해(어휘 포함), 듣기, 말하기, 쓰기 이렇게 네 가지 영역이 있다는 점을 인지해야 한다.

그러니 자신이 영어 공부로 이루고자 하는 목표가 무엇인지부터 명확히 정하고 그에 알맞은 방법을 찾아서 실천하는 것이 올바른 순서다. 예를 들면 원서를 자유롭게 읽고 싶다면 독해 실력을 늘리는 방법을 알아봐야 하고, '미드'를 자막 없이 보고 싶다면 듣기 공부를 중점적으로 해야 한다. 외국인과 재미나게 이야기하고 싶다면 말하기 연습을 많이 해야 하고, 직업상 영작을 많이 해야 하거나 영어로 글 쓰는 일에 관심이 있다면 쓰기 공부에 시간을 투자해야 한다. 마지막으로 토익이나 토플 같은 시험용 공부는 따로 정해진 공부법이 있다. 이렇게 뚜렷한 목표를 정하지 않고 막연하게 영어를 잘하고 싶다는 새해 소원을 품으면 내년에도 똑같은 소원을 일기장에 적을 것이라고 장담한다.

그렇다면 제일 먼저 독해는 어떻게 하면 잘할 수 있을까? 이 부분은 영문 텍스트를 번역하는 일로 먹고사는 내가 어느 정도 자신 있게 말할 수 있다. 독해를 잘하려면 두 가지 실력이 뒷받침돼야 한다. 텍스트의 난이도에 따라 다르겠지만 「코리아타임스」 정도의 영자 신문이나 청소년을 대상으로 한 영문 소설을 읽으려면 고등학교 1학년 정도의 문법 실력과 단어를 알아야 한다. 문법을 알아야 하는 이유는 문장을 읽을 때 문장구조를 파악하고 분석하는 능력이 필요하기 때문이다. 영어의 5형식 문장구조를 기본 뼈대로 문장의 길이에 상관없이 문장을 파악할 능력이 있다면 독해의 70퍼센트는 끝난 것이나 다름없다.

하지만 이런 문법 실력을 아직 갖추지 못했다면 아무리 단어를 많이 알아도 문장을 이해할 수 없다. 모르는 단어가 하나도 없는데 도무지 무슨 말인지 이해할 수 없다면 바로 문법 실력이 약한 것이다. 번역가 지망생들을 상대로 수업할 때도 자주 보는 경우다. 이럴 때는 다시 기초 문법 공부로 돌아가는 것이 가장 좋은 해결책이다. 그렇다고 머리 아프게 생각하지 말고 서점에 가서 수준에 맞는 문법책을 골라 시간을 투자하면 된다.

문법 실력을 어느 정도 갖췄다면 그다음부터는 단어와의 싸움이다. 기실 내가 매일 작업하면서 애를 먹는 것도 이 단어라는 요물 때문이다. 오죽하면 『단어의 배신』이라는 책을 썼을까!

두 번째로 듣기를 잘하는 법은 무엇일까? 외국인이 말할 때마다 "Pardon? 뭐라고요?"이라고 계속 되묻고 싶지 않다면, '정주행'하는 '미드'를 자막 없이 보면서 원어 대사의 묘미를 만끽하고 싶다면, BBC나 CNN 같은 뉴스를 들으며 국제 정치와 시사에 밝은 사람이 되고 싶다면 듣기 공부를 해야 한다. 듣기를 잘하려면 독해 실력을 키우고, 단어를 정확하게 발음하는 습관을 들이며, 듣기 연습을 해야 한다.

왜 독해 실력이 필요하냐고? 영어 문장을 먼저 눈으로 읽고 해석할 수 없다면 귀로도 들을 수 없다. 같은 드라마나 영화를 무조건 열 번, 백 번씩 보고 들으면 귀가 뚫린다는 말이 있는데 그것은 어디까지나 내용을 알기 때문에 가능한 일이다. 내용을 전혀 모르는데 계속 듣기만 하는 것은 시간 낭비다. 그러니 듣기 실력을 늘리기 위해서는 어느 정도의 독해 실력이 밑받침이 돼야 한다.

들고자 하는 문장을 한 번에 읽고 내용 파악이 가능한데도 들리지 않는다면 그 문장에 나오는 단어의 발음을 잘못 알고 있을 수도 있다. 일반인을 대상으로 영어 강독 수업을 진행할 때는 학생들에게 먼저 영어 문장을 읽고 해석해보라고 한다. 그런데 학생들의 낭독을 들어보면 대부분 발음을 조금씩 틀리게 읽는다. 그러면 원어민이 읽는 텍스트를 제대로 들을 수 없다. 자신이 아는 단어와 다른 발음이 나오는 순간 흐름을 놓치면서 결국 문장을 이해하지 못하는 것이다. 이 문제를 해결할 수 있는 방법은 단어를 외울 때 그냥 뜻만 외우는 것이 아니라 발음을 꼭 확인하고 입으로 따라 하면서 외우는 것이다. 요즘 인터넷 사전은 발음을 들어볼 수 있으니 적극 활용하기를 추천한다. 나 역시 새로운 단어를 알게 될 때마다 반드시 발음을 확인한다.

해석도 되고 발음도 정확하게 아는데 잘 들리지 않는다면 그때부터는 시간과의 싸움이다. 하루에 적어도 30분, 한 시간 이상은 듣기 연습을 하면서 원어민의 인토네이션 intonation , 즉 억양에 익숙해져야 한다. 수강생들이 문장 읽는 것을 들어보면 단어도 틀리지만 그보다 더 심각한 문제는 억양, 즉 문장에서 음의 높낮이와 리듬감이 원어민의 것과 놀랄 만큼 다르다는 점이다. 그렇게 되면 듣기도 쉽지 않고 말하기는 더 형편없어진다. 그러니 어느 정도 영어 실력이 늘었다고 생각하면 그때부터는 영어의 억양과 리듬에 집중해서 들어보기 바란다. 시간이 흐르면 영어 특유의 리듬감을 음미할 수 있게 될 것이다.

세 번째는 말하기 공부법이다. 어쩌면 가장 쉬운 분야가 회화일 것이다. 외국에 여행 가서 자신 있게 카페나 식당에서 원하는 것을 주문하고, 시장에서 가격 흥정도 하고, 외국 친구도 사귀고 싶은 사람들은 서점에 가서 자신에게 맞는 수준의 회화 책을 골라 주야장천 외우면 된다. 뉴질랜드로 어학연수를 갔을 때 따로 학원에 다니지 않고 그냥 민병철 영어 회화 시리즈 책을 사서 4권까지 달달 외우고 갔다. 그 정도만 해도 택시 기사와 수다를 떨고 하숙집 주인과 기본적인 의사소통을 하는 것은 가능하다. 단 회화 책을 고를 때는 인터넷 서점에 나온 베스트셀러를 사지 말고 꼭 서점에 가서 직접 책을 보고 자기에게 맞는 책을 고르기를 추천한다.

일단 회화 책 한 권을 달달 외우면 최소한의 의사소통을 할 수 있게 되고, 그때부터는 사람과 실전 연습을 하는 것이 중요하다. 요즘은 인공지능을 상대로 회화 연습을 할 수 있는 프로그램도 생겼다고 하니 활용해봐도 좋을 것 같다. 사람과 연습하면 서툰 발음으로 말하거나 머뭇거리면서 시간을 끄는 것이 신경 쓰일 수도 있지만 인공지능 선생님은 그런 반복 학습을 아주 친절하게 도와준다고 하니까 도움이 될 것이다. 다만 회화 연습을 할 때 주의할 점이 있다. 우리나라는 미국식 영어만 가르치는 경향이 있는데 외국에 나가 스코틀랜드 영어, 아프리카 영어, 인도 영어를 구사하는 사람과 만나면 당황할 수 있다. 영어는 세계에서 가장 많은 사람들이 구사하는 언어이니만큼 다양한 억양이 있다는 점을 고려하자.

만약 영어 프레젠테이션을 자주 준비해야 하는 등 업무에서 영어를 쓸 일이 많은 사람이라면 업무와 관련되어 자주 나오는 용어를 중점적으로 외우면 편하다. 시중에 나온 비즈니스 영어나 프레젠테이션 영어 책들을 사서 외우고, 일할 때 계속 써보는 연습을 하면 언젠가는 몸에 익을 테고 그때부터는 자연스럽게 말할 수 있다. 이런 경우에는 쓰는 용어만 쓰게 되니 일상 회화를 잘하고 싶다면 따로 공부를 해야 한다.

마지막으로 쓰기 공부법 역시 말하기처럼 비교적 간단하다. 우선은 쓰고자 하는 영역에서 가장 잘 쓴 문장들을 찾아 외우는 것이 최고다. 영작이라고 하면 그동안 갈고닦은 문법과 어휘 실력을 총동원해서 우선 한글로 초안을 쓰고 그다음에 이것을 영어로 옮기는 것을 연상하기 쉬운데 그렇게 하면 이른바 콩글리시, 즉 영어의 어법에 맞지 않는 엉터리 영어를 쓰기 십상이다. 영어는 우리말과 문장구조와 어순이 다르고, 문장 요소를 활용하는 법도 현저히 다르다. 그러니 우선은 영어 문장을 쓰는 법에 익숙해져야 한다. 그러려면 외우는 것이 가장 좋은 방법이다.

단어를 외울 때도 그냥 외우는 것이 아니라 글을 쓸 때 유용하게 활용할 수 있는 관용구 중심으로 외워두면 좋다. 잘 쓴 글들을 아주 많이 읽어보는 것도 도움이 된다. 읽는 것도 요령이 있다. 처음에는 무슨 내용인지만 파악하기 위해 훑어보고, 다시 한번 꼼꼼하게 읽으면서 주제나 논지를 파악한다. 그러기 위해 어떻게 글을 전개했는지 살펴봐야 한다. 세 번째로 읽을 때는 어떤 표현들을 썼는지 살펴보고 나중에 영작할 때 쓸 수 있는 표현들을 찾아서 단어장에 정리해두면 큰 도움이 된다. 그런 식으로 좋은 표현들을 모아서 읽고 외우다 보면 머리와 몸에 체화된 표현들이 영작할 때 튀어나온다. 외우는 방법은 문장 하나하나를 외우는 방법도 있고, 아예 짧은 에세이 하나를 통째로 외우는 방법도 있는데 처음에는 문장으로 시작했다가 나중에 단락 하나로 분량을 늘리면 된다. 에세이를 잘 쓰고 싶다면 기본적으로 좋은 에세이를 100개 정도는 정독해봐야 한다.

이렇게 영어의 네 가지 분야를 어떻게 공부해야 하는지 살펴봤다. 한숨이 나올 수도 있고, 의외로 간단해서 해볼만 하다고 생각할 수도 있다. 이런 방법들을 실천해보려면 앞서 말한 것처럼 구체적인 목표를 세우는 것이 좋다. 올해 영어를 잘하겠다는 목표가 아니라 '토익 700점을 맞겠다', '원서 세 권을 끝까지 읽겠다', '좋아하는 미드 네 편을 처음부터 끝까지 자막 없이 보겠다는 식으로 목표를 정하고 언제까지 달성하겠다는 마감까지 정하면 거기에 맞춰 계획을 잘게 쪼개 실천할 수 있다. 그러니 영어를 잘하고 싶다면 먼저 영어로 이루고 싶은 것이 무엇인지 곰곰이 생각해보라.

번역가의 단어 공부법

박산호

　제목은 거창하지만 사실 이 글은 바로 앞 꼭지인 영어 공부법의 부록이다. 앞으로 소개할 방법들은 영어를 좀 더 깊이 공부하고 싶은 사람이나 번역가 지망생에게 도움이 될 것이다.

　영어 공부를 본격적으로 시작했을 때 대부분 부딪치게 되는 난관은 크게 세 가지가 아닐까 한다. 문법, 어휘 그리고 말하기를 포함한 듣기. 그중에서 어휘는 가장 쉬워 보이는 부분이고 시간과 노력을 들이면 다른 두 분야에 비해 효과를 볼 수 있는 부분이다. 다만 제대로 된 방법을 모르고 접근하면 과거에 유행한 '바퀴벌레 22000'(『Vocabulary 22000』)과 같은 단어 책이나 원어민이 사용하는 빈도순으로 단어만 모은 단어장 같은 책을 외우겠다는 야망에 불타 책을 샀다가 며칠 못 가 내던질 확률이 상당히 높다. 그보다는 좀 더 실질적으로 공부하는 방법을 시도하면 좋겠다.

처음 뉴질랜드에 어학연수를 갔을 때 기본 회화 책 시리즈를 중급편까지 달달 외우고 갔다. 단어는 크게 걱정하지 않았다. 뭘 믿고 근거 없는 자신감이 폭발했는지 모르겠는데 아마도 젊은 혈기와 무식이 합쳐졌을 것이다. 아무튼 뉴질랜드에 가서 그곳 사람들과 영어로 대화하면서 곧바로 난관에 봉착했던 이유는 바로 현지에서 쓰는 단어 때문이었다. 좀 더 정확히 말하면 명사, 형용사, 부사는 어느 정도 알아듣겠는데 결정적으로 가장 중요한 부분인 동사를 알아들을 수 없었다. 이게 대체 무슨 시추에이션인가? 한 달정도 어버버 시간을 보내고 원인을 분석해보니 우리가 동사 하나로 쓰는 단어를 원어민들은 'phrasal verb', 즉 구동사로 쓰는 경우가 일상다반사였다. 이를 테면 '고용하다'라는 표현을 쓸 때 우리는 바로 'employ'라고 외치지만 현지인들은 일상적으로 'take on'이란 동사구를 쓴다. 그러니 미궁에 빠지는 경우가 비일비재했던 것이다.

원어민들에게 그 뜻에 해당하는 동사가 엄연히 있는데 왜 자꾸 동사에 부사나 전치사를 붙여서 또 다른 말을 만드느냐(그러니까, 왜 영어 공부하는 외국인들을 고문하느냐)고 항의하면 대부분 머리를 긁적이며 "우리가 게을러서 그래"라는 변명 아닌 변명을 했다. 그러니 회화와 독해를 잘하고 싶다면 먼저 구동사라는 관문을 통과해야 한다. 덧붙여 원어민들이 자주 쓰는 관용어는 우리 같은 외국인들이 하나하나 해체해서 해석할 만한 것이 아니니 괜히 머리 쓰지 말고 달달 외워야 한다. 관용어들을 모아놓은 책을 하나 사서 공부하는 것도 좋다.

구동사와 관용어에 익숙해졌다면 그다음 관문은 영어에 나오는 필수 동사들의 뜻을 완벽하게 이해하고 암기하는 것이 좋다. 이 방법은 번역가 지망생들을 대상으로 수업할 때 썼던 방법인데 학생들 반응이 좋았다. 예를 들어 'go', 'get', 'take', 'come', 'run', 'fall' 같은 동사들을 정복하는 것이다. 이 동사들은 여러분이 잘 안다고 생각하지만 사실은 잘 모르는 대표적인 동사들이다.

지금 네이버나 다음 사전에 들어가 'go' 동사를 검색해보면 무슨 뜻인지 알 것이다. 'go' 동사의 동사형 뜻으로만 네이버 사전에 35개가 나오고, 다음 사전에는 27개가 나온다. 그래서 수업할 때 하루에 하나씩 동사를 정해서 그 동사의 뜻 가운데 가장 중요하고 자주 쓰이는 뜻과 문장을 모아 정리하고 외우는 숙제를 낸 다음 이걸 쪽시 시험을 보는 식으로 가르친다.

이 동사들만 완벽하게 익혀도 대부분의 문장을 독해할 수 있다. 나머지는 그때그때 모르는 단어가 나오면 외워도 충분하다. 그러니 어휘를 늘리고 싶은 분들은 이런 방법을 추천한다. 하루에 한 단어를 다 외우는 것은 힘들고 시간이 많이 드니까 이번 주는 'go'를 정복하고, 다음 주엔 'come'을 정복하는 식으로 말이다. 이렇게 기본 동사를 정복하면 어휘 공부의 반을 한 것이다.

어휘 공부의 나머지 절반을 차지하는 것이 바로 『단어의 배신』을 쓰는 계기가 됐다. 번역을 시작하면서 자주 내 발목을 걸어 넘어뜨린 것, 자주 보는 '미드'에서 잡아낸 오역들은 바로 단어의 뜻을 잘못 안 데서 기인한 것이었다. 더 정확하게 말하면 그 단어에 해당되는 뜻을 모르는 상태에서 기존에 아는 뜻을 대입해서 벌어지는 실수들이 대부분이었다. 번역가가 하는 작업의 결과물은 책이나 영화나 드라마로 세상에 드러나니 번역가의 실수를 온 세상이 알게 되지만 사실 영어 공부를 하다 보면 이런 경험을 한 번씩은 했을 것이다.

예를 들면 이런 것이다. 'produce'란 단어를 '생산하다', '만들다'라는 뜻으로만 알면 'produce a dove from a hat'이란 표현을 봤을 때 순간적으로 헷갈릴 수 있다. 모자에서 비둘기를 만들어 꺼냈다는 말인가? 마법인가? 그런데 알고 보면 'produce'에는 '~에서 ~을 꺼내 보이다'라는 뜻이 있다.

그러나 우리는 학교에서 영어를 이런 식으로 배우지 않았다. 그래서 'sister'를 '수녀'가 아닌 '언니'로 번역하거나 'treat'를 '다루다'가 아닌 '치료하다', '화학 약품으로 처치하다' 혹은 한턱내겠다는 뜻으로 다양하게 알고 있지 않아 오역하는 것이다. 기사에서 한때 대표적인 오역 사례로 알려졌던 'magazine'을 '탄창'이 아닌 '잡지'로 번역해 이슈가 됐던 것처럼 말이다.

이런 사례에서 알 수 있듯이 단어는 항상 그 맥락 속에서 이해해야 하며, 한 단어를 공부할 때는 사전에 나오는 1번과 2번 뜻만이 아니라 5번, 6번, 7번 뜻까지 알아야 한다. 그래서 번역가 지망생들을 대상으로 영어 공부법을 특강할 때 초보 번역가들이 특히 실수하기 쉬운 단어들을 모아 '단어의 배신'이란 제목으로 강의했다. 학생들은 자신이 다 안다고 생각했던 단어에 이런 뜻이 있는 줄 몰랐다며 놀라워했다. 그것을 계기로 같은 제목의 책을 준비하면서 그동안 모은 리스트에 더 많은 단어를 추가했는데 그냥 단어와 문장만 나열하면 재미가 없다는 출판사 의견을 받아들여 '단어 이야기'를 쓰게 됐다. 이 책을 쓰면서 영어 단어에 얽힌 흥미로운 이야기를 많이 알게 돼서 즐거웠다.

예를 들어 'bank'의 유래에 관해 조사해보니 세계 최초의 은행으로 알려진 4000년 전 바빌로니아에 있던 신전은 안마당에 긴 탁자와 의자가 있었는데 그곳에 사람들이 담보로 가져온 물건을 올려놓고 거래를 했다고 한다. 'bank'는 탁자 또는 의자를 뜻하는 'banco'에서 유래한 단어로, 파산해서 더 이상 은행 거래를 할 수 없게 된 사람이 자신의 의자를 부수는 것으로써 파산을 선언했고 여기서 'bankrupt', 즉 파산이라는 단어가 나왔다. 의자를 부수는 것으로 파산을 선언하다니 절묘하지 않은가? 또 'green'이란 단어의 어원을 추적하다가 할리우드 영화에 녹색 괴물이나 녹색 외계인이 자주 등장하는 이유가 바로 이슬람인들을 두려워했던 유럽인들 때문이라는 것을 알게 됐다. 이슬람교에서 녹색은 푸른 오아시스이자 생명을 보존하는 중요한 공간으로 예언자 무하마드를 상징하는 색이기 때문에, 유럽인들이 피하거나 경계해야 할 대상을 녹색으로 표현했다고 한다. 처형이라는 뜻의 'execution'에는 예술 작품을 제작하거나 연주한다는 뜻도 있는데 이 단어를 공부하면서 중세 처형자들의 애환과 고뇌를 알게 돼서 숙연해지기도 했다. 세상에서 가장 좋은 공부법은 책을 쓰는 것이라는 사실을 온 몸으로 깨우친 셈이다.

『단어의 배신』에는 이렇게 흥미로운 이야기를 가진 단어 100개를 넣었지만 영어 공부를 하다 보면 허를 찌르는 의외의 뜻을 가진 단어들이 더 많다. 그런 단어들을 발견할 때마다 정리해두면 영어 공부에 자신감이 붙는 동시에 언어에 얽힌 무구한 역사적·사회적 배경을 알게 돼 인문학적 지식과 사고력도 축적된다. 이러니 어휘 공부를 하지 않을 이유가 없지 않은가? 기본 구동사와 동사들의 쓰임새를 철저히 공부한 후 자주 나오지만 제대로 뜻을 알지 못했던 단어들을 깊이 있게 공부해보는 방법도 실천해보기를 추천한다.

알파고와 번역의 미래

노승영 ~~~~~~~~

　대학원 시절에 처음 기계번역을 접했다. 선배의 권유로 들어간 컴퓨터 회사에서 일본어 번역 프로그램을 만드는 중이었는데 여기에 들어갈 일본어 사전 데이터베이스를 구축하는 업무를 맡았다. 그때는 일본어 단어를 한국어 단어로 일대일 교체하면 번역이 완성되며, 문제는 한 단어가 여러 의미로 해석되는 중의성을 어떻게 해결할 것인가뿐이라고 단순하게 생각했다. 물론 일본어는 문법 구조가 한국어와 비슷하기 때문에 이런 식의 초보적 접근법으로도 웬만한 문장은 번역할 수 있다. 영어를 한국어로 번역하는 토이 프로그램도 심심풀이로 시도해봤는데 어순의 차이를 극복하지 못하고 금세 포기했다. 주어, 동사, 목적어 세 단어로 구성된 간단한 문장은 동사와 목적어의 순서를 바꾸고 영어 단어를 한국어 단어로 바꿔주면 번역할 수 있다. 하지만 문장구조가 조금만 복잡해지면 문장을 구로 나누고 구끼리의 관계와 구 안에서 단어들의 관계를 파악하지 않고서는 번역이 불가능하다. 게다가 중의성은 단어 차원이 아니라 문법 차원에서도 존재한다. 이를테면 "Visiting relatives can be boring."[49]이라는 영어 문장에서 'visiting'은 '친척을 방문하는 것'이라는 뜻의 동명사일 수도 있고 '방문하는'이라는 뜻의 현재분사일 수도 있다. 이 문장만 놓고 보면 어느 의미가 맞는지 알 수 없으므로 앞뒤 문장을 참고해야만 한다. 또 단순히 앞뒤에 어떤 단어들이 오는지 파악하는 것이 아니라 문장을 '이해'해야 한다. 대명사의 선행사를 찾는 것도 어려운 과제다. 영어 대명사를 단순히 한국어 대명사로 옮기면 된다고 생각할 수도 있지만, 관사가 없는 한국어에서는 (대명사를 그대로 번역하면) 선행사를 찾기 힘들다. 컴퓨터로는 비문을 바로잡고 원래 의미를 유추하는 것도 여간 힘든 일이 아니다. 이런저런 이유로 '영어를 한국어로 기계번역하는 일은 아직 요원하겠군'이라고 생각하고는 관심을 접었다.

기계번역은 컴퓨터가 등장하면서부터 연구자들의 목표였다. 워런 위버(수학자이자 록펠러재단 연구원)는 1947년에 이렇게 말했다. "번역하는 컴퓨터를 설계하는 것이 불가능한 일일까? (……) 번역 문제를 암호학 문제로 취급할 수 있지 않을까 하는 의문이 당연히 들지 않을까? 이를테면 러시아어 문서를 보면서 이렇게 말하는 것이다.

'이 글은 실은 영어로 쓴 것이며 이상한 기호로 암호화되었을 뿐이야. 어디 해독해볼까.'"**50** 초창기 연구자들은 기계번역에 낙관적이었다. 언어는 기호 체계이며 컴퓨터는 기호 체계를 형식주의적으로 다루는 기계이므로, 컴퓨터가 발전하면 번역의 문제도 해결될 것이라 생각했다. 하지만 1966년에 ALPAC(자동 언어 처리 자문위원회)에서 기계번역에 비관적인 보고서를 내놓으면서 기세가 한풀 꺾였다. 문제는 기계번역이 인간 번역가보다 느렸다는 것이다. 그때 컴퓨터 성능으로는 최적의 알고리즘과 최고의 하드웨어로도 긴 문장을 분석하는 데 7분이나 걸렸으니 말이다.

1960년대 후반에는 인공지능이 기계번역에 도입되었다. 언어를 문법적으로 분석하는 것이 아니라 말뭉치를 통계적으로 분석하는 통계 기반의 인공지능, 인간의 신경세포를 흉내 내어 컴퓨터를 학습시키는 신경망 기반의 인공지능이 시도되었으나 컴퓨터의 처리 능력이 미흡하고 언어 자료가 충분하지 않아서 성공을 거두지는 못했다.

하지만 최근 들어 딥러닝 기법이 발전하고 인터넷 시대와 함께 언어 빅데이터를 활용할 수 있게 되면서 기계번역은 새로운 전기를 맞았다. 특히 구글은 2006년부터 기계번역 서비스를 시작했다. 처음에는 영어, 스페인어, 독일어, 프랑스어만을 지원했으나 지금은 104개 언어를 지원한다. 구글 기계번역 책임자 베누고팔은 2012년에 이렇게 말했다.

현재 기계번역의 수준은 인터넷 페이지를 보고 내용을 이해하는 데 충분하다. 하지만 이를 바탕으로 누군가에게 연애편지를 보낸다든지 계약서를 작성하는 것은 무리다. 인간의 언어는 굉장히 많은 표현을 담고 있는데 우리는 아직 이를 다른 언어로 전달하는 수준에 도달하지는 못했다. 이것을 실현하는 것이 우리의 목표도 아니다. 기계번역의 목표는 사람의 수고를 줄여서 사람이 더욱 생산적인 일을 하도록 돕는 것이다. 이미 많은 미국 회사가 기계번역을 바탕으로 중국에 문서를 보낸다. 예전에는 모두 번역사가 했으나 이제는 기계번역이 초벌로 문서를 만들면 번역사는 검토만 한다. 그만큼 생산성을 높일 수 있다.[51]

실제로 유럽연합에서는 모든 공식 문서를 소속 국가의 언어로 번역하는데 그중 상당수를 기계번역에 의존한다. 기계번역을 이용하면 인간 번역가에 쓰이는 예산을 절감하면서도 시간을 절약할 수 있다. 마이크로소프트는 기술 지원 문서의 상당수를 기계번역 버전으로 제공한다. 기술 번역 회사들은 기계번역을 이용한 저가의 서비스를 옵션으로 내놓는다. 이를테면 어떤 회사는 기계번역을 하되 인간 번역사가 검수하는 경우에 번역료를 최대 30퍼센트 할인하며 부분적으로 사람이 검수하는 경우는 40~80퍼센트까지 할인한다.[52] 구글을 검색할 때는 웹 검색 기능을 이용하지 않더라도 늘 번역 서비스를 이용한다. 검색어를 한국어로 입력하더라도 그 단어가 포함된 외국어 문서까지 찾아서 보여주기 때문이다. 외국인이 개발한 스마트폰 앱을 설치하여 활용할 수 있는 것은 메뉴와 설명서가 자동으로 번역되기 때문이다. 이렇듯 기계번역은 이미 우리의 삶에 깊숙이 들어와 있다.

한편 베누고팔이 말하는 기계번역의 한계는 지금도 여전하다. 비록 알파고가 바둑 경기에서 세계 최고수 이세돌 9단을 이겼지만, 바둑과 기계번역은 다른 분야다. 바둑은 규칙이 엄격하고 경우의 수가 유한한 반면에―물론 바둑판을 배열할 수 있는 경우의 수는 10^{170}으로 사실상 무한대이지만―언어는 규칙을 정확히 명시할 수 없고 예외가 많으며 문장을 생성할 수 있는 경우의 수가 무한하다. 게다가 문장을 올바로 이해하려면 언어 지식 말고도 세상과 상황에 대한 지식이 필요하다. 알파고가 바둑을 이해하거나 즐기는 것이 아니라 단지 이기는 수를 둘 뿐이듯 기계번역도 언어를 이해하지 못한 채 단지 번역문을 출력할 뿐이다. 하지만 알파고가 이세돌을 이겼듯 기계번역도 인간보다 더 나은―오역이 적다는 점에서―번역을 내놓을지도 모른다.

기술 번역계에서는 (기계번역까지는 아니더라도) 컴퓨터를 적극적으로 활용하여 번역한다. 이를테면 같은 성격의 문서에서 똑같은 문장이 반복되면 처음의 번역문을 그대로 가져다 쓰는데 이 경우 번역사는 번역료를 받지 못한다. 70퍼센트가량 비슷한 문장은 처음의 번역문과 기계번역을 활용하여 어느 정도 번역한 뒤에 번역사가 최종적으로 다듬는다. 이때는 번역료에서 일정 부분을 차감한다. 이것은 기존에 번역한 원문과 번역문을 데이터베이스로 만들기 때문이며 이를 번역 메모리라고 한다. 이렇게 하면 자신이 어떤 단어를 예전에 어떻게 번역했는지 찾아볼 수 있다. 이를 용례 색인concordance이라고 한다. 이런 기법을 활용하는 번역을 컴퓨터 보조 번역이라고 한다. 어쩌면 (인간 번역가가 하는) 번역은 기계번역 원고를 원문과 대조하여 후처리하는 단순 업무로 전락할지도 모른다. 출판 번역은 아직 이런 체계가 갖추어지지 않았기 때문에 (매절 계약의 경우) 번역 원고의 매수에 따라 번역료가 산정된다. 하지만 출판 번역계에도 컴퓨터 보조 번역이 도입된다면 번역의 본질에 대한 의문이 제기될 것이다. 번역은 예술일까? 아니면 노동일까? 매절은 번역을 노동으로 간주하는 것이고 일한 만큼 대가를 받는 것인데, 컴퓨터 보조 번역으로 인해 노동 강도가 세지고 번역료가 낮아진다면 이를 감수할 수 있을까? 그렇다면 번역료는 노동의 대가가 아니라 생계비의 개념으로 봐야 할까? 인간의 번역이 컴퓨터의 번역과 큰 차이가 없다면 나는 어떤 근거로 노동의 대가를 달라고 주장할 수 있을까?

분야가 한정적이고 정형화된 문장을 주로 쓰는 기술 문서, 일기예보, 스트레이트 신문 기사 등은 컴퓨터 보조 번역을 거쳐 점차 기계번역으로 대체될 것이다. 기계번역이 보편화된다면 글을 쓸 때부터 기계번역을 염두에 두고 '기계번역 친화적'인 문장을 쓰려고 노력할지도 모른다. 이를테면 영국의 언어학자 찰스 케이 오그던이 제안한 쉬운 영어 Basic English 가 글쓰기의 표준이 될 수도 있다. 한편 출판 번역의 경우에도 내용만 그럭저럭 전달하면 그만인 분야에서는 기계번역이 인간 번역가를 대체할지도 모른다. 처음에는 원서를 구글 번역으로 돌린 뒤에 원문과 대조하면서 어색한 문장만 고쳐서 납품하는 번역가가 등장할 것이고 기계번역의 성능이 훨씬 개선되면 아예 기계번역된 원고를 제 이름으로 내놓는 사람이 생길지도 모른다. 식품으로 치면 원산지 허위 표기인 셈이다. 그런데 이렇게 속여도 편집자나 독자가 알아차리지 못한다면 번역가는 무사히 부당 이득을 챙기게 될까? 어림도 없다. 그 사실이 들통나는 순간 그뿐 아니라 대부분의 번역가가 퇴출되고 컴퓨터 프로그램으로 대체될 것이다. 번역가가 필요 없다는 것을 번역가 자신이 입증한 것이니 말이다.

물론 이런 일은 일어나지 않을 것이다. 바둑에서는 이기는 수가 좋은 수이지만 번역에서는 '이긴다'라는 개념이 없기 때문이다. 좋은 번역과 나쁜 번역이 있는 것은 사실이지만 양극단 사이의 스펙트럼에는 무수한 점이 존재한다. 심지어 독자를 무시하는 기계적인 번역도 경우에 따라서는 바람직한 번역일 수 있다. 바둑에서는 평범한 기보를 무수히 학습해 필승의 수를 알아낼 수 있지만 번역에서는 평범한 번역을 무수히 학습한다고 해서 최상의 번역 기법을 터득할 수는 없다. 어쩌면 한 번역가의 모든 작품에 대한 병렬 말뭉치(원문과 번역문을 나란히 배열한 데이터베이스)를 컴퓨터가 학습하도록 한다면 그의 문체를 흉내 낼 수 있을지도 모르겠다. 물론 이것은 기존의 무작위 병렬 말뭉치로 기본적인 학습을 끝낸 상태에서 '가치망'을 조정하는 작업일 것이다. 음악에서는 모차르트나 베토벤의 양식을 감쪽같이 흉내 내는 작곡 소프트웨어가 일찌감치 나왔다. 언어에도 이런 것이 가능할까? 만일 가능하다면 소설이 먼저일까 번역이 먼저일까? 노老소설가나 노번역가가 평생에 걸쳐 쓴 작품을 분석해 사후에도 그의 문체를 되살릴 수 있다면 우리는 여전히 (컴퓨터가 쓴) 그 글을 읽고 감동받을까? '저자는 죽었다'는 선언에 동의한다면 문체가 (살과 뼈를 가진 인간으로서의) 저자와 독립적으로 존재할 수 있다는 데 동의해야 할 것이다. 그렇지 않더라도, 그가 쓴 글과 컴퓨터가 쓴 글을 구별할 수 없는 지경이 되면 우리는 '저자는 문체가 스스로를 표현하는 수단에 불과하다'는 주장에 동의해야 한다.

튜링 테스트의 논리는 이렇다. 텍스트만 보고서 상대방이 사람인지 컴퓨터인지 알아맞히는 시험에서 컴퓨터가 자신을 사람으로 가장하는 데 성공한다면 그 컴퓨터는 지능이 있는 것으로 간주해야 한다는 것이다. 이 논리를 적용한다면 우리는 컴퓨터를 어엿한 저자로 인정하고 문체의 소유자로 받아들여야 할 것이다. 하지만 문단 안에서, 아니, 책 전체에서 일관성을 유지하는 것이 가능할까? 그러려면 얼마나 강력한 연산 능력과 얼마나 많은 저장 용량이 필요할까? 얼마 전까지만 해도 이런 가정은 공상에 불과하다고 치부했겠지만 알파고 이후로는 예전만큼 확신하기가 어렵다. 하지만 과연 알파고와 인간 번역가의 대결이 성립할 수 있을까?

좀 더 상상의 나래를 펼쳐보자면, 기계번역은 공짜(?)로 제공될 것이다. 물론 지금도 그렇지만 앞으로는 광고를 보거나 개인 정보를 제공하는 대가로 웹 문서뿐 아니라 잡지, 단행본도 번역본으로 읽을 수 있을 것이다. 인간 번역가의 번역은 인쇄술 등장 이전의 책이 그랬듯 소수의 전유물이 될 것이다. 이때가 되면 극소수의 번역가만 살아남을 것이다. 기계번역과 별로 다르지 않은 결과물을 내놓는 번역가는 설 자리가 없을 테니 말이다. 기계로 대량 생산되는 저렴한 제품이 수공예로 소량 생산되는 고급 제품이 구별되듯 기계번역과 인간의 번역이 구별될 것이다. 이런 시대에는 어떤 번역가가 살아남을까?

○
출처 『기획회의』 413호(2017년 9월 29일).

번역 지침서 추천

~~~~~~~~~~~~~~~~~~~~ 노승영 ~~~

2006년 1월 4일 저녁 일곱 시 신촌 한겨레문화센터. 내가 등록한 강좌는 '강주헌의 번역 길라잡이'였다. 결론부터 말하자면 이 강의를 계기로 출판 번역에 입문했고, 그 뒤로 10년 넘게 번역가로 살고 있다.

내가 출판 번역에 처음 관심을 가졌을 때만 해도 번역가가 되는 법을 알려주는 책이 거의 없어서 무턱대고 번역 강좌부터 들어야 했지만, 이제는 읽을 만한 번역 지침서가 꽤 많이 출간되었다(왜 이제야!). 요즘에는 '이 책을 진작 알았으면!' 하는 생각이 드는 책이 곧잘 눈에 띈다. 데뷔 시절부터 지금까지 요긴하게 읽고 책꽂이에 꽂아둔 책들을 하나씩 끄집어내본다.

『**번역의 탄생**』 이희재

　번역가를 지망하는 사람들에게 단 한 권을 추천한다면 이 책을 추천한다. 번역 경력이 쌓이면서 슬슬 '나도 번역 지침서 하나 내볼까?' 하는 마음이 들던 참이었는데, 이 책을 읽고서 '굳이 안 써도 되겠구나' 하고 포기했다. 개인적으로는 영한사전에 없는 우리말 풀이와 접두사·접미사 활용, 가짜 친구 등의 설명이 특히 도움이 되었다. 이 책에는 가슴에 새겨야 할 명언이 한둘이 아니지만 그중에서 몇 개만 소개하고자 한다.

- 한국의 직역주의는 자기 현실에 대한 깊은 성찰과 반성보다는 그저 원문을 무작정 우러러보는 종살이에 가깝다고 생각합니다.(34쪽)

- 단순히 번역투이기 때문에 안 된다는 것이 아닙니다. 이미 존재하는 한국어로 같은 뜻을 얼마든지 정확하고 간결하게 나타낼 수 있는데 이런 질서까지 허물어뜨리는 것은 용납하기 어렵다는 뜻입니다.(94쪽)

- 영어와 한국어 사이에는 아직 뚫리지 않은 회로가 무궁무진합니다. 어떻게 보면 번역이란 그 미지의 회로를 뚫는 작업이라고 말할 수 있습니다.(157쪽)

- 영어에서 접속사가 중요한 까닭은 문장과 문장을 잇는 논리적 연결 고리가 접속사밖에 없기 때문입니다. (……) 반면에 한국어는 (……) 접속사 대신 어미로 글의 논리 관계를 간결하게 나타낼 수 있습니다.(174쪽)

- 사소한 고유 명사까지 고스란히 살려주는 것은 한국 독자에게는 폭력이라고 생각합니다.(232쪽)

- '발코니'는 한국어이고 balcony는 영어입니다. '오렌지'는 한국어이고 orange는 영어입니다. 오렌지는 한국어니까 그냥 '오렌지'라고 말하면 되지 '어륀지'라고 혀를 꼬아서 말할 이유가 없습니다.(233쪽)

- 철학서나 역사서, 사회과학서에는 딱딱한 개념을 담은 명사가 많습니다. 그런데 동사, 형용사, 부사까지 딱딱한 한자어를 남발하면 독자는 질립니다.(287쪽)

- 토박이말을 쓰는 까닭은 민족주의를 주장해서가 아닙니다. 그저 머리에 잘 들어온다는 소박한 이유에서입니다.(290쪽)

- 맞춤법이 흐트러지면 형태소도 무너집니다.(321쪽)

- 번역을 할 때 중요한 것은 입말 실력이 아니라 글말 구사력입니다. 특히 원어보다는 번역어의 글말 실력이 좋아야 합니다. (……) 영어를 한국어로 번역할 때는 (……) 영어 실력보다 한국어 실력이 더 중요하다는 소리입니다.(330쪽)

- 맥락 없이 날것으로 차음어를 불쑥 던져놓으면 이국 정서를 불러일으키기보다는 독자가 장벽(이질감)을 느낄 가능성이 큽니다.(372쪽)

『**번역은 글쓰기다**』 이종인

번역 강의를 할 때 늘 이 책의 제목을 써먹는다. 번역은 글쓰기이기에 번역을 잘하려면 글솜씨를 길러야 한다. 저자 이종인은 "번역가로 사는 즐거움과 괴로움"을 토로하면서 자신의 번역료를 공개한다. 언뜻 듣기에 지금은 더 받는 것으로 알고 있지만. 이 책에도 곱씹을 만한 문장이 많다.

- 원문에 너무 도취한 상황에서 번역을 하면, 원문 비슷한 번역문이 나온다. 원문의 영향이 그대로 남아 있는 번역문은 곧 독자가 이해할 수 없거나 어색한 번역문이 되어버린다.(56쪽)

- 옮긴이 후기를 처음 쓰는 사람이 빠지기 쉬운 함정은 대략 다음 세 가지다. 첫째는 줄거리의 요약이고, 둘째는 개인적 상황의 진술이고, 마지막은 자기 지식의 과시다. 줄거리 요약은 인문서든 소설이든 에세이든 절대 해서는 안 된다. 특히 장편소설의 경우는 더욱 그러하다.(175쪽)

- 어떤 번역가는 텍스트 번역을 먼저 출판사에 제출하고 나서 한참 뒤, 그러니까 책이 인쇄에 들어가기 직전에 옮긴이 후기를 황급히 써서 출판사에 건네준다고 한다. 나는 한 번도 이렇게 해본 적이 없고 텍스트를 완역하고 그 뒤에 반드시 옮긴이 후기를 붙여서 출판사에 주었다.(179쪽)

- 번역가는 원문의 디테일에 대해서도 신경을 써야 하고 그것을 최대한 번역문 내에서 살리려고 애써야 한다. 때로는 디테일이 독자의 상상력을 자극하는 데 결정적인 힘을 발휘하기 때문이다.(189쪽)

- 글을 오래 많이 쓰려면 기억에만 매달리는 것에서 벗어나야 한다. 일

상적 체험만으로 글을 쓰다 보면 자기도 모르게 지난번에 했던 이야기를 또 다시 반복하는 경향이 있다. 반복은 아닐지라도 비슷한 분위기가 계속되어 그게 그것 같다는 느낌을 준다.(230쪽)

- 무슨 장르의 일이 되었든 나는 그 일을 하는 동안에는 그 책만 생각한다.(279쪽)

『갈등하는 번역』 윤영삼

『번역의 탄생』 이후로 더 나은 번역 지침서는 나오지 않으리라 생각했는데, 실무와 이론을 겸비한 지침서가 등장했다. 기존 번역가들이 그동안 쌓은 감으로, 또는 나름의 주관으로 설명하는 것을 윤영삼은 탄탄한 학술적 토대 위에서 체계적으로—하지만 결코 난해하지 않게—설명한다. '이건 왜 이렇게 번역해야 할까?'라는 의문을 속 시원히 해결해주는 책이다.

- 초보자와 경험자의 차이는 텍스트 감각이 있느냐 없느냐로 구분된다. 글을 많이 써보지 않은 사람들, 번역을 많이 해보지 않은 사람들은 잘못된 글을 보고도 전혀 이상하다고 생각하지 못한다.(17쪽)
- 번역가는 이제 자신의 번역 선택을 객관적으로 설명하고 정당화할 줄 알아야 한다. 경험과 감感으로만 번역해서는 자신의 번역 선택을 제대로 설명할 수도 없고 독자를 설득할 수도 없다.(17쪽)
- [어떤 번역가는] 상상력을 발휘해 (……) 과격한 도약을 시도한다. 어

쨌든 [그런 번역문은] 다른 번역문보다 한결 자연스러워 보인다. 하지만 이렇게 번역하는 것은 매우 위험하고 나쁜 습관이다. 문법적으로 해석되지 않는다고 해서 이렇게 억지로 꿰맞춰 번역을 해놓으면 나중에 편집자는 물론, 자기 자신도 오역을 발견하지 못하고 넘어갈 확률이 높아지기 때문이다.(35쪽)

- 독자에게는 의무가 없다. 읽기 싫은 글, 읽어도 잘 이해가 되지 않는 글, 재미없는 글, 읽을 가치가 없는 글은 굳이 시간 들여(그리고 돈을 들여) 읽을 필요가 없다. 그래서 저자든 번역가든, 자신의 글을 '팔아' 생계를 유지하는 사람에게 쉽게 읽히는 글을 쓰는 것은 선택이나 취향의 문제가 아니다. 반드시 습득해야 하는 생존 기술이다.(68~69쪽)

- 독자들은 (……) 어휘 선택을 토대로 이 글이 읽을 만한 내용인지, 귀 기울여 들을 만한 내용인지 판단한다. 논조가 이미 편향되어 있는 글은 대개 그 결론이 뻔해서 시간을 들여 읽을 만한 가치가 없기 때문이다.(76쪽)

『말 바꾸기』 모나 베이커

『갈등하는 번역』에서 다루는 세 가지 문제(단어 수준의 번역 문제들, 문장 수준의 번역 문제들, 담화 수준의 번역 문제들)는 번역학에서 '등가equivalence'라는 개념으로 중요하게 다루는 분야다. 『말 바꾸기』에서는 단어 차원의 등가, 연어와 관용구 차원의 등가, 문법 차원의 등가, 텍스트 차원의 등가, 화용론적 차원의 등가를 다룬다. 번역 초보자들은 의미를 정확하게 옮기는 것이 번역의 전부라고 생각하지만, 번역은 여러 층위가 겹치는 작업이며 각각의 층위에서 번역가의 선택이 개입한다.

『번역가를 위한 우리말 공부』 이강룡

웬만큼 번역에 자신이 생겼을 때, 또는 매너리즘에 빠졌을 때 읽어보면 좋은 책. '맞아, 맞아!' 하면서 술술 책장을 넘기다가도 이따금 뜨끔하며 무릎을 치게 된다. 특히 일상에서 흔히 접하는 사례를 들어 설명하고 있어서 쉽게 이해할 수 있다.

『열린책들 편집 매뉴얼』 열린책들 편집부

2008년에 첫 출간되어 해마다 개정판이 나오는 책. 편집자에게 가장 유용하지만 번역가도 곁에 두고 수시로 참고하면 좋다. 나도 번역 초창기에는 끼고 살다시피 했다. 지금은 참고할 일이 많지 않아 2014년 판을 마지막으로 더는 구입하지 않았지만, 번역을 갓 시작한 사람이라면 최신판으로 구비하길 바란다.

『국어 실력이 밥 먹여준다』 김경원, 김철호

"우리말답게 쓰려면 이렇게 써야 한다"라고 강요하지 않고 왜 그런지 사상하게 알려주는 책. 번역을 하다 보면 뭐가 맞고 뭐가 틀린가에만 관심을 쏟기 쉽다. 하지만 번역가야말로 누구보다 훌륭한 언어학자가 될 수 있다. 번역가는 굳어진 언어를 그저 사용하기만 하는 사람이 아니라 우리말을 만들어가는 사람이다.

『Style 문체』 조셉 윌리엄스

영한 번역을 하려면 우리말 글쓰기 못지않게 영어 글쓰기에도 관심을 가져야 한다. 영어로 글을 쓰기 위해서가 아니라 저자가 어떤 의도와 전략을 구사했는지 알아내기 위해서다. 그래야 번역가도 한국어에 맞는 나름의 전략을 구사할 수 있다. 현재 이 책은 절판되었으며 『스타일 레슨』(크레센도, 2018)으로 재출간되었다.

『언어본능』 스티븐 핑커

『Style 문체』를 읽으면 어떤 글이 좋은 글인지 알 수 있다. 『언어본능』은 이 논의를 한층 깊이 끌고 간다. 뇌의 처리 용량(단기 기억)의 한계를 고려해야 한다는 것은 파롤 parole 이 랑그 langue 와 구별되는 결정적 특징이다. 특히 7장 '말하는 머리들'에서 번역에 활용할 만한 아이디어를 많이 얻을 수 있다.

『한글의 탄생』 노마 히데키

어차피 똑같이 발음할 거면서 받침을 'ㄷ, ㅅ, ㅈ, ㅊ, ㅎ'으로 구분하는 이유가 궁금하다면 이 책을 읽어보기 추천한다. 한글은 우리가 아는 것보다 훨씬 뛰어난 문자다.

『**한국어 어원 연구**』 이남덕

어휘를 적확하게 구사하려면 어원으로 거슬러 올라가야 할 때가 있다. 이 책은 동아시아의 여러 언어를 비교하여 단어의 원래 형태를 밝힌다. 쉽게 읽을 수 있는 책은 아니지만 곁에 두면 든든하다.

이 밖에도 좋은 책이 많지만, 책꽂이에 꽂힌 책 중에서 눈에 띄는 것만 골라보았다. 번역 실력은 공부가 반, 실전이 반이다. 번역 공부를 아무리 많이 했더라도 실제 문장을 대하면 앞이 캄캄해질 때가 있다. 때로는 뜻이 통하지 않는 문장을 기계적으로 뽑아냈을 수도 있다. 그래서 꾸준히 공부하고 고민해야 한다. 번역을 하면 할수록 눈이 높아지기 때문에 아무리 오래 하더라도 자신의 번역에 만족하기 어렵다. 그러니 번역을 그만두는 날까지 계속 공부해야 한다. 그나마 번역 공부 책들이 하나같이 재미있기에 망정이지.

출처 《북클럽 오리진》, 2017년 5월 25일.
https://1boon.daum.net/bookclub/trans20170525

1 성혜경, 「가와바타 야스나리의 『설국』 번역 – 사이덴스티커의 Snow Country
   를 중심으로」, 『Foreign Literature Studies』, 57, 2015. 2.

2 김욱동, 『오역의 문화』, 소명출판, 2014, 14~15쪽.

3 권영미, 〈번역투 문장, 새로운 문체의 실험으로 볼 수 있다〉, 「뉴스1」, 2016년
   6월 4일 자.

4 김종철, 〈영어 광풍 속의 한국 문학〉, 「한겨레」, 2016년 5월 26일 자.

5 이디스 그로스먼 지음, 공진호 옮김, 『번역 예찬』, 현암사, 2014, 29쪽.

6 대한출판문화협회, 「2015 출판 통계」.

7 김남주 지음, 『사라지는 번역자들』, 마음산책, 2016, 167쪽.

8 http://term.kma.org

9 대니얼 데닛 지음, 노승영 옮김, 『직관펌프, 생각을 열다』, 동아시아, 2015,
   29~30쪽.

10 http://cafe.daum.net/Psychoanalyse/Glqj/417

11 http://cafe.naver.com/bunsoyun

12 http://blog.aladin.co.kr/782087115/6899969

13 김욱동 지음, 『번역의 미로』, 글항아리, 2011, 25쪽.

14 http://www.pressian.com/news/article.html?no=69291

15 http://socoop.net/books

16 http://lectrice.co.kr

17 http://socoop.net/corrections

18 민음사 세계문학전집 책날개에 소개된 내용을 인용함.

19 피터 싱어 지음, 노승영 옮김, 『이렇게 살아가도 괜찮은가』, 시대의창, 2014, 25쪽.

20 https://www.facebook.com/permalink.php?story_fbid=140420506380222&id=100012368191386

21 민음사 세계문학전집 책날개에서 소개된 말을 인용함.

22 톰 롭 스미스 지음, 박산호 옮김, 『얼음 속의 소녀들』, 노블마인, 2014, 64쪽.

23 제이슨 매튜스 지음, 박산호 옮김, 『레드 스패로우 1』, 오픈하우스, 2016, 186~187쪽.

24 애슬리 페커 지음, 박산호 옮김, 『수플레』, 박하, 2016, 246쪽.

25 무라카미 하루키 지음, 임홍빈 옮김, 『달리기를 말할 때 내가 하고 싶은 이야기』, 문학사상사, 2009, 73쪽.

26 유병욱 지음, 『생각의 기쁨』, 북하우스, 2017, 220쪽.

27 이 칼럼이 『한겨레21』에 실린 것이 2014년 7월 23일이니까 이 책의 정체는 같은 해 7월 9일에 시작하여 10월 6일에 마감한 『직관펌프, 생각을 열다』이다. 출판사에서 계산한 번역 원고의 분량은 2521매였다. 예상 분량보다 꽤 늘었는데 고유명사와 학술적 개념이 많아서 원어를 병기하느라 그랬을 수도 있고 작가의 촌철살인 문장을 평범한 산문으로 꾸역꾸역 옮기다 보니 길어졌는지도 모르겠다.

28 http://socoop.net/postscripts/

29 http://uupress.co.kr/blog/?p=620

30 김화영 지음, 「작가의 말」, 『김화영의 번역 수첩』, 문학동네, 2015.

31 소니아 쇼켓 지음, 박산호 옮김, 『Vitamins for the Soul』, 21세기북스, 2008.

32 https://twitter.com/septuor1/status/539620842246647809

33 조너선 갓셜 지음, 노승영 옮김, 『스토리텔링 애니멀』, 민음사, 2014, 25쪽.

34 스티븐 핑커 지음, 김한영 옮김, 『언어본능』, 동녘사이언스, 2013, 7장 참고.

35 대니얼 데닛 지음, 장대익 해설, 노승영 옮김, 『직관펌프, 생각을 열다』, 동

아시아, 2015, 64~65쪽.

36 고종석 지음, 『고종석의 문장』, 알마, 2014, 210쪽.

37 성을 영어식으로 표기한 결정이 옳았는지는 모르겠다. 이를테면 무기 로
비스트 'Linda Kim'의 한글 표기를 구글에서 검색하면 '린다 김'이 약 6만
6220건, '린다 킴'이 약 3만 3500건이다. 이것은 이름과 성을 표기할 때 이
질적으로 조합해도 한국인의 언어 직관에 비추어 어색하지 않다는 이야기
일 수도 있다. 물론 린다 김이 한국인이어서 '킴'보다 '김'이 한국어 화자에
게 더 친숙했을 수도 있고, 발음의 편의 때문에 '김'을 선호했을 수도 있다.

38 http://socoop.net/ilgoba

39 http://hangulize.org

40 http://news.khan.co.kr/kh_news/khan_art_view.html?code=960205&art
id=201403182137025

41 https://www.facebook.com/waga.jabal

42 http://www.ultrakasa.com/dictionaries/

43 http://www.gosinga.net

44 영한사전의 문제점은 『영한사전 비판』(이재호 지음, 궁리, 2005)에서 자세히
설명한다.

45 원문과 번역문을 모은 데이터베이스를 병렬 말뭉치라고 한다. 인공지능 번
역기가 번역을 학습할 때 이 병렬 말뭉치를 활용한다. 번역업계에서는 '번
역 메모리(Translation Memery, TM)'라고도 한다.

46 www.etymonline.com

47 http://www.hani.co.kr/arti/science/science_general/615808.html

48 언어학자 바티아 라우퍼(Batia Laufer)의 논문 「글에 있는 단어의 몇 퍼센
트를 알아야 그 글을 이해할 수 있을까?(What Percentage of Text-Lexis is
Essential for Comprehensions?)」(1989)에 따르면 외국어 책을 읽을 때 단어
의 95퍼센트를 알지 못하면 내용을 제대로 이해하기 힘들다고 한다. 평소
에 알고 있어야 하는 단어의 개수로 치면 약 5000단어에 해당한다. 그러니
까 번역가의 첫 관문을 넘으려면 단어를 아무리 몰라도 5000개는 알고 있
어야 한다는 이야기다.

49 Steven Pinker, The Language Instinct: How the Mind Creates Language, HarperCollins, 2000.

50 1947년 3월 4일에 워런 위버가 노버트 위너에게 보낸 편지에서. Spence Green, etc., "Natural Language Translation at the Intersection of AI and HCI".

51 〈구글 기계번역 책임자 베누고팔〉, 「조선일보」, 2012년 11월 3일 자.

52 http://www.lionbridge.com/ko-kr/solutions/machine-translation/

도서 목록

『가상현실의 역사』(가제)(재런 러니어 지음, 노승영 옮김, 열린책들, 출간 예정)

『갈등하는 번역』(윤영삼 지음, 글항아리, 2015)

『개미』(베르나르 베르베르 지음, 이세욱 옮김, 열린책들, 2001)

『검색, 사전을 삼키다』(정철 지음, 사계절, 2016)

『게놈의 기적』(크레이그 벤터 지음, 노승영 옮김, 추수밭, 2009)

『고전 건축의 시학』(알렉산더초니스·리안르페브르 지음, 노승영 옮김, 동녘, 2007)

『고종석의 문장』(고종석 지음, 알마, 2014)

『과거의 거울에 비추어』(이반 일리치 지음, 권루시안 옮김, 느린걸음, 2013)

『국어 실력이 밥 먹여준다』(김경원·김철호 지음, 유토피아, 2006)

『권력의 포르노그래피』(로버트 쉬어 지음, 노승영 옮김, 책보세, 2009)

『그림자 노동』(이반 일리치 지음, 노승영 옮김, 사월의책, 2015)

『기적을 좇는 의료 풍경, 임상시험』(엘릭스 오미러 지음, 노승영 옮김, 책보세, 2010)

『깔깔마녀는 영어 마법사』(박산호 지음, 부표, 2010)

『나는 그들이 무슨 일을 하는지 알 권리가 있다』(지프 스티글리츠 외 지음, 노승영 옮김, 시대의창, 2011)

『나무의 노래』(데이비드 조지 해스컬 지음, 노승영 옮김, 에이도스, 2018)

『내 인생은 로맨틱 코미디』(노라 에프론 지음, 박산호 옮김, 브리즈, 2007)

『노르웨이의 나무』(라르스 뮈팅 지음, 노승영 옮김, 열린책들, 2017)

『노변의 피크닉』(아르카디 스투르가츠키·보리스 스투르가츠키 지음, 이보석 옮김, 현대문학, 2017)

『누구를 구할 것인가?』(토머스 캐스카트 지음, 노승영 옮김, 문학동네, 2014)

『늙는다는 건 우주의 일』(조너선 실버타운 지음, 노승영 옮김, 서해문집, 2016)

『다윈의 물고기』(존 롱 지음, 노승영 옮김, 플루토, 2017)

『다윈의 잃어버린 세계』(마틴 브레이저 지음, 이정모 감수, 노승영 옮김, 반니, 2014)

『단어의 배신』(박산호 지음, 유유, 2017)

『달리기를 말할 때 내가 하고 싶은 이야기』(무라카미 하루키 지음, 임홍빈 옮김, 문학사상사, 2009)

『당신의 모든 순간』(강풀 지음, 재미주의, 2011)

『대중문화 5000년의 역사』(프레드 E. H. 슈레더 외 지음, 노승영 옮김, 시대의창, 2014); 개정판 『대중문화의 탄생』(시대의창, 2017)

『동물과 인간이 공존해야 하는 합당한 이유들』(피터 싱어 지음, 노승영 옮김, 시대의창, 2012)

『동물에게 배우는 노년의 삶』(앤 이니스 대그 지음, 노승영 옮김, 시대의창, 2016)

『러브 메이 페일』(매튜 퀵 지음, 박산호 옮김, 박하, 2016)

『레드 스패로우』(제이슨 매튜스 지음, 박산호 옮김, 오픈하우스, 2016)

『로드사이드 MBA』(마이클 매지오·폴 오이어 외 지음, 노승영 옮김, 청림출판, 2014)

『마오쩌둥: 실천론·모순론』(마오쩌둥 지음, 슬라보예 지젝 엮음, 노승영 옮김, 프레시안북, 2009)

『마오쩌둥의 마지막 댄서』(리춘신 지음, 이은선 옮김, 민음사, 2009)

『만물의 공식』(루크 도멜 지음, 노승영 옮김, 반니, 2014)

『말 바꾸기』(모나 베이커 지음, 곽은주·최정아 외 옮김, 한국문화사, 2005)

『말레이 제도』(앨프리드 러셀 월리스 지음, 노승영 옮김, 지오북, 2017)

『머니 게임』(애덤 스미스 지음, 이상건 감수, 노승영 옮김, W미디어, 2007)

『모든 동물은 평등하다』(피터 싱어 지음, 노승영 옮김, 오월의봄, 2013)

『문화 유전자 전쟁』(칼레 라슨·애드버스터스 지음, 노승영 옮김, 열린책들, 2014)

『미래는 누구의 것인가』(재런 러니어 지음, 노승영 옮김, 열린책들, 2016)

『미래에서 온 편지』(리처드 하인버그 지음, 송광섭·송기원 지음, 부키, 2010)

『미완의 천국, 하버드』(멜라니 선스트롬 지음, 김영완 옮김, 이크, 2003)

『미친 국어사전』(박일환 지음, 뿌리와이파리, 2015)

『바나나 제국의 몰락』(롭 던 지음, 노승영 옮김, 반니, 2018)

『번역가를 위한 우리말 공부』(이강룡 지음, 유유, 2014)

『번역가의 서재』(김석희 지음, 한길사, 2008)

『번역은 글쓰기다』(이종인 지음, 즐거운상상, 2014)

『번역의 탄생』(이희재 지음, 교양인, 2009)

『복제예찬』(마커스 분 지음, 노승영 옮김, 홍시커뮤니케이션, 2013)

『브랜드 버블』(존 거제마·에드 러바 지음, 노승영 옮김, 초록물고기, 2010)

『비극의 탄생』(프리드리히 니체 지음, 김출곤·박술 옮김, 인다, 2017)

『산부인과 의사에게 속지 않는 25가지 방법』(에밀리 오스터 지음, 노승영 옮김, 부키, 2014)

『살아 있는 우리말의 역사』(홍윤표 지음, 태학사, 2009)

『상처 주는 학교』(커스틴 올슨 지음, 노승영 옮김, 한울림, 2012)

『새의 감각』(팀 버케드 지음, 노승영 옮김, 에이도스, 2015)

『세계 대전 Z』(맥스 브룩스 지음, 박산호 옮김, 황금가지, 2008)

『세상의 종말에서 살아남는 법』(제임스 웨슬리 롤스 지음, 노승영 옮김, 초록물고기, 2011)

『소셜 미디어 2000년』(톰 스탠디지 지음, 노승영 옮김, 열린책들, 2015)

『숏북』(재커리 캐닌 지음, 노승영 옮김, 양문, 2010)

『수사학』(리처드 토이 지음, 노승영 옮김, 교유서가, 2015)

『수플레』(애슬리 페커 지음, 박산호 옮김, 박하, 2016)

『숲에서 우주를 보다』(데이비드 조지 해스컬 지음, 노승영 옮김, 에이도스, 2014)

『스밀라의 눈에 대한 감각』(페터 회 지음, 정영목 옮김, 까치글방, 1996)

『스토리텔링 애니멀』(조너선 갓셜 지음, 노승영 옮김, 민음사, 2014)

『스티브 잡스』(월터 아이작슨 지음, 안진환 옮김, 민음사, 2011)

『스틱!』(댄 히스·칩 히스 지음, 안진환 옮김, 엘도라도, 2009)

『스핀닥터, 민주주의를 전복하는 기업 권력의 언론 플레이』(윌리엄 디난·데이비드 밀러 지음, 노승영 옮김, 시대의 창, 2011)

『아룬다티 로이, 우리가 모르는 인도 그리고 세계』(아룬다티 로이 지음, 노승영 옮김, 시대의창, 2014)

『어메이징 인포메이션』(맷 업슨 외 지음, 노승영 옮김, 궁리, 2017)

『언어 공부』(롬브 커토 지음, 신견식 옮김, 바다출판사, 2017)

『언어본능』(스티븐 핑커 지음, 김한영 옮김, 동녘사이언스, 2008)

『얼음 속의 소녀들』(톰 롭 스미스 지음, 박산호 옮김, 노블마인, 2014)

『여자로 태어나길 잘했어!』(재클린 섀넌 지음, 노승영 옮김, 에쎄, 2015)

『역사 속에 사라진 직업들』(미하엘라 비저 지음, 권세훈 옮김, 지식채널, 2012)

『연기와 뼈의 딸』(레이니 테일러 지음, 박산호 옮김, 2014, 알에이치코리아)

『열린책들 편집 매뉴얼』(열린책들 편집부 엮음, 열린책들, 2018)

『오대호 항해기』(가제)(제리 데니스 지음, 노승영 옮김, 글항아리, 출간 예정)

『오역 천하』(박정국 지음, 어울림, 1996)

『왜 인간의 조상이 침팬지인가』(재레드 다이아몬드 지음, 노승영 옮김, 문학사상, 2015)

『용서해줘, 레너드 피콕』(매튜 퀵 지음, 박산호 옮김, 박하, 2014)

『유고(1869년 가을~1872년 가을)』(프리드리히 니체 지음, 최상욱 옮김, 책세상, 2001)

『율리시스』(제임스 조이스 지음, 김종건 옮김, 생각의나무, 2011)

『이단의 경제학』(조셉 스티글리츠 외 지음, 노승영 옮김, 시대의창, 2010)

『이렇게 살아가도 괜찮은가』(피터 싱어 지음, 노승영 옮김, 시대의창, 2014)

『이반 일리치와 나눈 대화』(이반 일리치·데이비드 케일런 지음, 권루시안 옮김, 물레, 2010)

『인간과 자연』(가제)(조지 마시 지음, 노승영 옮김, 상상의숲, 출간 예정)

『일』(스터즈 터클 지음, 노승영 옮김, 이매진, 2007)

『자연 모방』(마크 챈기지 지음, 노승영 옮김, 에이도스, 2013)

『작은 딱정벌레의 위대한 탐험(제이 호슬러 지음, 노승영 옮김, 궁리, 2016);
개정판『어메이징 샌드워커』(궁리, 2018)

『잘되는 자녀는 아버지가 다르다』(존 킹 지음, 노승영 옮김, 아가페출판사, 2008)

『정서란 무엇인가?』(제롬 케이건 지음, 노승영 옮김, 아카넷, 2009)

『정치의 도덕적 기초』(이언 샤피로 지음, 노승영 옮김, 문학동네, 2017)

『제로 성장 시대가 온다』(리처드 하인버그 지음, 노승영 옮김, 부키, 2013)

『조선 정벌』(이상각 지음, 유리창, 2015)

『좀비들』(김중혁 지음, 창비, 2010)

『지식의 표정』(전병근 지음, 마음산책, 2017)

『직관펌프, 생각을 열다』(대니얼 데닛 지음, 장대익 해설, 노승영 옮김, 동아시아, 2015)

『차일드 44』(톰 롭 스미스 지음, 박산호 옮김, 노블마인, 2015)

『천재의 발상지를 찾아서』(에릭 와이너 지음, 노승영 옮김, 문학동네, 2018)

『철학 한입 더』(데이비드 에드먼즈·나이젤 워버턴 지음, 노승영 옮김, 열린책들, 2014)

『촘스키, 희망을 묻다 전망에 답하다』(노엄 촘스키 지음, 노승영 옮김, 책보세, 2011)

『총, 균, 쇠』(재레드 다이아몬드 지음, 김진준 옮김, 문학사상사, 2005)

『총을 든 아이들, 소년병』(미리엄 데노브 지음, 노승영 옮김, 시대의창, 2014)

『측정의 역사』(로버트 P. 크리스 지음, 노승영 옮김, 에이도스, 2012)

『숨그네』(헤르타 뮐러 지음, 박경희 옮김, 문학동네, 2010)

『컨슈머 키즈』(에드 메이오·애그니스 네언 지음, 노승영 옮김, 책보세, 2009)

『코끼리는 생각하지 마』(조지 레이코프 지음, 유나영 옮김, 와이즈베리, 2015)

『콜드 그래닛』(스튜어트 맥브라이드 지음, 박산호 옮김, 알에이치코리아, 2013)

『콩글리시 찬가』(신견식 지음, 뿌리와이파리, 2016)

『콰이어트 걸』(페터 회 지음, 박산호 옮김, 랜덤하우스, 2010)

『크레이그 벤터, 게놈의 기적』(크레이그 벤터 지음, 노승영 옮김, 추수밭,

2009)

『타임머신』(허버트 조지 웰스 지음, 김석희 옮김, 열린책들, 2011)

『테러리스트의 아들』(잭 이브라힘·제프 자일스 지음, 노승영 옮김, 문학동네, 2015)

『토니와 수잔』(오스틴 라이트 지음, 박산호 옮김, 오픈하우스, 2016)

『통증 연대기』(멜러니 선스트럼 지음, 노승영 옮김, 에이도스, 2011)

『트랜스휴머니즘』(마크 오코널 지음, 노승영 옮김, 문학동네, 2018)

『트로츠키: 테러리즘과 공산주의』(레온 트로츠키 지음, 슬라보예 지젝 엮음, 노승영 옮김, 프레시안북, 2009)

『파티는 끝났다』(리처드 하인버그 지음, 신현승 옮김, 시공사, 2006)

『페이퍼 머니』(애덤 스미스 지음, 현승윤 감수, 노승영 옮김, W미디어, 2007)

『폐쇄구역 서울』(정명섭 지음, 네오픽션, 2012)

『한국어 어원연구』(이남덕 지음, 이화여자대학교출판부, 1985~1998)

『한글의 탄생』(노마 히데키 지음, 김기연·박수진 옮김, 돌베개, 2011)

『혁명』(잭 A. 골드스톤, 노승영 옮김, 교유서가, 2016)

『홍차를 주문하는 방법』(츠지야 켄지 지음, 박산호 옮김, 토담미디어, 2007)

『확장된 표현형』(리처드 도킨스 지음, 홍영남·장대익·권오현 옮김, 을유문화사, 2016)

『흙을 살리는 자연의 위대한 생명들』(제임스 B. 나르디 지음, 노승영 옮김, 상상의숲, 2009)

『Style 문체』(조셉 윌리엄스 지음, 김영희·류광현 옮김, 홍문관, 2010); 재출간 『스타일 레슨』(라성일·윤영관 옮김, 크레센도, 2018)

번역가 모모 씨의 일일

지은이	노승영 · 박산호
펴낸이	박숙정
펴낸곳	세종서적(주)

주간	정소연
편집	이진아
디자인	전성연 전아름
마케팅	임종호
경영지원	홍성우

출판등록	1992년 3월 4일 제4-172호
주소	서울시 광진구 천호대로132길 15, 세종 SMS 빌딩 3층
전화	경영지원 (02)778-4179, 마케팅 (02)775-7011
팩스	(02)776-4013
홈페이지	www.sejongbooks.co.kr
네이버 포스트	post.naver.com/sejongbooks
페이스북	www.facebook.com/sejongbooks
원고 모집	sejong.edit@gmail.com

초판 1쇄 발행 2018년 8월 21일
4쇄 발행 2023년 7월 27일

ISBN 978-89-8407-734-8 03810